Sendo Nikki

OBRAS DA AUTORA PUBLICADAS PELA RECORD

Avalon High
Avalon High – A coroação: A profecia de Merlin
Cabeça de vento
Sendo Nikki
Como ser popular
Ela foi até o fim
A garota americana
Quase pronta
O garoto da casa ao lado
Garoto encontra garota
Ídolo teen
Pegando fogo!
A rainha da fofoca
A rainha da fofoca em Nova York
Sorte ou azar?
Tamanho 42 não é gorda
Tamanho 44 também não é gorda
Todo garoto tem

Série O Diário da Princesa
O diário da princesa
Princesa sob os refletores
Princesa apaixonada
Princesa à espera
Princesa de rosa-shocking
Princesa em treinamento
Princesa na balada
Princesa no limite
Princesa Mia
Princesa para sempre

Lições de princesa
O presente da princesa

Série A Mediadora
A terra das sombras
O arcano nove
Reunião
A hora mais sombria
Assombrado
Crepúsculo

Série As leis de Allie Finkle para meninas
Dia da mudança
A garota nova

Série Desaparecidos
Quando cai o raio

MEG CABOT

Sendo Nikki

Tradução de
SABRINA GARCIA

Rio de Janeiro | 2011

CIP-BRASIL. CATALOGAÇÃO-NA-FONTE
SINDICATO NACIONAL DOS EDITORES DE LIVROS, RJ

C116s Cabot, Meg, 1967-
Sendo Nikki / Meg Cabot; tradução de Sabrina Garcia. –
Rio de Janeiro: Galera Record, 2011.
(Cabeça de vento; 2)

Tradução de: Being Nikki
Sequência de: Cabeça de vento
ISBN 978-85-01-08667-9

1. Ficção americana. I. Garcia, Sabrina de Lima e Silva. II.Título.
III. Série.

11-0554

CDD: 813
CDU: 821.111(73)-3

Título original norte-americano:
Being Nikki

Copyright © 2009 by Meg Cabot, LLC

Todos os direitos reservados. Proibida a reprodução, no todo ou em parte, através de quaisquer meios.

Texto revisado segundo o novo Acordo Ortográfico da Língua Portuguesa.

Fotografia da capa © 2008 by Michael Frost
Fotografia da autora de Ali Smith
Capa adaptada do design de Elizabeth B. Parisi

Direitos exclusivos de publicação em língua portuguesa somente para o Brasil adquiridos pela
EDITORA RECORD LTDA.
Rua Argentina 171 – Rio de Janeiro, RJ – 20921-380 – Tel.: 2585-2000, que se reserva a propriedade literária desta tradução.

Impresso no Brasil

ISBN 978-85-01-08667-9

Seja um leitor preferencial Record.
Cadastre-se e receba informações sobre nossos lançamentos e nossas promoções.

EDITORA AFILIADA

Atendimento e venda direta ao leitor:
mdireto@record.com.br ou (21) 2585-2002.

PARA BENJAMIN

UM

ESTOU COM FRIO.

Estou congelando, na verdade.

Ondas estão quebrando na parte de trás das minhas pernas, e a água, que à tarde era azul-turquesa e quente, ficou negra e gelada. As pedras nas quais estou agarrada estão cortando meus dedos e as solas dos meus pés. São escorregadias como gelo, mas não posso soltá-las, ou vou cair na água fria sob mim, que — sem exagero — está repleta de tubarões nadando.

Como não estou vestindo nada além de um biquíni branco mínimo e uma bainha presa a minha coxa para a faca que estou segurando entre os dentes, não tenho nada para me proteger das presas afiadas dos tubarões. Tudo o que posso fazer é segurar firme para não ter que enfrentar possíveis amputações de membros, ou no mínimo, uma dor torturante — pior do que a dor que já estou sentindo. Tenho que completar minha missão e entregar o pacote na mansão que fica à beira do penhasco acima de mim...

Ou terei que escutar André, aquele diretor de arte cretino, falar sobre isso a noite toda.

— Não, não, não — gritou André do barco de onde dirigia a cena. — Viv, ajuste o gel daquele spot de luz. Não, do *outro* spot.

Sério. Eu devia ter me jogado para trás, dentro da água, e deixado os tubarões me comerem. Eu tinha quase certeza absoluta de que os tubarões *queriam* me comer, apesar do que Dom, o rapaz que alugou o barco para a Stark Enterprises, nos disse. Ele falou que eram tubarões-enfermeiros, totalmente inofensivos, e que tinham mais medo de nós do que nós deles. Ele insistia que os tubarões estavam atraídos pelas luzes brilhantes que Francesco, o fotógrafo, tinha armado e não porque me queriam de lanchinho da madrugada.

Mas sério, como ele sabia disso? Provavelmente eles nunca tiveram o gostinho de uma supermodelo antes. Aposto que me achariam deliciosa.

— Nik? — gritou Brandon Stark do barco. — Como você está?

Como se ele ligasse para isso. Bem, quero dizer, acho que ele *ligava*.

Não que ele estivesse aqui por qualquer outra razão que não fosse querer pegar uma carona no jatinho da empresa e passar o dia passeando de jet ski pela ilha St. John. Ele estava preocupado naquele momento porque era exatamente o que se esperava dele.

Ou porque achou que pudesse ajudá-lo a me levar para a cama mais tarde. Como se isso já tivesse funcionado algum dia.

Pelo menos nos últimos dias.

— Ah, estou ótima! — gritei de volta. Só que não dava para entender o que eu dizia, por causa da faca entre meus dentes. A qual eu não podia tirar porque minhas mãos estavam agarrando as pedras, me impedindo de virar comida de tubarões. Havia saliva se acumulando nos cantos da minha boca. Ótimo.

— Só precisamos de mais algumas fotos, Nikki! — falou André. — Você está indo muito bem. — Alguém disse alguma coisa e ele acrescentou: — Você pode tentar parar de se mexer?

— Eu não estou me mexendo — frisei. — Estou tremendo. De frio.

— O que ela falou? — perguntou André a Brandon. Ninguém podia entender uma palavra que eu dizia por causa da faca.

— Como eu vou saber? — disse Brandon a André. — Nikki — chamou ele. — O que você disse?

— Eu disse que estou com *frio* — gritei. As ondas estavam subindo, molhando a parte de baixo do meu biquíni. Meu bumbum estava dormente. Ótimo. Eu não sentia meu bumbum.

Para que eu estava fazendo isso mesmo? Para um perfume da Stark? Ou um celular? Não me lembrava mais.

E Lulu disse que eu era muito sortuda em ir para as ilhas Virgens em dezembro, quando todo nova-iorquino estaria — nas palavras dela — sem sentir o bumbum de tanto frio.

Se pelo menos ela soubesse a verdade. Eu não estava sentindo meu bumbum. Literalmente.

— Não entendi o que ela disse — ouvi Brandon dizer a André.

— Deixa pra lá, apenas fotografe, Francesco — disse André para o fotógrafo. — Nikki, estamos tirando fotos de novo!

Eu não sabia o que estava acontecendo, porque o barco estava atrás de mim. Mas *flashes* começaram a piscar. Estiquei meu pescoço, olhando para cima do penhasco, tentando me manter no personagem. Tentei não pensar no fato de estar usando um biquíni branco minúsculo. Em vez disso, me imaginei com uma armadura. Eu não era eu, Em Watts; não mesmo. Era Lenneth Valkyrie, recrutando almas dos guerreiros caídos e os conduzindo para Valhalla. Eu podia fazer isso. Eu podia fazer *qualquer coisa*.

A não ser pelo fato de que no topo do penhasco não havia nenhuma Valhalla, apenas uma estrada que turistas atravessavam para chegar ao aeroporto, com punhados de ervas daninhas crescendo ao longo do caminho.

E eu não tinha nenhuma armadura. Não fazia nenhum sentido, não mesmo, que uma assassina treinada — que, aparentemente, era o que eu deveria ser — fosse escalar uma montanha descalça, usando um biquíni que não tinha um bolso sequer onde pudesse guardar um celular. A não ser, talvez, na bainha da faca. Talvez seja por isso então que estou carregando a faca na minha boca, em vez de no lugar onde faz sentido, *na bainha*?

Então, percebi que designers de jogos de RPG — ou diretores de arte — nunca levavam em conta a praticidade quando vestiam seus personagens e modelos.

Sabe o que mais teria feito sentido? Tirarem minhas fotos em um estúdio quente e aconchegante em Nova York e, depois, fazerem uma montagem no computador com a imagem da montanha, das ondas e da luz da lua a minha volta.

Mas Francesco quis colocar realismo nas fotos, por isso a Stark o contratou. Apenas os melhores trabalhavam para a Stark.

Os tubarões que estavam nadando lá embaixo, esperando para me comer quando eu caísse desse penhasco estúpido, eram bem realistas.

— Você está indo muito bem, Nikki — falou Francesco, clicando. — Realmente posso ver a determinação no seu rosto.

Jurei que, quando saísse dessa montanha, ia pegar a faca e enfiá-la em um dos olhos de Francesco.

Só que a lâmina era de plástico...

Mas aposto que funcionaria mesmo assim.

— O desespero absoluto de uma garota reduzida a sua essência pelas circunstâncias — continuou Francesco — enquanto luta para sobreviver num mundo onde tudo e todos parecem estar contra ela.

O mais engraçado era que Francesco basicamente descreveu minha situação atual.

— Acho que ela deveria estar feliz, na verdade — disse André, parecendo preocupado. — Afinal, ela sabe que está usando desodorante Stark, que garante às garotas a confiança necessária para darem conta do trabalho.

Ah! Então era um comercial de desodorante.

— Feliz, Nikki — falou André. — Fique feliz! Estamos nas ilhas! Você deveria estar se divertindo!

Eu sabia que André estava certo. Eu *deveria* estar me divertindo com tudo isso. O que poderia estar me deixando tão triste, afinal? Tinha tudo que uma garota da minha idade poderia querer: uma grande carreira como representante da Stark Enterprises, pela qual eu era mais do que bem recompensada. Tinha meu próprio apartamento de dois quartos em um prédio famoso no centro de Manhattan, que eu dividia com a miniatura de poodle mais adorável da história, e uma companheira de apartamento hilária — embora eu não esteja certa de que era essa sua intenção — e famosa, que sempre conseguia nos colocar nas melhores festas da cidade.

Eu era rica. Tinha um guarda-roupa só com peças de marca nos meus closets superlotados e lençóis Frette na minha cama gigantesca, um banheiro com jacuzzi na minha suíte, uma cozinha de *chef gourmet*, com bancadas de granito preto e todos os aparelhos da Sub-Zero, e uma empregada que também é massagista em tempo integral, e que ainda, como descobri recentemente, sabe fazer uma depilação (quase) sem dor.

Também estava até indo muito bem na escola (apesar das noitadas e das consequentes manhãs difíceis, graças a minha colega de apartamento festeira).

E, certo, minhas notas altas já eram, porque meu chefe ficava me arrancando das aulas para me mandar a alguma ilha tropical para balançar meu bumbum sobre um monte de tubarões para que pudesse tirar uma foto minha no escuro.

Mas, se eu gastar cada minuto que sobrar do meu tempo estudando, talvez passe do terceiro ano. Nada mal para uma garota que ficou um mês do semestre passado em coma.

Então por que eu estava tão absurdamente deprimida?

— Faça com que ela pareça feliz — ouvi André dizer para Brandon, que obedeceu, gritando. — Ei, Nik! Lembra daquela vez em que eu e você estávamos juntos em Mustique ano passado? Quando você estava tirando aquelas fotos para a *Vogue* inglesa, e ficamos numa cabana particular? E bebemos todos aqueles Goldschläger? Então fomos nadar nus? Nossa, nos divertimos tanto...

Aí eu lembrei. A razão de eu estar tão deprimida, quero dizer.

Foi também quando me soltei das pedras do penhasco.

É que, de repente, ser comida por tubarões me pareceu melhor do que ouvir o resto da história de Brandon.

Porque eu tinha ouvido um monte de histórias parecidas durante o mês passado — vindas não somente de Brandon, mas de garotos de tudo o que é lugar de Manhattan — e eu fazia uma boa ideia de como isso ia terminar. Para uma garota de 17 anos — e que supostamente estava saindo com o filho único do seu chefe —, Nikki Howard tinha tido, definitivamente, muitas companhias masculinas.

Ouvi gritos vindos do barco, mas uma parte de mim não estava nem aí.

Caí na água de costas. Estava mais gelada do que imaginei. Todo o ar foi sugado do meu corpo e o choque foi tão intenso que, por um segundo, achei que um tubarão tinha mesmo me mordido. Eu aprendi, em um documentário a que eu e Christopher tínhamos assistido, que os dentes de um tubarão eram tão afiados que as vítimas nem sentiam a primeira mordida. Geralmente, não percebiam que tinham sido feridas... até serem cercadas pela corrente quente de seu próprio sangue.

Entretanto, um frio terrível não foi a única coisa que senti ao cair na água. Eu também estava mergulhada na escuridão, pelo menos no início. Até que minha visão se ajustasse à água turva e eu visse que as luzes do barco estavam iluminando o oceano ao meu redor. Foi quando eu percebi que não havia sido partida ao meio. Não havia sangue a minha volta. Apenas manchas escuras, que percebi serem tubarões-enfermeiros, nadando freneticamente para longe de mim. Acho que Dom estava certo — eles tinham mais medo de nós do que nós deles. Também podia ver meu cabelo, oscilando como algas marinhas douradas ao meu redor. Eles haviam me levado até a montanha tão cuidadosamente num bote de borracha a apenas 45 minutos atrás para evitar que meu cabelo — e o biquíni — se molhasse.

E agora eu tinha estragado tudo. Vanessa, a estilista que trabalhou por quase uma hora para deixar minhas madeixas loiras perfeitas, ia ficar bem chateada quando eu emergisse, molhada como uma sereia.

Se eu emergisse.

A não ser... bem, a verdade é que até que era bom lá embaixo. Frio, sim. Mas havia paz. Silêncio. As sereias estavam certas. O que Ariel estava pensando ao querer ter penas e viver na terra?

Era maravilhoso, e, por um segundo ou dois, me esqueci de como eu estava infeliz e com frio, e de que eu não podia sentir meu bumbum. Ah, e de que também não podia respirar e provavelmente estava me afogando.

Mas então, por que eu continuava vivendo? Claro, era ótimo, acho, ter acesso ao avião particular da Stark Enterprises, não ter que lavar a própria louça e ter todo gloss do mundo de graça.

Mas nunca liguei muito para gloss.

O fato era que eu estava sendo forçada a trabalhar para uma empresa que tinha certeza de que era responsável por transformar a América em um interminável shopping sem alma.

E o cara de quem eu gostava não sabia que eu estava viva. Literalmente.

Além disso, se eu contasse a ele que não estava morta, a Stark Entreprises, que com quase toda a certeza estava me espionando sempre que possível, colocaria meus pais na cadeia.

Ah, sim, e meu cérebro foi removido do meu corpo e colocado no de outra pessoa.

Então qual era o sentido de continuar vivendo? Sério?

Pensei ficar lá embaixo. Era menos estressante do que minha vida real, em vários aspectos. E não estou exagerando.

O que eu senti depois foi uma enorme pancada na água do meu lado. E de repente Brandon, completamente vestido, estava nadando em minha direção; então me agarrou, e estava me puxando — enquanto eu arfava e sufocava — para a superfície, e depois, para o barco.

Eu estava com um pouco de raiva. E tremendo incontrolavelmente também.

Está bem, acho que não queria realmente viver no fundo do oceano.

Mas também não precisava ser resgatada. Eu não ia ficar lá embaixo até que meus pulmões se enchessem de água e eu sufocasse até a morte na água salgada do oceano, *de verdade*.

Acho que não.

Quando eu olhei por trás dos músculos firmes do braço de Brandon assim que ele me pôs de volta no barco, eu vi a assistente da minha agente me observando preocupada da proa.

— Ai, meu Deus, Nikki, você está bem? — gritou Shauna. Cosabella, que estava agarrada em seus braços, estava latindo histericamente. Cosabella. Eu tinha me esquecido de Cosabella. Como posso ter sido tão egoísta? Quem cuidaria de Cosabella? Lulu não é suficientemente responsável. Ela esquecia de se alimentar na maior parte do tempo (com exceção de *mojitos* e pipoca). Sem chance dela se lembrar de alimentar um cachorrinho minúsculo.

Shauna fez uma boa pergunta. Eu estava *bem*? Isso é uma coisa que eu vinha me perguntando muito, ultimamente.

Às vezes eu me perguntava se ficaria bem de novo.

— Nikki — ouvi Francesco gritar do barco. — Graças a Deus. Está tudo bem, consegui tirar a foto.

Ótimo. Não era: *Nikki, graças a Deus, você está bem.* Mas sim: *Nikki, graças a Deus, está tudo bem, consegui tirar a foto.*

Deus me livre se ele não tivesse conseguido.

Porque, caso contrário, a Stark Enterprises não teria deixado nenhum de nós ir para casa.

Não até a foto ser tirada.

DOIS

EU ESTAVA SOZINHA NO MEU QUARTO DE HOTEL (BEM, sozinha sem contar com Cosabella, que não parava de lamber a água salgada do meu rosto), tentando me descongelar na água quente da banheira que ficava na varanda. Brandon e o resto do pessoal da sessão de fotos foram para mais um de seus jantares milionários regados a sashimi — à custa do pai de Brandon, o bilionário Robert Stark, claro — no restaurante do hotel. Eu me recusei a ir por conta do banho de banheira quente, do hambúrguer que pediria pelo serviço de quarto e algumas rodadas de *JourneyQuest* em frente ao meu MacBook Air. Ouvi-los fofocando sobre as gêmeas Olsen e ter que dançar technopop, que eu já sabia que viria em seguida, não parecia tão legal assim depois de tudo o que eu havia passado.

Na verdade, nunca achei isso legal embora Brandon tenha ficado em frente à porta do meu quarto por um bom tempo, me implorando para reconsiderar, enquanto eu tremia de frio.

Então, finalmente o convenci a sair, mas somente depois de dizer que iria mais tarde... O que era a mais pura mentira.

E foi por isso que, quando o celular de Nikki tocou as primeiras notas de "Barracuda", eu tinha certeza de que ele estava ligando.

É embaraçoso ter "Barracuda" como toque de celular. E eu nunca tinha mudado. Na verdade, desde que comecei a suspeitar de que o celular Stark da Nikki estava sendo espionado (seu computador Stark possuía programas de rastreamento — por que a Stark não estaria ouvindo suas ligações também?), simplesmente não me incomodei em perder tempo tentando aprender a mexer no telefone, a não ser que fosse para apertar a tecla "deletar". Eu simplesmente evitava usá-lo na maior parte do tempo, preferindo, em vez disso, fazer minhas ligações particulares no iPhone que eu tinha comprado com um dos cartões de crédito da Nikki.

Olhei para o identificador de chamadas (aprendi a não atender até que eu reconhecesse o nome da pessoa que estava ligando. Do contrário, poderia levar um longo sermão perguntando por que fiquei sem ligar por tanto tempo e o quanto alguém chamado "Eduardo" estava morrendo de vontade de ir para Paris comigo de novo) e fiquei surpresa ao ver que não era Brandon, e sim Lulu.

— O quê? — falei. Nós paramos de ser educadas uma com a outra na noite em que ela e Brandon me sequestraram do hospital após meu transplante de cérebro na tentativa desastrada de me "resgatarem".

— Hum — disse Lulu. — Tinha um cara aqui querendo te ver.

— Lulu. — No pouco tempo em que eu vivia com Lulu, passei a amá-la como uma irmã. Então, eu seria a primeira pessoa a admitir que ela possuía algumas células cerebrais a menos. — *Sempre* tem um cara aí querendo me ver.

Era triste, mas verdadeiro. O apartamento que dividíamos parecia uma "central de garotos". O único garoto que nunca tinha passado lá para me ver era exatamente o que eu na verdade queria ter por lá.

E ele ainda não parecia ter se decidido se gostava de mim ou não, se pelo menos os olhares misteriosos que ele me lançava nas aulas de oratória do primeiro tempo fossem uma pista.

Mas ultimamente ele vinha lançando uns olhares estranhos para McKayla Donofrio toda hora também, então isso talvez não quisesse dizer nada.

— Esse cara era diferente — disse Lulu.

Essa informação fez com que eu me erguesse na banheira de água quente.

— Mentira! — Eu estava toda enrugada de ficar na banheira tanto tempo. E minhas mãos ainda estavam molhadas, então eu quase deixei o celular cair. — O que ele queria?

— Dã. Falar com você.

— Eu sei — falei, tentando ser paciente. Você precisa de muita paciência quando está lidando com a Lulu; é como lidar com uma criança de 5 anos. — Mas sobre o quê? Quero dizer, ele disse o que queria?

Lulu estava mastigando chiclete. Fazendo barulho. No meu ouvido.

— Ele só disse que você saberia. E que era importante, que precisava ver você e que voltaria. Não deixou o nome.

Desanimei. Não era Christopher. Quero dizer, Christopher teria dito o nome. Ele era assim.

O que significava que só poderia ter sido mais um *daqueles*.

Sério, era de se esperar que os caras já tivessem desistido. Por quanto tempo esses vigaristas iriam continuar? Sério, anuncie nos jornais que uma celebridade rica teve amnésia e você não acreditaria no tipo de escória que apareceria dizendo ser seu melhor amigo ou até algum parente. Era inacreditável a quantidade de primos que Nikki Howard aparentemente tinha.

— Ele disse que você saberia o que era — me informou Lulu.

— Como eu saberia o que é se nem sei o nome dele? — perguntei.

— Sei lá — disse Lulu. — Mas Karl me mostrou o cara pela câmera de segurança. E não era igual aos outros. Esse era novinho. E bem gato. E não tinha nenhuma tatuagem visível.

Meu coração parou por um instante, e não acho que tenha sido porque fiquei na banheira mais que os vinte minutos recomendados pela placa colocada ao lado do timer na parede da varanda.

— Novinho? — Eu não queria alimentar minhas esperanças. Quero dizer, eu já as tinha perdido tantas vezes antes, quando Christopher olhava na minha direção na aula de oratória, mas na verdade era para olhar o relógio, ou observar um mendigo pela janela, ou McKayla Donofrio. — Espere, Lulu... Esse cara era loiro?

Houve uma pausa enquanto Lulu parecia tentar se lembrar.

— Sim. Loirinho, pelo menos.

Ótimo.

— Ele era alto? — perguntei.

— Aham, sim — respondeu Lulu.

Achei que estava tendo um ataque do coração, conforme o manual da banheira explicitamente advertia que poderia acontecer. Se eu estivesse grávida ou fosse idosa, o que não era o caso.

Mas eu tinha feito uma cirurgia muito séria há uns dois meses, então nunca se sabe. Ao meu lado, Cosabella lambia minha bochecha avidamente onde havia espirrado água da banheira. Coloquei os jatos da banheira no máximo, esperando que pudessem aliviar a dor dos cortes das minhas mãos e pés, resultado de ter me segurado nas pedras. Estava aprendendo que ser modelo podia ser doloroso, às vezes até colocar sua vida em risco.

— Ele era forte? — continuei. Comecei a sair da banheira. Eu não precisava morrer de um ataque do coração logo quando meu sonho estava prestes a se tornar realidade. E, certo, eu sabia que há uma hora eu estava considerando ficar submersa no mar para sempre. Mas não de verdade. Estava frio demais lá embaixo.

Eu também meio que queria ver o que acontecia em *Realms*, a mais nova versão de *JourneyQuest*. O único problema era que, num acordo de exclusividade com os criadores do jogo, você só poderia ter *Realms* se comprasse o *Stark Quark*, o novo PC da Stark Enterprises que seria lançado nas férias. Os fãs de *JourneyQuest* não tinham ficado *nada* felizes com isso. — Não *forte*, mas assim... Em forma?

— É difícil dizer pela câmera de segurança — falou Lulu. — Mas não o dispensaria, vamos dizer assim.

— Ai, meu Deus. — Peguei uma toalha da grade da varanda. Meu coração estava acelerado, como se eu tivesse acabado de sair da esteira (que era algo que eu tinha que fazer agora, para manter a forma. Mas tudo bem, porque o corpo de Nikki gostava de malhar, ao contrário do meu antigo, que tinha horror). Eu não podia acreditar. Depois de todo esse tempo — tinham se passado semanas —, Christopher finalmente apareceu.

E eu tinha que estar nas ilhas Virgens quando isso acontece! — Lulu. *Lulu.* Era o Christopher! Tinha que ser! — Agora que eu estava fora da banheira, parei de ter a sensação de que teria um ataque cardíaco. Meu coração ainda estava batendo forte no meu peito, mas era de alegria. Tipo, *tum-tum, Christopher quer te ver! Tum-tum, Christopher finalmente entendeu!* Eu fiz todo o possível nessas últimas semanas para tentar convencê-lo, sutilmente, de que, enquanto por fora eu parecia ser o rosto perfeito de uma corporação desalmada que pretendia sugar os pequenos comerciantes da região, por dentro eu ainda era sua melhor amiga, legal, fã de videogame e que odiava as corporações desalmadas... Em.

Sem realmente dizer isso, claro, ou eu invocaria toda a ira de Robert Stark e sua equipe superpoderosa de advogados. Embora eu soubesse que podia confiar a verdade a Christopher e que ele nunca contaria a ninguém — se pelo menos eu conseguisse fazer com que ele acreditasse em mim, o que era uma história completamente diferente —, não podia ter certeza de que a Stark não nos escutaria. Às vezes, eles pareciam saber até o que eu estava *pensando.* Não me pergunte como.

Mesmo assim, não tinha sido fácil tentar fazer com que Christopher enxergasse que era a Em atrás dos perfeitos olhos azuis de Nikki, especialmente com McKayla Donofrio me interrompendo a cada cinco minutos (qual era a dessa nova paixonite pelo Christopher? Ele cortou o cabelo e de repente até a presidente do Clube de Negócios da Tribeca Alternative o achava interessante) e eu tinha que falar de *JourneyQuest* quase toda hora para prender a sua atenção.

Será que foi isso que o levou até o apartamento? Tinha de ser. Christopher finalmente estava entendendo que eu era sua amiga de sempre, Em Watts, no corpo de Nikki Howard, ou estava começando a achar que eu o estava perseguindo. Talvez ele tenha passado só para contar que estava saindo com McKayla e recomendar, com gentileza, que eu procurasse ajuda profissional.

Espere. Não. Eu me recusei a me deixar levar por pensamentos tão negativos.

— Você pode pedir ao porteiro para avisá-lo que eu estou voltando para casa? — perguntei para Lulu. — A Christopher, quero dizer. Se ele voltar. Diga que estarei em casa assim que possível.

— Claro — disse Lulu, bocejando. — Quero dizer, acho que sim. Mas não entendo por que você simplesmente não liga para ele e diz você mesma. Convide o garoto para a festa de final de ano.

Lulu estava planejando essa festa havia semanas. Aparentemente, ela e Nikki ficaram famosas por isso e por em geral serem megadivertidas. A festa foi um sucesso enorme (as dos dois anos em que as meninas organizaram), com a presença de paparazzi e fotos na *Page Six* e até na *Vogue*, e os seus amigos amaram. Lulu não era capaz de se concentrar em nada desde primeiro de dezembro, para desgosto de seu agente e de seu empresário, que estavam tentando finalizar o novo CD dela, que deveria ser lançado em algum momento na primavera, se Lulu conseguisse terminá-lo.

Mas havia um pequeno problema com a festa de ano-novo da Lulu este ano, um problema que ela ainda não sabia: eu não estaria presente.

Não sabia exatamente como daria essa notícia. Basicamente, Lulu não tinha nenhuma família além de mim (ou melhor, Nikki) desde que seus pais se separaram e pareciam completamente indiferentes a ela. Eu me sentia péssima em deixá-la sozinha no final do ano, especialmente na sua megafesta.

Mas o que eu podia fazer? Já tinha um compromisso marcado.

Respondendo a pergunta sobre o Christopher, falei:

— Não é para eu saber o telefone dele — fiz com que ela se lembrasse. — Lembra? Queria saber como ele descobriu onde eu moro.

— Não é difícil — disse Lulu. — Tudo que alguém tem que fazer é procurar pelas filas de europeuzinhos modernos deprimentes circulando lá fora, querendo saber por que você não tem tempo para eles... Ou o dinheiro que querem que você pense que deve, porque são algum primo desempregado e desaparecido há séculos.

Larguei a toalha e comecei a vestir uma calça jeans e uma blusa por cima da lingerie — tarefa nada fácil para quem está segurando um celular e tentando não pisar numa miniatura de poodle agitada.

Mas é surpreendente a rapidez com que aprendemos a nos vestir nas mais variadas condições, quando pessoas estão constantemente tirando sua roupa sem absolutamente nenhuma privacidade.

— Lulu — falei. — Temos que falar sobre meus pseudo-parentes agora?

— Tanto faz. Aquele carinha era meio gato, tinha um jeito meio largado.

— Ele era meu *falso* primo — a lembrei. — Sério, Lulu, o que vou fazer? Brandon quer me levar para andar de jet ski amanhã.

— O quê? — Lulu parecia confusa. — Brandon quer o quê?

— Me levar para andar de jet ski — repeti. — Ele disse que acha que eu ando muito estressada.

— Muito estressada? — Agora Lulu parecia incrédula — Por que ele pensaria *isso*? É o negócio da transferência espiritual de novo?

— Hã... — Não queria contar a verdade a ela, a parte em que Brandon recentemente me arrastou do fundo do oceano depois de eu não ter feito nada para me salvar do afogamento. Isso era muito esquisito. Além do mais, como eu estava falando no celular Stark da Nikki (que eu tinha certeza de que estava grampeado) e havia grande chance de alguém do escritório do pai de Brandon estar ouvindo nossa conversa, não era uma boa ideia ficar falando sobre esse assunto — especialmente sobre minha "transferência espiritual" — de qualquer forma. Então, simplesmente respondi:

— É, acho que sim.

— Mas vocês fizeram a foto, certo?

— Claro que sim — falei.

— Então — disse Lulu. — Tanto faz, você é Nikki Howard. O que você disser está valendo. Simplesmente diga que o jatinho parte amanhã, ou qualquer outra coisa. — A Stark Enterprises transportava seus funcionários, inclusive eu, em um dos seus muitos jatinhos particulares, o que era muito eficiente para eles, que economizavam tempo, mas pouco amigável com o meio ambiente. Minha pegada de carbono estava enorme. Eu teria que doar uma grande quantia do dinheiro da Nikki para minimizar isso.

— Mas, tecnicamente é o jet ski do *Brandon* — a lembrei.

— Ou do pai dele na verdade, mas não importa. Como eu o convenço a ir embora mais cedo?

— Você não o convence a ir embora mais cedo — disse Lulu. — Você diz para ele que precisa ir embora amanhã e que quer ter certeza de que o avião estará pronto. Aí você faz aquela coisa com a sua língua.

— Ai, meu Deus. — interrompi Lulu rapidamente. Definitivamente, não era uma conversa para advogados da Stark ou para quem quer que estivesse ouvindo os telefonemas de Nikki, se é que de fato, alguém estava. — Lulu!

— Ou você poderia simplesmente voltar com ele — disse ela, como se a ideia tivesse acabado de lhe ocorrer. — Tipo, você sabe que é isso o que Brandon quer. Ele está péssimo desde que vocês terminaram. Mas não consigo ver como voltar com ele poderia funcionar, se você gosta de outro garoto...

— Está bem, Lulu — falei. Ela provavelmente anda comendo muita pipoca de micro-ondas de novo. Às vezes, quando eu não estava por perto, era tudo o que comia, pois não sabia cozinhar. — Tenho que ir agora...

— Que pena que você não pode voltar essa noite — disse Lulu suspirando. — Até porque isso significaria ter que pegar um *voo comercial*.

Ela proferiu as palavras *"voo comercial"* no mesmo tom revoltado que minha irmã, Frida, diria "usar jeans sem ser de marca".

— Ooooooh — Lulu deu um grito agudo no meu ouvido, se lembrando, aparentemente, de mais alguma coisa. — Estou pedindo para que sirvam ostras Rockefeller, e você sabe o que as ostras são? Um afrodisíaco, isso que elas são. Quando Christopher comer uma, não conseguirá resistir a você!

Esse não era o momento nem lugar para anunciar que eu não estaria lá nas férias (e que eu não gostava muito de ostras), então simplesmente disse "claro" e desliguei. Depois peguei a chave do quarto e saí para procurar Brandon, com Cosabella logo atrás de mim.

Eu o encontrei — ou melhor, Cosabella encontrou — sentado em uma das espreguiçadeiras densamente acolchoadas no deque vazio, iluminado pela lua, do lado de fora do bar do hotel, com o rosto enterrado no decote da garçonete do restaurante.

— Com licença — falei, envergonhada e me divertindo ao mesmo tempo.

Brandon, surpreso, soltou a garçonete. Ela caiu da espreguiçadeira, chegando ao chão duro com um "Ui".

Suspirei e disse:

— Ai, me desculpe! — Cosy, empolgada, latiu para a garçonete, cujo nome escrito no crachá era RHONDA. Ela esfregou o bumbum e ergueu os olhos para mim.

— Nikki — Brandon se levantou e passou por cima de Rhonda como se ela nem estivesse lá. — Você está bem? O que está fazendo aqui? Achei que você tivesse dito que ia para a cama.

— Eu vou — falei. — Ou, pelo menos, vou daqui a pouco. Você está bem? — perguntei a Rhonda, pois Brandon, aparentemente, tinha se esquecido de sua existência.

— Tudo bem — respondeu Rhonda, lançando um olhar fulminante para Brandon, que ele nem notou.

— Tem alguma coisa errada? — quis saber ele. Só que estava perguntando a *mim* e não a mulher cuja bacia ele quase quebrou quando a soltou. — Quer que eu pegue algo para você? Comida? Você está com fome?

— Não — falei. — Estou bem. Só precisava te perguntar uma coisa.

— Qualquer coisa. — Brandon parecia ansioso. — O que é?

— Hum — falei, me abaixando para pegar Cosy e dar a Rhonda uma chance de escapar, afinal a cadelinha impedia a garçonete de se levantar ao tentar lamber seu rosto. — Isso pode esperar...

— Não, sério — Brandon não parecia ligar mais nem um pouco para Rhonda, ou para o quanto ela tentava ficar de pé. — O que foi?

Atrás dele, Rhonda tinha se levantado, limpado a saia preta apertada e pegado a bandeja com a qual havia servido as bebidas para Brandon depois do jantar, quando as coisas aparentemente tinham ficado bem aconchegantes entre eles. Quando ela foi embora, com a cabeça erguida, senti uma amostra do seu perfume soprando em nossa direção na quente brisa tropical.

Era *Nikki*, atualmente disponível numa promoção especial de final de ano por $49,99 em qualquer loja da Stark. Custava à Stark, para ser produzido, uns dois dólares o vidro (na China, claro) e menos que isso para transportar. O cheiro era tão enjoativo que eu na verdade não usaria nem em um milhão de anos.

— É só porque sei que você mencionou que queria ir embora depois de amanhã — falei. — Mas eu estava pensando se não poderíamos ir embora um pouco antes.

— Antes? — Brandon parecia confuso. O que quer que ele estivesse esperando eu perguntar, não era isso. Eu suspeitava que Lulu estava certa, e que sua esperança fosse que eu pediria para voltarmos a namorar. Era uma ilusão que ele nutria já fazia algum tempo. Infelizmente, nunca iria se tornar realidade... Brandon talvez fizesse o tipo de Nikki, mas não fazia o meu. Pelo menos, não enquanto eu ainda tivesse esperanças de que Christopher fosse aparecer algum dia. — Antes quando?

— Ah, não muito — falei. — Eu estava pensando em, digamos, amanhã de manhã, por volta das nove.

— Mas esse era o horário que o papai tinha marcado originalmente para voltarmos — falou Brandon, parecendo surpreso. — Em vez disso, eu ia ignorar o horário e levar você para um passeio de jet ski pela ilha.

Durante o qual ele com certeza esperava que eu caísse de amores por ele.

— Sim — falei. — Isso é muito gentil da sua parte. Mas algo aconteceu e eu realmente preciso voltar à cidade.

— E para mergulhar — disse Brandon. — Eu estava pensando em mergulharmos amanhã depois do almoço.

Bem, eu realmente não poderia culpá-lo. Eu havia mostrado certa afinidade com o fundo do mar.

— Parece divertido — falei. — Mas realmente preciso ir para casa.

— Por quê? — perguntou Brandon. Suas sobrancelhas escuras se contraíram de um jeito que, se eu não o conhecesse melhor, descreveria como ameaçador. Só que Brandon não tinha um só gene ameaçador no seu corpo.

— É pessoal — falei. Não estava a fim de dar mais detalhes. Pelo menos não para um garoto que, eu tinha quase certeza absoluta, nunca havia lido um livro inteiro em toda a sua vida. O manual operacional do jet ski não conta.

— Mas... Eu não quero ir embora antes — Brandon sentou-se novamente na espreguiçadeira e pegou sua bebida. Estava claro que, pela atitude, ele queria arrumar uma discussão. Que não daria em nada, a não ser que eu estivesse pronta para ser sua namorada.

Ótimo. Eu deveria ter previsto que isso aconteceria.

Mas de jeito nenhum vou fazer aquele negócio com a minha língua. Seja lá o que for.

Sentei-me na espreguiçadeira ao lado da de Brandon e me inclinei, apesar de saber que a camiseta mostrava meu decote quando eu fazia isso. Eu estava usando sutiã, claro, então não era nada que ele não tivesse visto algumas horas antes, na sessão de fotos de biquíni.

Ainda assim, isso não pareceu impedi-lo de olhar. Era realmente verdade: o poder do decote não podia ser subestimado, o que Frida tentava enfiar na minha cabeça anos antes. Mas eu nunca ouvia, insistindo que, sendo feminista, eu não usaria roupas que tratariam a forma feminina como objeto. Foi Lulu quem me mostrou que os decotes não nos faziam parecer objetos, mas *realçavam* as partes de que todas as mulheres deveriam se orgulhar, não importando o tamanho.

— Seu pai sabe que você está segurando o jatinho da empresa por mais 24 horas, Brandon? — perguntei de forma suave.

Brandon não tirava os olhos de mim.

— Quem liga para o que meu pai pensa? — perguntou ele um pouco mal-humorado. — Como se não tivéssemos outros jatinhos. Ele pode usar qualquer outro se precisar...

— Você não se sente culpado por todo o dinheiro que isso custa ao seu pai? — perguntei. — Afinal, já conseguimos tirar a foto. Especialmente quando é só para você poder mergulhar e andar de jet ski.

— Não — respondeu Brandon enquanto eu traçava um círculo no seu joelho com os dedos. Era um truque que eu tinha visto Lulu fazendo várias vezes nos garotos que compravam bebidas para ela na Cave. Eu me senti mal em fazer isso com Brandon? Um pouco. Eu esperava que isso funcionasse? Totalmente. — Meu pai e eu não somos exatamente próximos, você sabe.

— Eu sei — tranquilizei-o, sendo simpática.

— Minha mãe nos deixou há anos pelo seu professor de ioga, e desde então mal a vejo — continuou Brandon, arrastando um pouco as palavras. Eu diria que ele tinha bebido demais. Como sempre.

— Eu sei — repeti. Na verdade, não sabia por experiência própria. Mas li um artigo sobre isso uma vez, numa revista *People* que Frida deixou por aí. — Olha, eu não posso falar pelo resto da equipe, mas eu particularmente preferiria que voltássemos amanhã como foi marcado. Senão — tirei minha mão do joelho dele e me endireitei abruptamente, acabando com a vista agradável do meu decote. Essa era outra estratégia que Lulu havia me ensinado: dê um pouco e depois tire. Mas tem que ser no momento certo —, vou voltar no primeiro voo comercial que conseguir.

— *Comercial*? — Assim como a Lulu, Brandon parecia horrorizado com a ideia de eu pegar um voo comercial. Tão horrorizado que segurou a minha mão e, com um movimento rápido, me puxou em direção a ele. Com força. — O que é tão importante para você, Nikki Howard, que a faria pegar um voo *comercial* de volta para Nova York? — perguntou ele com intensidade.

Hum... Ooops. Eu sempre esquecia — talvez porque Brandon não fosse meu tipo, com seu jeito de playboy e sua aparente falta de interesse em tudo que não fosse uma garrafa de Bacardi e o último cantor de hip-hop do momento — que ele era ex-namorado de Nikki Howard. E também que os dois — pelo menos de acordo com as matérias dos tabloides que encontrei no quarto de Nikki (ela tinha guardado todos os artigos que falavam sobre ela no fundo de uma gaveta da mesinha de cabeceira) — ficaram juntos, firmes e fortes, por pelo menos um ano. A última coisa de que eu precisava era que Brandon ficasse com ciúmes porque eu queria tanto encontrar o garoto pelo qual sou apaixonada que voltaria para Nova York nesse exato minuto.

— Nada — falei inocentemente. — É que eu tenho que voltar para a escola. Lembra? Que eu ainda estou na escola? Eu tenho provas finais esta semana.

Brandon soltou a minha mão um pouco. Em vez de me segurar de forma possessiva, ele começou a deslizar os dedos pelo meu braço.

— Ah, claro. Escola — repetiu ele. — Provas finais.

Assim que seus dedos alcançaram a minha nuca e se enroscaram nos cachos pesados e úmidos do meu cabelo, percebi que teríamos um problema. Não vou negar: era bom ter seus dedos no meu cabelo. O problema era que Brandon sabia disso. Essa era uma das muitas questões com as quais eu tinha que lidar depois do que a Stark Enterprises tinha feito comigo — colocar meu cérebro dentro do corpo de Nikki Howard. Eu não gostava de Brandon Stark, pelo menos, não *daquele* jeito.

Mas Nikki Howard gostava de Brandon Stark... ou, pelo menos, seu corpo sim. Meus olhos se fecharam, totalmente contra a minha vontade, assim que Brandon começou a massagear suavemente o local onde minha nuca encontrava as costas.

Isso era tão errado! Brandon sabia que Nikki Howard ficava sem defesa diante de uma boa massagem no pescoço. Seu corpo inteiro, descobri isso logo depois de um cabeleireiro fazer isso, ficava mole quando alguém massageava sua nuca.

Brandon, obviamente, sabia disso, e estava tirando vantagem, injustamente, da situação.

— Parece que você só pensa na escola agora — continuou ele. — Nisso e naquela besteira sobre a Stark Enterprises estar arruinando o país.

— Não é besteira — murmurei, enquanto seus dedos continuavam me massageando. — A empresa do seu pai está contribuindo para o aquecimento global e arruinando as pequenas cidades da América.

— Cara, você fica tão sexy quando fala desse jeito revolucionário — murmurou Brandon de volta.

Sua voz soou tão perto que abri os olhos. Fiquei surpresa ao ver seu rosto em frente ao meu, os lábios a apenas um centímetro da minha boca.

Ai, não. Estava acontecendo de novo. Podia me sentir inclinando em direção a ele, meu corpo vacilando perto do dele, como se estivesse sendo puxado por alguma força oculta... Mesmo sabendo que beijar Brandon Stark era a última coisa que eu queria fazer naquele momento. Racionalmente, quero dizer.

A questão era: não era *eu*. Eu não tinha controle sobre isso. Era Nikki. Ela era assim, louca por garotos.

Não que tenha algo errado com uma menina que curte beijar garotos. Beijar garotos é fantástico. Na verdade, não acredito que perdi tanto tempo da vida pré-Nikki *sem* beijar garotos.

O problema com a Nikki era que ela parecia ter passado muito tempo da vida, antes de meu cérebro ser colocado no seu corpo, beijando os garotos *errados*. Tanto tempo, na verdade, que beijar os garotos errados tinha virado um hábito muito difícil de ser evitado, e agora era uma coisa que seu corpo fazia no automático, sem que eu pudesse impedi-lo.

Como agora, por exemplo. Antes que eu pudesse fazer qualquer coisa, minha boca estava grudada na de Brandon, e estávamos dando um amasso no mesmo lugar onde, minutos atrás, ele estava agarrando Rhonda, a garçonete.

E eu entendi por que Rhonda também tinha caído na dele. Os lábios de Brandon eram tão macios, sua mão embalava a minha nuca enquanto a boca se movia insistentemente contra a minha.

Pude sentir aquela *coisa* acontecendo, aquilo que sempre acontecia quando um garoto começava a beijar Nikki, eu gostando dele ou não — e foi assim que eu quase arruinei minha relação com a Lulu um ou dois meses atrás, ficando com o namorado *dela*. Era horrível, mas, juro, não conseguia me controlar — ou melhor, Nikki não conseguia. Seu corpo começou a se aproximar do de Brandon como que espontaneamente, minhas mãos se estenderam e deslizaram pelos seus braços fortes e musculosos, depois envolveram seu pescoço com força.

O negócio é que eu *sabia* que estava acontecendo, que estava perdida, sendo sugada, assim como quando caí na água. Eu sabia que estava acontecendo...

... e mesmo assim não conseguia me controlar, assim como não conseguia manter minha cabeça erguida quando recebia uma massagem no pescoço.

Porque não era eu. Juro que não era eu.

E como poderia controlar o corpo de outra pessoa, de alguém que não era eu? Pelo menos, alguém que ainda não era eu. Não por completo.

Mas então, Brandon mexeu a mão e seus dedos acariciaram a cicatriz ainda sensível na parte de trás da minha cabeça. Senti pequenas pontadas de dor e afastei meu rosto de perto do dele.

— Ai! — gritei.

— O que foi? — A expressão de Brandon mudou de desejo para estranhamento. — O que eu fiz? Ei, o que era aquilo na sua cabeça? Você tem... você fez aquele negócio de *aplique no cabelo*?

— Não... é... esquece. — Me encostei de volta na cadeira, meus lábios ainda latejando um pouco no lugar onde ele havia apertado os dele. Senti um número infinito de emoções, mas a primeira foi alívio. Nunca tinha sido tão grata por ter a minha cicatriz. O que eu estava *fazendo*? Ficando com *Brandon*? Meu Deus! Lulu tinha dito para eu fazer o negócio com a língua, mas sério, eu não pretendia literalmente fazer o que ela tinha sugerido. — É-é só mais uma razão pela qual seria melhor para nós se fôssemos amanhã, conforme *marcado*.

Minha voz não parecia firme como eu gostaria, considerando o fato de que estava apaixonada por outra pessoa. A verdade era que, embora eu fosse grata a Stark Enterprises por terem me dado a chance de viver, às vezes eu queria que eles tivessem encontrado outro corpo para pôr o meu cérebro... Alguém não tão... excitável... quanto Nikki.

— Está bem — disse Brandon, olhando para as mãos como se esperasse vê-las cobertas de sangue.

O que era ridículo. Meus pontos tinham sido retirados semanas atrás.

Só que ele não sabia disso.

— Sabe, Nik, não estou entendendo você ultimamente — continuou Brandon, me olhando da sua espreguiçadeira.

— Eu sei — falei. — Me desculpe por isso. Estou com... Alguns problemas. Mas estou tentando resolvê-los. Mas realmente gosto de você, Brandon.

Ele levantou uma das sobrancelhas escuras.

— Sério? — disse ele. — Gosta quanto? O suficiente para voltarmos a namorar? Porque preciso falar... — Não havia dúvidas na sua voz. — Eu toparia.

Engoli em seco, sentindo o pânico crescer. Isso era tudo de que eu *não* precisava... E exatamente o que merecia por flertar com o filho do chefe. Como consegui achar que tinha a mais vaga ideia do que estava fazendo, brincando com as emoções de Brandon desse jeito? Eu não era Nikki o tempo suficiente para saber como fazer o jogo que ela aparentemente costumava fazer.

— Hum, isso foi tão doce, Brandon — falei bem rápido. — Mas acho que seria melhor se eu ficasse solteira agora, enquanto estou resolvendo esses problemas que mencionei.

Claro, se as coisas acontecessem do jeito que eu esperava quando voltássemos para casa, e eu e Christopher ficássemos juntos, Brandon ficaria louco quando descobrisse que eu estava mentindo a respeito dessa coisa de querer permanecer solteira.

Mas eu pensaria nisso quando chegasse a hora.

Brandon me encarou, quase como se estivesse lendo meus pensamentos.

— Você nunca ficou um minuto solteira na vida — disse ele. — Quem é o cara?

— Não tem nenhum cara — garanti com uma risada. Esperava que o riso não tivesse soado tão duvidoso para ele como soou para mim. — Sério, só estou tirando um tempo para mim agora. — Ouvi isso na Oprah outro dia. Ele iria engolir essa? Talvez se eu o influenciasse a fazer o mesmo. — Talvez você devesse tentar também. Acho que tem coisas que você poderia estar fazendo para ajudar a convencer o seu pai a tornar a empresa mais globalmente responsável.

Brandon desviou o olhar.

— Eu e meu pai também temos nossos problemas — disse ele, apático.

— Ah! — falei. — Certo. — Eu me lembrei da conversa que tivemos sobre o pai dele um ou dois meses atrás, durante uma sessão de fotos. "Ele não fala com artistas", Brandon tinha dito. "Ou comigo."

— Acho que vou ligar para o piloto então, se você quer partir amanhã. — Brandon apalpou o bolso da bermuda procurando o celular. Ele parecia um pouco... não tinha outra maneira de descrever: zangado.

E por que não estaria? Não devia ser fácil crescer à sombra de um bilionário. Claro, ele tinha tudo que um garoto podia querer.

Exceto a aprovação do pai.

E Nikki Howard para dar uns amassos, aparentemente.

— Obrigada, Bran — falei, e limpei minha garganta. — Você é um cara muito legal.

— Sei — falou Brandon, olhando para todos os lugares, menos para mim. — É o que todas dizem.

Foi maravilhoso, eu pensava voltando para o quarto, com Cosabella logo atrás de mim. Graças à cicatriz gigante que fica atrás da minha cabeça, fui impedida de cometer um erro colossal. Bem, acho. Duvido que eu e Brandon realmente fôssemos fazer aquilo, lá, no lado de fora do *Sea Breezes*, o bar do hotel.

Mas, se não tivesse sido pela cirurgia, eu não estaria nesta situação, em primeiro lugar.

Em vez disso, estaria morta.

Talvez, pensei, quando notei que a lua cheia estava brilhando lá na água fria e escura onde eu estava imersa há algumas horas, fosse a hora de parar de sentir pena de mim mesma e começar a aproveitar o fato de estar viva. Claro, minha vida nova não era perfeita.

Mas as coisas estavam começando a melhorar.

Engraçado como, naquele momento, eu realmente acreditei nisso.

Mas depois percebi que não podia estar mais errada.

TRÊS

A MELHOR COISA QUANDO SE VIAJA EM JATINHOS PAR-
ticulares é que você não tem que fazer aquela coisa de chegar-
ao-aeroporto-duas-horas-antes-do-horário-do-voo. Você
aparece cinco minutos antes da hora que o seu avião está
programado para decolar, e não tem nem que passar pela
segurança. Eles abrem um portão especial e deixam sua
limusine ir até o avião, então você salta com a sua mala (e
cachorro, que pode viajar fora da casinha, porque o avião é
seu... Ou do seu chefe, no caso, mas tanto faz), sobe as escadas e vai direto até o seu lugar. Ninguém olha sua passagem,
sua identidade, ou qualquer outra coisa. Simplesmente falam
"bom-dia, Srta. Howard" e lhe oferecem um champanhe (ou,
se você é menor de idade, um suco de laranja).

Então, cinco minutos mais tarde, decolam. Sem demons-
trações de equipamento de segurança. Sem bebês berrando.
Sem fila para usar aquele banheiro apertado. Nada parecido.

Em vez disso, você tem assentos de couro luxuosos, mesas
de mogno reluzentes, Wi-Fi (ah, claro: aquela coisa de que

você não pode usar Wi-Fi ou celular durante o voo? Totalmente besteira. Você pode, quando voa pela Stark Air.), flores frescas, sua própria janela, seu próprio DVD player da Stark se quiser, com uma vasta coleção de lançamentos para escolher.

Uma garota poderia se acostumar com esse estilo de vida, e ter dificuldades em voltar a viajar em aviões comerciais. Será que eu sou uma grande hipócrita ao odiar a Stark Enterprises pelo que eles fizeram comigo (e milhares de pequenos comerciantes, sem falar no meio ambiente) e escolher viajar no jatinho particular de Robert Stark em vez de comprar uma passagem em um voo comercial?

Sim.

Mas se isso fosse me levar até Christopher — e minha nova vida feliz, quando nós começaríamos a namorar — oito horas antes do que se eu fosse num voo comercial, não me importava nem um pouco.

Antes do que eu achava ser possível, a linha do horizonte de Manhattan apareceu envolta por melancólicas nuvens cinzentas de chuva abaixo de nós. Mas, de alguma forma, a visão dessa ilha, saindo das águas escuras e salgadas dos rios Hudson e East, me animou muito mais do que as ilhas tropicais com praias brancas que acabamos de deixar.

Eu estava esticando o pescoço para ver se conseguia ter uma breve visão do Washington Square Park e do prédio onde minha família morava, quando recebi minha primeira mensagem no celular que não era Stark.

SOS, Frida escreveu. **Ligue o mais rápido possível.**

Eu já estava digitando o número dela antes de me tocar de que era Frida, minha irmã, alguém que considera uma emergência a Sephora não produzir mais um delineador. Tudo o que eu pensava era, *papai, ataque do coração*. Ele era, afinal, um homem caucasiano, de meia-idade, que trabalhava muito, morando em New Heaven na maior parte da semana para dar aulas em Yale. Nós o víamos somente nos finais de semana. Eu sabia muito bem o que ele comia na maior parte do tempo. Rosquinhas do Dunkin' Donut e café requentado. Nunca o vi fazendo exercícios. Ou consumindo uma fruta.

— Frida? — eu disse assim que ela atendeu. Percebi que Brandon, do outro lado do corredor, abriu um olho, irritado ao ouvir o tom frenético da minha voz. Ele dormiu a viagem toda, ou fingiu que dormiu. Ele estava me tratando meio friamente a manhã toda. Acho que não superou o que aconteceu entre a gente na noite passada — tipo, quando eu recusei sua proposta de namorarmos de novo.

Ele fechou o único olho irritado que havia aberto ao perceber que eu estava falando ao telefone, e não com ele.

— O que foi? — perguntei para Frida, ansiosa, mantendo a voz baixa, para não incomodar o filho do meu chefe, que estava de ressaca. — É o papai? Está tudo bem?

— O quê? Não, não é o papai. — Frida parecia triste do outro lado da linha. — E não, não está tudo bem. É a mamãe.

— O que tem a mamãe? — *Mamãe?* Mamãe era um símbolo da boa saúde. Nadava toda manhã na academia da escola. Não comia nada além de salada e frango grelhado. Era tão saudável que chegava a ser repugnante. — Ela está bem?

— Está — disse Frida. — *Fisicamente.* Mentalmente é questionável. Descobriu o lance de eu ser líder de torcida e agora está tentando fazer com que eu saia da equipe.

Eu me afundei de volta no assento de couro. Estava tão aliviada que mal conseguia falar. E também queria matar Frida por me assustar daquele jeito.

— Em — disse Frida. — Você tem que voltar logo e tentar fazê-la entender. Ela está dizendo que não posso ir para o acampamento das líderes de torcida.

— Estou no avião agora — falei, olhando o rio Hudson pela janela brilhando friamente para mim. — Eu estava nas ilhas Virgens, lembra? Então "ir logo" não é realmente uma opção. — Além disso, tinha uma coisa um pouco mais importante a fazer do que resolver brigas entre minha mãe e Frida. Verdade, as chances de Christopher passar lá em casa de novo não eram muito grandes — mas *era* domingo, então provavelmente ele não tinha nada melhor para fazer. Eu sabia que tudo o que Chris fazia no domingo era jogar *JourneyQuest*, ou talvez passear pelas lojas de videogame para ver se eles tinham recebido alguma coisa nova no sábado. Mas ainda assim pretendia ficar esperando em casa o dia todo, só por precaução.

— Não é um pouco precipitado se preocupar com o acampamento das líderes de torcida agora? — perguntei a ela. — Estamos em dezembro. Você tem meses até o verão para convencê-la. — E, talvez, desistir de ser líder de torcida e se interessar por alguma coisa que a desafie mais intelectualmente, como física, eu pensei, mas não disse em voz alta.

— Será uma semana inteira de acampamento para aperfeiçoar nossa apresentação durante as férias de inverno — explicou Frida. — Na Flórida. Todo mundo do grupo vai. A mamãe é a única que diz que só sobre o seu cadáver deixaria sua filha ir num negócio chamado acampamento de líderes de torcida.

— A gente não vai para a casa da vovó nas férias de inverno? — perguntei, enquanto Cosabella, que amava voar de avião tanto quanto andar de carro, decidiu que a vista do meu colo não era emocionante o suficiente e saltou para o outro lado do corredor, para ver o que estava acontecendo na janela de Brandon. Ao fazer isso, acabou atormentando-o e fazendo-o acordar novamente, de um jeito que eu diria não ser muito agradável. Murmurei um "desculpe" para ele, mas Brandon só me lançou um olhar ressentido.

Havia um silêncio desconfortável ao telefone. Achei que tivéssemos passando por uma área sem sinal até Frida dizer:

— Bem, vai. Sim. O acampamento das líderes de torcida só começa depois das festas de final de ano. Mas, Em...

— Então, problema resolvido — falei. — Olha, vou ligar para a mamãe. Ela deveria estar feliz por você estar fazendo amigos, mantendo a forma, e fazendo uma atividade extracurricular que vai contar pontos na hora das inscrições para a faculdade. Eu acho. E, tá, seria melhor se fosse futebol ou lacrosse, mas...

— Ligar para ela não é suficiente — interrompeu Frida.

— Você tem que vir aqui. Ela tem que ouvir isso de você pessoalmente. Senão nunca vai me deixar ir...

— Está bem — falei. — Vou passar aí depois que deixar as minhas coisas em casa. Tenho presentes para vocês, de qualquer forma. — Compras de Natal tinham um novo significado agora que eu realmente tinha dinheiro para gastar. Poder comprar para a minha família os presentes que eu sabia que eles sempre quiseram, mas nunca puderam pagar, era demais. Realmente era melhor dar do que receber. Eu mal podia esperar para ver a cara da Frida quando ela abrisse a caixinha de veludo preto que eu ia dar.

Frida não disse nada, o que era meio estranho, pois raramente calava a boca.

Devia estar transbordando de gratidão por eu estar levando presentes, por isso não sabia o que dizer.

É. Claro.

Presumi, pelo seu silêncio incomum, que estávamos passando por uma área onde o celular não recebia sinal, então desliguei e fui resgatar a cadelinha do colo do ex-namorado de Nikki Howard.

Brandon não parecia muito agradecido. Não era culpa dele. Cosabella realmente precisava ser adestrada.

Mas era difícil ficar confinada num avião, o que Cosy provou fazendo xixi por toda a pista assim que desembarcou. Ela fez a mesma coisa quando Karl, o porteiro, abriu a porta da limusine que me trouxe de Teterboro, o aeroporto onde Robert Stark mantinha seus jatinhos. Cosy pulou de repente e caminhou até os canteiros da Centre Street, 240. Era embaraçoso, mas onde mais ela poderia fazer essas coisas?

— Seja bem-vinda de volta, Srta. Howard — disse Karl assim que saí da limusine e me deparei com o chuvisco gelado que caía do céu. Era bem diferente da brisa refrescante das ilhas Virgens, e não havia ninguém correndo para me trazer uma *piña colada*, como faziam no hotel em St. John. — Espero que tenha se divertido enquanto esteve fora.

— Sim, foi ótimo — falei automaticamente. Cosy estava me enlouquecendo, como sempre. Karl deve ter percebido porque disse: — Ah, eu limpo para a senhorita. Entre rapidamente para se aquecer. Ah, creio que a senhorita deva saber... Tem uma visita esperando por você na portaria. Eu não tinha certeza se... Bem, a senhorita verá.

Meu coração deu aqueles pulinhos novamente, mesmo que eu dissesse para mim mesma que não tinha como ser ele. Quer dizer, Christopher não era do tipo que sentaria na portaria do prédio de uma garota e a esperaria voltar.

Mas quando caminhei em direção à portaria e vi lampejo de cabelos loiros curtos, eu não consegui evitar pensar "É ele! Ah, Deus, é ele".

E então praticamente comecei a tremer. Do nada, comecei a ficar muito nervosa.

O que era ridículo. Quero dizer, sou a melhor amiga desse garoto desde sempre. Tinha feito concurso de arrotos com ele, pelo amor de Deus. E, tá, isso foi no sétimo ano, mas mesmo assim. Por que eu estava ficando nervosa agora? Era eu que estava num corpo novo, e ele nem sabia disso ainda, apesar de eu ter deixado uma pista bem óbvia uma vez. Estava tão ocupado sentindo falta da antiga Em — aquela que ele só notou quando já era tarde demais — que não percebeu (até agora, aparentemente), que a notícia da minha morte foi bastante exagerada.

Então por que era eu quem estava tão nervosa?

Mas eu não conseguia nem olhar na direção dele. Em vez disso, considerando que não conseguia lidar com a situação e queria parecer tranquila como Lulu havia me dito para fazer, fingi não notá-lo e caminhei em direção ao elevador, tentando desfilar como Nikki Howard, mas sabendo que estava, provavelmente, tropeçando como Em Watts. Cosabella vinha no meu calcanhar. Foi então que ouvi uma voz masculina chamar meu nome.

Eu não queria parecer muito ansiosa. Garotos odeiam isso (segundo Lulu, minha conselheira perita em todos os assuntos relativos a garotos). Eu deveria deixá-lo dar o primeiro passo. Eu tinha que deixá-lo pensar que vir até aqui era ideia dele (e era, na verdade). Eu tinha que...

— Nikki.

Espera um minuto. Não era ele.

Não era a voz de Christopher.

Olhei ao redor. Havia um garoto alto e loiro na portaria do meu prédio, era verdade. Ele era forte, exatamente como Lulu havia dito ao telefone. E estava olhando diretamente para mim.

Mas estava vestindo o uniforme da Marinha.

Christopher nunca entraria para as forças armadas, considerando que seu pai, o Comandante, professor de ciências políticas da Universidade de Nova York, era responsável por enfiar na cabeça do filho uma profunda desconfiança em relação a figuras poderosas. E, levando em conta que ele estava somente no terceiro ano, como eu, Christopher não podia se alistar no exército nem se quisesse.

No rosto do garoto loiro havia uma expressão de extrema antipatia.

A antipatia parecia ser por mim. Não havia mais ninguém por perto.

Ótimo. O que eu havia feito para o loirinho? E nunca o tinha visto antes.

— Hã — falei, apertando rapidamente o botão do elevador para subir. — Desculpa. Você está falando comigo?

A expressão de antipatia no rosto do menino loiro se acentuou. Ele parecia ter uns 20 anos, talvez um pouco mais. Havia muitas insígnias no seu uniforme. Mas eu estava tão petrificada com sua expressão de antipatia que não conseguia tirar meus olhos dele para ler o que elas diziam.

— Pare com a encenação, Nik — ordenou ele, andando na minha direção. Sua voz era grave. Notei um leve sotaque sulista na sua fala. — Essa história de amnésia talvez funcione com os seus amiguinhos, mas não vai funcionar comigo.

Fiquei parada, confusa, e depois olhei de relance para a porta de entrada do prédio. Karl ainda estava lá fora, limpando a sujeira de Cosabella. O que era lamentável, pois o trabalho dele era impedir cenas desagradáveis como esta. Tenho que admitir que o garoto loiro não olhava do mesmo jeito que os doidos de rabo de cavalo que apareciam querendo dinheiro e dizendo que se eu não desse iriam para o *Star* contar suas histórias sobre a noite tórrida que havíamos passado em Las Vegas, ou sei lá onde.

Mas por qual outro motivo ele estaria aqui?

— Desculpa — falei ensaiando mentalmente o discurso que tinha feito tantas vezes nas últimas semanas, sempre que esbarrava com alguém que se dizia amigo ou parente da Nikki e que me confrontava dessa mesma maneira. — Mas por causa da minha amnésia, que posso garantir que é bem real, não lembro quem você é. Você terá que se apresentar. Seu nome é?

Os olhos azuis do garoto loiro — lembravam-me os olhos de alguém, mas de quem? —, que já eram bem frios, gelaram ainda mais quando ele me encarou.

— Sério — disse ele. — Você vai mandar essa? A história da amnésia? Você realmente acha que isso vai funcionar comigo? *Comigo?*

Ele disse "a história da amnésia" como se fosse uma mentira que Nikki tivesse contado para ele antes. E, aparentemente, não funcionou da primeira vez.

— Não é uma história — falei, erguendo meu queixo. Embora fosse, considerando que eu não tinha amnésia. Eu só não era Nikki Howard. Quero dizer, até era, perante a lei. — Eu realmente não faço ideia de quem você seja. Se você prefere não acreditar nisso, sugiro que vá embora antes que eu tenha que fazer alguma coisa que nós dois nos arrependeremos depois.

— Como o quê? — perguntou ele. — Chamar a polícia?

Como era exatamente isso que eu ia pedir para o Karl fazer — embora fosse um vexame ter que fazer isso com um membro das forças armadas dos EUA —, eu não disse nada.

O loirinho ficou me encarando mais um tempo.

— Meu Deus! — exclamou ele depois de um minuto, com uma incredulidade transparecendo lentamente no rosto bonito e parecendo um pouco cansado. — Você realmente faria isso, não faria? Chamaria a polícia.

— Eu já disse — insisti. Para meu alívio, o elevador tinha finalmente chegado. — Não tenho a mais vaga ideia de quem você seja. Agora, se não se importa, acabei de chegar de uma sessão de fotos, estou muito cansada e ainda tenho que desfazer as malas.

Para minha completa surpresa, ele estendeu a mão e agarrou meu braço. Sua mão era forte. Não tinha jeito de eu me soltar, mesmo se tentasse. E eu não estava disposta a tentar, porque queria manter todos os meus membros no lugar.

Agora eu estava começando a ficar assustada. Não havia nenhum sinal de Karl e a portaria estava vazia, o que não era comum para uma tarde de domingo, onde o resto dos moradores emergentes do nosso condomínio de aluguéis de 10 mil dólares estaria saindo para malhar ou indo tomar um chocolate quente no Starbucks. Quem era esse garoto esquisito, com olhar frio e uniforme militar?

— Eu disse para parar a encenação, Nik — repetiu ele numa voz tão firme quanto sua mão. Cosabella, aos meus pés, estava começando a sentir que algo parecia errado e estava nervosa e choramingando. O garoto loiro a ignorou.

— Você tem vergonha de admitir que me conhece? Tudo bem. Sempre teve. Mas como você pôde ter feito isso com ela? Ela desaparece e você não está nem aí. Você sabia que eu não podia tomar conta dela enquanto estava em um submarino. E agora ela se foi. Ninguém sabe onde ela está, nem mesmo suas melhores amigas, Leanne e Mary Beth, tiveram notícias. Nem tente fingir que isso não é sua culpa.

Ele me encarou com um olhar acusador, mas, honestamente, eu não fazia ideia do que o cara estava falando. Tudo o que ele estava dizendo soava grego para mim. Leanne? Mary Beth? Quem tinha sumido? Quem era *ela*?

Seja quem for, parecia ser muito importante para ele. Tão importante que seu olhar não estava mais frio, mas muito emocionado.

Uma emoção que, a meu ver, parecia ódio.

Por mim.

— Ei! — falei, levantando a mão, a mão que não estava ligada ao braço cuja circulação sanguínea estava impedida devido ao seu aperto mortal. — Calma aí. Não faço ideia do que você está falando. Quem é Leanne? Quem é Mary Beth? Quem é *você*? E quem é essa mulher desaparecida de quem você está falando?

A última pergunta conseguiu atingi-lo como um soco. Ele estava tão chocado que largou meu braço e deu um passo para trás, me encarando como se eu fosse uma espécie de animal estranho e horrível que acabara de ser descoberto no zoológico. Talvez na gaiola dos répteis.

— *Ela* é a sua mãe — disse finalmente, apontando para uma das insígnias no seu peito, que agora eu podia ver, tardiamente, e que dizia *Howard*. — E eu sou seu irmão mais velho, Steven. *Agora* você se lembra de mim, Nikki?

QUATRO

Bem, isso meio que explicava o seu olhar de ódio. E que continuava, agora que ele estava no meu apartamento. Não que fosse culpa dele. Não que eu soubesse o que dizer exatamente, e eu estava andando de um lado para o outro, nervosa, fazendo um espresso para ele na nossa cafeteira de luxo, que Lulu só me ensinara a usar recentemente. Não sabia o que mais poderia fazer além de lhe oferecer um café, juro. Tipo, eu nunca tive um irmão mais velho antes. Muito menos um irmão mais velho que tinha muita raiva de mim por ter perdido nossa mãe, por quem Nikki parecia ser responsável enquanto ele estava de serviço.

Ele não parecia muito entusiasmado com o café mas pelo menos finalmente aceitou a explicação sobre a amnésia. Mais ou menos. Lulu foi de grande ajuda nesse sentido. Ela saiu do quarto cambaleando (usando somente um babydoll cor de pêssego, o cabelo despenteado, porque evidentemente tinha acabado de acordar, mesmo sendo duas da tarde — era cedo para ela, *sério*) enquanto eu estava tentando fazer a máquina de café espresso funcionar. Lulu deu uma olhada no homem de farda que tomava muito espaço da nossa sala de estar (não que fosse gordo ou algo parecido. Era apenas alto e musculoso e... bem, era o tipo de cara que ocupa muito espaço) e disse "Oieeee", com um sorriso enorme no rosto.

Minha intenção era dizer "Agora não, Lulu", porque eu sabia exatamente o que ela faria. Lulu estava se preparando para fazer com que Steven se apaixonasse por ela, como fazia com qualquer garoto bonito que encontrava. Conquistar garotos bonitos era o seu hobby, além de fazer compras, beber *mojitos*, e, ocasionalmente, gravar músicas para seu CD, que parecia nunca ficar pronto.

Mas eu não precisava me preocupar. Porque Steven — o irmão de Nikki — apenas cumprimentou Lulu com total desinteresse e continuou falando o que já estava falando desde que estávamos no elevador: "Amnésia? Como acontece com os personagens de novelas?"

— Não exatamente — respondi. Até porque, que eu saiba, não existe algo assim. Sério. Bem, existe, mas não como Nikki Howard parecia ter. Pessoas não batem com a cabeça e depois esquecem seletivamente algumas coisas quando têm amnésia. Elas esquecem *tudo*. Como seus próprios nomes e o país onde vivem. Às vezes, esquecem até como amarrar os sapatos.

— E você está me dizendo que não se lembra — continuou Steven, ignorando Lulu completamente, que agora estava desfilando na frente dele com seu babydoll brilhoso, combinando com um par de pantufas com plumas — que prometeu cuidar da mamãe enquanto eu estivesse fora, verificar se ela estava pagando o aluguel em dia e que tudo estava correndo bem com a pet shop?

Pet shop? A mãe de Nikki Howard tinha uma pet shop? Teria sido ótimo se alguém tivesse compartilhado essa informação comigo — assim como o fato de que Nikki tinha um irmão na Marinha — antes, digamos, desse segundo. Tudo o que tinham me dito era que Nikki era uma menor emancipada que não se dava bem com a família.

Por esse motivo, lancei um olhar zangado para a Lulu quando ela se sentou em um dos bancos da cozinha, cruzando cuidadosamente as pernas bronzeadas artificialmente para que Steven tivesse a melhor visão possível. Mas ela me ignorou completamente, com toda a sua atenção focada no loiro bonito de uniforme que estava em pé no meio da nossa sala de estar.

— Hum — falei, atrapalhada com a máquina de café espresso. Era melhor me concentrar na cafeteira do que no que estava acontecendo na sala, que era precisamente o que parecia: problema. Muito legal da Nikki, aliás, ter uma gaveta cheia de recortes de matérias sobre ela e nenhuma foto sequer da família. — Até você me contar, eu nem sabia que tinha um irmão. Então, a resposta é não, eu não me lembro de ter dito isso. Nem sobre a mamãe e a pet shop, nem nada sobre esse assunto.

— Então, qual a sua patente? — quis saber Lulu, encarando os músculos de Steven quando ele cruzou os braços, fazendo com que seus bíceps se contraíssem um pouco embaixo do uniforme. Lulu não conseguia parar de balançar o pé, fazendo com que as plumas das suas pantufas se movimentassem de um jeito bem perturbador. Ela estava fazendo isso de propósito, claro, para que Steven olhasse para as suas pernas recém-depiladas.

Steven continuou ignorando-a.

— E todas as mensagens que eu deixei para você? — perguntou ele. — Você achou que poderia ignorá-las?

— Eu recebia toneladas de recados de pessoas que não conheço — expliquei. — Era uma tortura. Todos diziam que eram meus parentes e que eu devia dinheiro a eles por algum motivo. Parei de ouvir as mensagens da Nikki, quero dizer, as minhas, há muito tempo.

— Ótimo — disse Steven. Ele se virou, passando a mão pelo cabelo. Percebi que era exatamente da mesma cor e da mesma textura do meu próprio cabelo. Só que sem as luzes cor de mel e douradas. — Isso é fantástico. Você ainda tem essas mensagens? Talvez mamãe tenha tentado falar com você, deixado uma mensagem ou algo parecido, dizendo para onde foi.

— Você é, tipo, um oficial? — perguntou Lulu a Steven, com o pé ainda mexendo loucamente. Percebi que suas unhas dos pés estavam feitas, pintadas com rosa sapatilhas de balé. Não me pergunte como sei disso quando, há três meses, não seria capaz de saber a diferença entre dois esmaltes nem se colocassem uma arma na minha cabeça. — Você dá ordens às pessoas o dia todo? Adoro receber ordens de um homem. É tão sexy.

— Desculpa — falei, me desculpando tanto pela minha colega de apartamento quanto pelo que estava prestes a lhe dizer. Porque eu realmente me sentia culpada. Pelas duas coisas. — Apaguei todas as mensagens da Nikki, quero dizer, as minhas mensagens. Mas... — Coloquei um saquinho de café espresso no lugar apropriado e apertei o botão, segurando uma pequena xícara. — Tenho certeza de que ela vai ligar de novo. Certo?

Steven balançou a cabeça; parecia exausto, e sentou-se em um dos bancos da cozinha como se não aguentasse mais o próprio peso. Lulu ficou contente, porque o lugar onde ele sentou ficava a apenas dois bancos dela. Aparentemente, ela não entendeu a mensagem subliminar de que ele tinha escolhido o banco *mais distante* do dela. Ela ergueu o corpo imediatamente, para tirar mais vantagem do seu decote, e lançou-lhe um sorriso deslumbrante que ele ignorou.

— Você realmente está com amnésia — disse ele. Seu semblante era pura aflição. Senti pena dele, com o coração apertado. — Mamãe nunca liga de volta. Ela sempre foi muito impulsiva. Por que você acha que estou aqui tentando saber se ela ligou para você em vez de esperar ela entrar em contato comigo lá em Gasper?

Lulu se esqueceu completamente de fazer Steven se apaixonar por ela e se engasgou com a própria saliva.

— Você disse G-Gasper? — disse ela em meio a tosses.

Steven finalmente olhou para ela por um segundo e depois voltou a olhar para mim.

— Você nunca falou para ela? — soltou ele. Foi mais uma afirmação do que uma pergunta, e me fez ficar imóvel, depois que coloquei o espresso, com espuma de leite, na frente dele.

— Hum... Aparentemente não — falei. Eu não tinha ideia do que ele estava falando, até porque eu não era realmente sua irmã. Ela estava morta. Ou, pelo menos, seu cérebro estava mergulhado em formol num vidro em algum lugar nas estantes do Instituto Stark de Neurologia e Neurocirurgia, mesmo que todo o restante dela esteja andando por aí com meu cérebro, usando seus cartões de crédito e fazendo espressos para o irmão.

O que fazia dela morta o suficiente.

Só que eu não podia contar isso a ele.

Steven estava me olhando por cima do café fumegante como se não pudesse acreditar no que estava ouvindo.

— Espere — disse ele. Seus olhos azuis me encararam incrédulos. — Você também não se lembra de casa?

Neguei com a cabeça, hesitante. Não queria magoá-lo. Até porque ele já havia sido magoado o suficiente.

Mas eu não podia mais mentir para ele, por mais que a Stark Enterprises esperasse isso de mim.

E agora eu sabia de onde conhecia aqueles olhos. Eu os via no espelho, todas as vezes que olhava para o meu novo reflexo. Eram os olhos de Nikki.

Só que sem o rímel Multidimensional Preto-Noir Chanel inigualável nos cílios.

Steven cruzou os braços, apoiou-se contra o encosto do banco e olhou para o teto. Por um segundo, me perguntei se ele estava reparando na mesma coisa que eu reparei quando cheguei em casa outro dia... Nos dois buracos redondos, menores do que uma moeda, ao lado do lustre de lâmpadas de halogênio, e que não estavam lá antes e que haviam obviamente sido tapados de qualquer jeito, como se alguém estivesse colocando alguma coisa lá e tivesse sido avisado de que um dos moradores do apartamento estava chegando mais cedo.

Para que serviam aqueles dois buracos? Eram altos demais para eu alcançar e conseguir verificar eu mesma — o pé-direito tinha uns 6 metros de altura, pelo menos.

Mas eles provavelmente não serviam para nada. Talvez fosse um plano perverso da Stark, mas eu devia estar ficando paranoica. Quando perguntei a Karl sobre os buracos, ele consultou a agenda dos serviços de manutenção e me disse que devia ser uma verificação de rotina da fiação elétrica.

Fiação elétrica... sei.

Talvez essa "verificação de rotina da fiação elétrica" fosse a razão para o meu transmissor de radiofrequência — ou detector de grampos, que comprei numa dessas lojas de equipamentos de segurança no centro da cidade, logo depois de notar os buracos no teto e ficar realmente paranoica — disparar loucamente toda vez que eu entrava em casa. Ou o lugar estava lotado de dispositivos de escuta ou o detector era totalmente fajuto (mas, pelo dinheiro que paguei, ele só podia ser autêntico). Além do mais, ele não disparava em mais nenhum lugar — nem na escola, por exemplo.

Mas Steven, pelo visto, não notou os buracos. Em vez disso, parecia estar olhando o teto para tentar segurar as lágrimas. Lágrimas pela mãe desaparecida e pelo fato de eu nem sequer lembrar da casa onde vivemos juntos.

Lancei um olhar de pânico para Lulu, que deixou de lado a atuação vampiresca por um milésimo de segundo e pareceu tão aflita quanto eu. *O que a gente faz?*, era o que nossos olhares pareciam perguntar enquanto nos encarávamos. Tínhamos um homem fardado grande e forte no nosso apartamento de meninas... E ele estava chorando! Por causa da mãe desaparecida!

Ai, isso era terrível! Como a Stark Enterprises pôde me colocar numa situação dessas? Uma coisa era enganar maquiadores e os ex-namorados da Nikki, a maioria abomináveis, fingindo ser ela e não eu.

Mas isso era diferente! Pobre rapaz. Eu era uma idiota. Tipo, aqui estava eu, fazendo várias aulas avançadas, numa das melhores escolas de Manhattan — era mais capaz de usar um detector de grampos, criar de forma correta uma sentença complexa, usar as dicas do Manolo Blahnik (ficar na ponta dos pés na água durante uma sessão de fotos na praia, faz com que suas pernas pareçam mais longas) e desenvolver um processador de texto simples melhor do que qualquer um no Tribeca Alternative.

Mas ajudar o irmão de Nikki a encontrar sua mãe? Minhas mãos estavam atadas, graças à cláusula de confidencialidade que a Stark fez meus pais assinarem. Eu não podia dizer uma palavra — principalmente aqui, no apartamento.

Então ouvi um som vindo do irmão de Nikki. Por um breve momento, achei que pudesse ser um soluço. Um único olhar para Lulu mostrou que ela pensou a mesma coisa — ele estava chorando. Isso realmente era a coisa mais doce do mundo, ver esse rapaz grande e forte chorando pela mãe.

Levou um segundo ou dois para percebermos que Steven não estava chorando coisa nenhuma. Estava rindo.

Mas não parecia que ele estava achando aquilo realmente engraçado.

— Você é uma figura, Nik — disse ele finalmente, quando tirou os olhos do teto. Certo, havia lágrimas nos seus olhos, mas eram lágrimas de riso. — Você tem tanta vergonha do lugar de onde vem que nunca falou para ninguém o nome da cidade onde nasceu? Nem para sua melhor amiga?

Pisquei os olhos, confusa. Espere. Ele estava *rindo*?

— Ué. — Lulu levou o corpo para a frente. — Você está rindo?

— Claro que sim — disse Steven. — Como você consegue não rir? Você sabia que essa garota costumava dizer para as pessoas que era de Nova York quando éramos adolescentes? Nova York! Para você ver como Nikki tinha vergonha de dizer que era de Gasper. Não fico surpreso de ela nunca ter dito a você.

Lulu olhou para mim.

— Sério, Nikki? — perguntou. — Você costumava dizer para as pessoas que era daqui?

— Como eu posso saber? — perguntei. Não podia acreditar que tinha achado que o irmão de Nikki estava chorando, quando, na verdade, estava rindo *de mim* o tempo todo. — Tenho amnésia, lembra?

— Sim, ela dizia isso — disse Steven respondendo à pergunta de Lulu. Agora, em vez de ignorar Lulu, ele estava me ignorando. — Você está me dizendo que ela não contou que tinha um irmão?

Lulu negou com a cabeça, encantada por ele estar prestando atenção nela. Seus olhos castanhos estavam enormes, graças à maquiagem da noite anterior, que delineava seus cílios de um jeito sexy. Ela estava, como sempre, adorável como uma boneca.

— Nãããão — respondeu Lulu. Apoiou um cotovelo no balcão e o queixo pontudo em uma das mãos, para poder olhar para ele. — Eu lembraria se ela tivesse mencionado que tinha alguém como *você* por perto quando era mais nova.

Steven bufou e jogou um olhar de repulsa para mim. "Típico", o olhar parecia dizer.

Ótimo. Agora minha colega de apartamento e meu irmão estavam se juntando contra mim.

O que era muito injusto. Eu estava sendo culpada por uma coisa que nem tinha feito. Nikki fez!

Será que fez mesmo?

— Olha, não quero ser grosseira ou qualquer coisa parecida... — falei, sabendo que era uma péssima maneira de começar uma frase, porque, obviamente, toda vez que você diz *"não quero ser grosseira"*, seja lá o que for falar, acaba soando grosseiro. Isso era uma coisa que os *mortos-vivos* tinham me ensinado, especialmente Whitney Robertson, pois costumava iniciar a maioria dos seus comentários maldosos com *não quero ser grosseira, mas.*

— *Não quero ser grosseira, Em, mas você já pensou em fazer uma dieta? Seu quadril está tão grande que é quase impossível passar por você no corredor. Talvez precise de um aviso no seu quadril dizendo "Carga Pesada".*

— *Não quero ser grosseira, Em, mas você já pensou em usar um sutiã durante as aulas de educação física? Essas coisas estão sacudindo tanto que você vai arrancar os olhos de alguém.*

— Não quero ser grosseira, Em, mas já lhe ocorreu que ficar dizendo por aí que não tem muitas mulheres se inscrevendo nas aulas de ciências talvez seja uma das razões que nenhuma delas se inscreva? Talvez não queiram andar com garotas como você.

Mesmo assim, ainda que o *não quero ser grosseira* da Whitney tivesse me importunado tantas vezes, eu me vi dizendo exatamente as mesmas palavras — e para o meu próprio irmão. Bem, o irmão de Nikki.

— ... Mas como eu poderia ter certeza de que você é quem diz ser? — perguntei.

Mas a diferença entre mim e Whitney era que eu me sentia péssima usando o *"não quero ser grosseira"*. É verdade mesmo.

Ao mesmo tempo, como eu poderia saber que Steven realmente era o irmão de Nikki? Quer dizer, ele parecia sincero, e sim, era bastante parecido com o reflexo que eu via todo dia no espelho (e nas revistas, nos outdoors, nas laterais dos ônibus, e, está bem, em praticamente todo lugar).

Mas vários garotos (e até algumas mulheres) tinham aparecido na portaria do nosso prédio durante várias semanas com histórias de que eram meus parentes. Como eu poderia saber que esse era de verdade?

E, quer dizer, eu sabia que, pelo jeito que todo mundo (exceto Brandon) agia comigo, Nikki devia ser uma pessoa horrível antigamente.

Mas era difícil acreditar que ela excluía o próprio irmão mais velho da vida... Sem mencionar que nunca falou uma palavra sobre ele para a melhor amiga. Que, a propósito, estava me fuzilando com um olhar abismado pelo meu *não quero ser grosseira*.

— Nikki! — gritou Lulu. — Claro que Steven é quem diz ser! Como você pode perguntar uma coisa dessas?

— Bem — comecei. Eu me sentia mal por ter que perguntar. Realmente me sentia. Se Nikki tivesse guardado uma foto de família em vez de matérias de revistas e jornais dela mesma em todos os lugares do apartamento, não teria que fazer isso. Mas nada disso era *minha* culpa. — Me desculpa, mas você tem que admitir, Lulu, apareceram muitos caras aqui recentemente com histórias parecidas, e eu estou apenas tentando...

Fiquei sem voz. Isso porque Steven colocou a mão no bolso de trás, tirou a carteira, abriu e revelou uma foto de escola com uma garotinha loira e sorridente usando maria-chiquinha e aparelho nos dentes. Ele mostrou a carteira, com a foto suspensa na minha frente.

Espera. O que era *isso*?

CINCO

Era uma foto de Nikki Howard. O que não deveria ser algo extraordinário, pois havia centenas — não, milhares — de fotos de Nikki Howard em todo o lugar.

Mas esta era uma foto de Nikki Howard naquela fase extremamente esquisita pela qual todos nós passamos quando temos 13 para 14 anos. O que Britney chamaria de "nem menina, nem mulher".

Nunca pensei que Nikki Howard tinha passado por *esta* fase... Ou por nada que pudesse, nem de longe, ser chamado de esquisito... Muito menos ter permitido que alguém tirasse uma foto quando estava assim. Pelo que pude notar, Nikki era implacável com qualquer foto em que saísse um pouquinho mal, e destruía todas elas.

Mas não é o caso desta, com certeza.

— Oooooooh — murmurou Lulu quando se inclinou para a frente para ver a foto. — Olhe para você, Nik! Você usava aparelho! E estava usando água oxigenada nessa época? Meu Deus! Me admira você ainda ter algum fio de cabelo na cabeça!

— Vire para a próxima foto — disse Steven.

Obedientemente, passei para a próxima foto.

Era Nikki, com o mesmo cabelo e aparelho nos dentes ao lado de uma versão um pouco mais jovem do Steven, dando banho de mangueira num poodle não muito diferente de Cosabella, mas tinha o pelo preto, e parecia estar em algum tipo de pet shop. Os dois irmãos — e eles estavam ainda mais parecidos nesta foto, com certeza eram parentes — estavam sorrindo, embora o sorriso de Nikki parecesse meio forçado. Ainda assim eu o reconheci (depois de ver infinitas fotos polaroids do meu rosto novo durante os ensaios fotográficos) como o sorriso anda-logo-e-tira-a-foto-porque-eu-já-estou-cansada-disso.

— Esta — disse Steven, indicando a foto dos dois juntos — foi tirada um ano antes de você decidir que era constrangedor demais ser vista comigo e com a mamãe. Antes de o carro daquela moça da agência de talentos quebrar longe da cidade e ela ver você na Shop'n Shop e perguntar se você já tinha pensado em ser modelo. Quando a gente se deu conta, ela já estava assinando um contrato para você ser o novo rosto da Stark. Só te vi depois na capa de alguma revista.

Assenti. Eu acreditava nele agora. Parecia muito algo que a Nikki que eu conhecia faria — a Nikki que só guardava fotos (e matérias de jornais e revistas) dela por aí — para não ser verdade.

— Tá — falei com calma, entregando a carteira de volta para Steven. — Me desculpa. Claro que você é meu irmão de verdade. E-eu não estou dizendo que não acredito em você. — Embora eu realmente não tivesse acreditado. — Só... assim, eu tive que confirmar. Apareceu um monte de maluco dizendo todo tipo de loucura. Então... O que você descobriu até agora? Sobre, hum, a mamãe?

— Que ninguém a viu ou ouviu falar dela desde o seu acidente. — Ele disse a palavra "acidente" como se a palavra estivesse entre aspas... Ou como se ele não acreditasse que realmente tivesse havido um. — Ela não usou nenhum dos cartões de crédito desde então. E também não pagou nenhuma conta.

Lulu engasgou.

— Ai, meu Deus! — gritou. — Eu vi um episódio da série *Law & Order* igualzinho! Alguém ligou para a polícia?

Lancei um olhar de advertência para ela. Quer dizer, nós estávamos falando da mãe do garoto, não de uma série de TV. Não queria que ele ficasse chateado. Ou ainda mais chateado do que já estava.

— Bem — disse Lulu, percebendo meu olhar, mas não entendendo, obviamente, como o que ela estava dizendo poderia chatear alguém. — E se tiver sido um ataque? No episódio de *Law & Order* que vi, uma mulher desaparecia e todo mundo achava que ela tinha fugido com o namorado, mas na verdade, estava escondida dentro do sofá o tempo todo, porque o namorado tinha dado uma pancada na sua cabeça e depois escondido seu corpo lá! Sua mãe pode estar dentro do sofá. Alguém olhou?

— Lulu! — falei, bem séria.

— Eu avisei a polícia local assim que cheguei em casa e vi que ela não estava lá — disse Steven. Eu percebi que a razão por ele não estar ofendido com Lulu era porque tinha voltado a ignorá-la. — Tentei ligar para ver se você sabia alguma coisa, mas você não retornava minhas ligações. Então tive que vir aqui pessoalmente para perguntar se você sabia de alguma coisa.

Mordi o lábio inferior. Mas o que eu poderia dizer? Sua ligação era apenas uma das milhares que eu havia ignorado no celular de Nikki. Felizmente, Steven continuou sem parecer esperar que eu comentasse alguma coisa.

— Os policiais disseram que não tinha nada que eles pudessem fazer. Uma mulher não usar seus cartões de crédito, se recusar a atender ao celular e abandonar apartamento e emprego não é um crime. É como se ela tivesse tirado férias sem avisar a ninguém. E levado os cachorros com ela.

— Bem — falei esperançosa. — Talvez ela tenha feito isso.

— Você acha que a mamãe simplesmente saiu assim — começou Steven —, de férias, sem avisar a nenhum de seus clientes? Ela não cancelou nenhum dos serviços de banho e tosa agendados. Não pagou o aluguel, nem do apartamento, nem da pet shop. Você realmente acha que uma empresária dedicada como a mamãe faria algo assim? Sair para se divertir de férias sem encontrar alguém para cuidar de seus compromissos antes?

— Então — disse Lulu, de olhos arregalados —, você realmente acha que sua mãe... está desaparecida? Ninguém sabe *nada* sobre onde ela possa estar?

— Ninguém com quem eu tenha falado — disse Steven.
— Nikki era minha última esperança, mas... — ele olhou para o café espresso na sua frente, que agora devia estar frio — acho que foi perda de tempo.

— Talvez eu possa conseguir uma cópia ou algo parecido das ligações que recebi — propus. Eu queria desesperadamente fazer alguma coisa, qualquer coisa, para ajudá-lo. Ele parecia tão cansado e tão triste. — E ver se alguma delas era da sua, quero dizer, da nossa mãe. Então talvez a gente possa ver se a companhia telefônica pode descobrir onde ela estava quando fez as ligações.

— Eles podem triangular a posição dela a partir das posições das torres telefônicas — disse Lulu. Quando nós dois olhamos para ela, ela disse: — Vi isso num episódio de *Law & Order* também. — Então acrescentou: — E você pode contratar um detetive particular, Nikki! Meu pai costumava fazer isso para seguir a minha mãe quando ele achava que ela o estava traindo. — Lulu deu um sorriso radiante para Steven. — Eu venho de um lar destruído.

Tenho certeza de que, se tivesse visto pelo menos um episódio de *Entertainment Tonight*, ele já saberia disso. Mas Steven não estava prestando a menor atenção nela.

— Não quero que Nikki faça nada que lhe cause algum desconforto — disse ele firmemente.

— Não é nenhum incômodo — falei. — Vou contratar um detetive particular para encontrar... a mamãe. Talvez você possa recomendar algum bom, Lulu, considerando que teve tanta experiência no assunto.

— Ah, claro — disse Lulu, dando uma piscadela. Não, sério. Ela piscou como se fosse uma fada Sininho louca. — Mas saiba que detetives não são nada baratos.

— Isso não deve ser um problema — disse Steven com um sorriso na minha direção. — Nikki pode pagar.

Eu retribuí o sorriso gentilmente, mas só conseguia pensar que estava morta. E, desta vez, nem era para valer. Eu não podia contratar um detetive. Um detetive iria descobrir coisas relacionadas à minha cirurgia e espalhar tudo por aí, e o que aconteceria depois eu já sabia, eu estaria na CNN e fugindo dos seguranças armados do pai de Brandon.

E não me diga que Robert Stark não tem seguranças armados.

Tudo bem, se acalme, sorria para o belo marinheiro e continue.

— Tudo bem, então. A primeira coisa que farei amanhã de manhã é começar a ligar para detetives particulares. — Sério. Essa era minha vida agora? Bem, por que não? Eu já tinha feito um transplante de cérebro e tinha que usar rímel todo santo dia. Por que não isso?

— E, enquanto isso — Lulu piscou mais algumas vezes na direção de Steven —, você tem que ficar aqui com a gente. Porque nós vamos dar uma superfesta de final de ano e queremos que você seja nosso convidado de honra.

Lancei para Lulu mais um olhar de advertência, porque ter o irmão de Nikki como hóspede não parecia uma boa ideia. Para começar, nós só tínhamos dois quartos, então onde ele iria dormir? No sofá? E depois, quanto tempo levaria para ele perceber que eu não ligaria para detetives particulares como disse que faria? Ah, e para notar que eu não era sua irmã realmente, mas outra garota vivendo no corpo dela? E além de tudo, havia toda essa coisa de ele ser o convidado de honra de uma festa que eu nem estaria presente, algo que eu ainda não tinha conseguido criar coragem para contar à anfitriã...

E ainda tinha aquele negócio de o nosso apartamento estar sendo — certo, possivelmente — espionado por alguém (embora eu tivesse certeza de quem).

— Hum — disse Steven parecendo desconfortável. Quem poderia culpá-lo? Eu era uma completa estranha para ele (mais do que ele podia imaginar). — Obrigado pelo convite, mas reservei um quarto de hotel na cidade.

Lulu estava horrorizada.

— Um quarto de hotel! — gritou. — Não! Você é da família! Vai ficar aqui. É uma chance de você e Nikki se reaproximarem. Não é, Nikki?

— Claro — falei, esperando que Steven não percebesse minha relutância. — Mas a gente só tem dois quartos...

— Ele pode dormir no meu — ofereceu Lulu. Então, parecendo um pouco envergonhada (o que era novidade, se tratando da Lulu), explicou. — Assim... é que Nikki tem uma cama *king-size* enorme. Eu posso dormir com ela e, Steven, você pode ficar com o meu quarto.

— Não — disse Steven, sem ser indelicado. Havia emoção verdadeira na sua voz e na sua expressão, calor humano, pela primeira vez desde que eu o encontrei lá embaixo na portaria. Eu me senti mal com o fato de realmente não ter intenção de ajudá-lo a procurar sua mãe. Espere. Eu *tinha* intenção de ajudá-lo a encontrar a mãe. Só não pretendia contratar um detetive para fazer isso.

Mas como encontrar uma mulher desaparecida sozinha?

— Obrigado. É muito gentil da sua parte — disse Steven.

— Mas não gostaria de expulsar você do seu quarto.

— Fique — me ouvi pedindo.

Não sei o que deu em mim. Quer dizer, eu precisava tanto do irmão de Nikki Howard naquele apartamento quanto precisava de um (novo) buraco na minha cabeça.

Mas eu sabia, por alguma coisa naquela foto que ele havia me mostrado — a dele e Nikki dando banho no cachorro — que Steven Howard amava a mãe. Eu tinha quase certeza de que ela que tinha tirado a foto que ele carregava na carteira. O olhar dele para a pessoa que estava segurando a câmera era de pura afeição — embora parecesse um pouco irritado também.

Eu sabia o que tinha que fazer: tudo o que estava ao meu alcance para ajudá-lo a encontrá-la. Seria o mínimo para compensar o fato de Nikki ter sido uma irmã e filha horríveis. Tão horrível a ponto de nem mesmo guardar uma foto do irmão ou da mãe no quarto ou na carteira.

— Sério — falei quando ele me lançou um olhar surpreso.

— Você tem que aceitar. Eu insisto.

— Você insiste? — estranhou ele. Eu não sabia se era porque eu tinha usado o verbo "insistir", e não é o tipo de coisa que Nikki teria dito, ou porque ele era o irmão mais velho e não estava acostumado a receber ordens dela.

Seja lá qual tenha sido a razão, minha insistência funcionou. Ele sacudiu os ombros e disse:

— Bem, se você insiste. Só tenho que voltar para a cidade e pegar minhas coisas.

Então, sem mais palavras, levantou-se do banco da cozinha e caminhou em direção ao elevador.

Aparentemente ninguém tinha voltado da academia ou da Starbucks desde que o irmão de Nikki e eu saímos do elevador mais cedo, porque a porta do elevador logo se abriu. Ele entrou e olhou para Lulu e para mim.

— Vejo vocês daqui a pouco — disse ele. Então a porta fechou e ele se foi.

SEIS

É VERDADE, AS COISAS NÃO ANDAVAM TÃO BEM, MAS ainda não estavam tão mal assim. O irmão de Nikki Howard podia estar vindo para cá, a mãe podia estar desaparecida e eu podia ter me comprometido a ajudar a encontrá-la.

Mas, pelo menos, Nikki tinha um irmão e uma mãe, enquanto, há algumas horas, eu achava que ela era uma órfã sozinha no mundo. Bem, praticamente. Algum familiar é sempre melhor do que nenhum, certo?

Claro, era um pouco irritante ouvir, a cada cinco segundos, minha colega de apartamento perguntar:

— Você acha que ele gostou de mim?

Era tudo o que Lulu conseguia falar.

E de novo.

E de novo.

Eu nunca tinha visto Lulu ficar assim por causa de um garoto. Tudo bem que não a conhecia há tanto tempo assim.

Mas mesmo que não a conhecesse nem um pouco, seria capaz de dizer: ela estava a fim (e isso era colocar de forma branda) do irmão mais velho de Nikki Howard.

O que era triste, porque eu tinha quase certeza de que o sentimento não era mútuo.

Na verdade, eu tinha certeza de que esse era o motivo de Lulu ter gostado tanto de Steven Howard. Ele era o primeiro cara que ela conheceu que não tinha mais de 100 anos ou que era obviamente gay (porque mesmo eu tendo quase certeza de que Steven Howard não era gay, você nunca pode ter certeza disso, especialmente se tratando de militares e toda aquela coisa de não-pergunte-e-não-fale) e que não tinha dado mole para ela.

— Ele tem que ter gostado de mim um pouquinho — Lulu ficou dizendo, ainda estatelada na minha cama, ainda de pijama de seda. — Assim, eu sou bonita, não sou?

— Você é linda — falei, enfiando os pés num par de imitações de botas Uggs feitas pela Stark.

Nem morta — *ha ha* — eu me imaginei usando um par dessas botas, pois toda garota que eu conhecia na Tribeca Alternative tinha um, incluindo minha própria irmã. Não usaria de jeito nenhum se meu chefe não tivesse me *pedido*. A imitação das botas Uggs da Stark estavam super na moda... Custavam metade do preço das verdadeiras. Apesar de, acredite ou não, serem os calçados mais confortáveis para se usar quando as pontas dos seus dedos estão em carne viva por terem tido que escalar um penhasco na noite anterior. E também se tiver passado uma hora andando de um lado para o outro do apartamento enquanto ligava para a operadora do celular pedindo que lhe dessem um relatório de todas as ligações que recebeu — não as que fez — nos últimos dois meses.

— Eu *sou* bonita — disse Lulu com convicção enquanto fazia carinho nas orelhas de Cosabella, interrompendo minhas reflexões. — Sou linda! É que ele ainda não me conhece. Todo cara que me conhece concorda que Lulu Collins é linda! E, de qualquer forma, Steven está chateado por você o ter tratado mal durante todos esses anos. Assim, não me admira ele estar tão atormentado e mal-humorado e tal.

— Ei — falei, lançando-lhe um olhar magoado. Eu me sentia culpada por não ter reconhecido meu próprio irmão. Bem, o irmão de Nikki. E agora teria que ir a fundo no desaparecimento da mãe dele e encontrá-la sozinha, nem que fosse a última coisa que eu fizesse. Apesar de não saber como.

— Ah, claro — disse Lulu. — Esqueci. A antiga você que era má com o Steven. Desculpa. Mas mesmo assim. Como você pode ter tratado seu irmão desse jeito? Ele é tão sexy. Nunca conheci um cara assim tão sexy. Você viu aqueles braços? — continuou Lulu, enquanto amassava um dos meus travesseiros atrás da cabeça e olhava sonhadoramente para o teto. — Ele parecia tão forte que poderia me segurar com somente uma das mãos. Você percebeu isso?

— Hum — falei enquanto vestia uma jaqueta de couro e estalava os dedos para chamar Cosabella. — Ele é meu irmão, Lulu. Não estava reparando nos seus braços. Afinal, eca. Olha, se alguém ligar, saí para levar Cosy para dar uma volta por uma hora mais ou menos. Volto logo, está bem?

— Sra. Capitão Steven Howard — suspirou Lulu, ainda olhando para o teto. — Não, Sra. Major Steven Howard!

Lulu tinha surtado. Era triste, na verdade, o que um uniforme podia fazer com uma garota. Esperava que ela estivesse mais normal quando eu voltasse... Ou que, pelo menos, tivesse escovado os dentes.

Enquanto isso, tinha alguns lugares a visitar. Saí do quarto, vesti uma echarpe, coloquei um par de luvas, um gorro e óculos escuros, mesmo que estivesse nublado e escuro lá fora. Não precisava de ninguém me reconhecendo. Até eu começar a andar por aí num corpo de celebridade, não tinha ideia do que eles tinham que aguentar, com pessoas agarrando, gritando e tentando que eles falassem nos seus celulares com seus amigos em Pasadena, só para provar que era verdade que tinham me encontrado. Então peguei a coleira e um casaquinho para Cosy (porque cachorros sentem frio e ficam molhados exatamente como nós. Cosabella até tremia como gente quando se resfriava), a sacola com os presentes para minha família e finalmente saí do prédio, atravessando a cidade em direção ao Washington Square Park.

Eu não deveria ir. Na verdade, minhas "treinadoras" da Stark tinham me encorajado sutilmente a não sair de casa para visitar meus pais desde a primeira vez em que fui até lá com meu corpo novo (junto com Lulu). Não pude adivinhar como sabiam disso... Não até ver os buracos no teto do apartamento. Só tentava ter certeza de que ninguém da família tinha levado nenhum produto eletrônico da Stark para casa, mesmo que fosse como brinde promocional.

Mas não havia nada que eu pudesse fazer quanto ao fato de ser seguida regularmente... Pelo menos pelos paparazzi (menos hoje. O tempo estava horrível demais. Estava caindo pequenos cristais de gelo que beliscavam a pele que estava exposta e a temperatura devia estar pelo menos uns dois graus negativos. Qualquer pessoa sensata ficaria num lugar quente e seco).

Mas também... Quem disse que os paparazzi eram pessoas sensatas?

Não achava que estava sendo paranoica em acreditar que estava sendo espionada. Fotos minhas, fazendo as coisas mais inofensivas, surgiam por todo lugar. Podia estar no mercado da esquina, comprando papel higiênico às 11 horas da noite, pelo amor de Deus, e no dia seguinte uma foto minha aparecia na Page Six, completamente pálida e exausta (porque foi depois de uma sessão de fotos e eu estava acabada, sem maquiagem e eram *11 da noite e eu estava no mercado da esquina comprando papel higiênico*, o papel higiênico que Lulu deveria ter se lembrado de comprar, mas não se lembrou), e a história sob a minha foto era: *O que Nikki Howard tem fumado? Com certeza, vamos querer um pouco!* Quando, na verdade, eu não tinha fumado nada, porque não fumo.

Como poderiam sequer ter conseguido aquela foto? Não vi nenhum flash. Não havia ninguém na loja comigo, exceto os funcionários. Era muito bizarro.

Porque, descobri depois, essa foto extremamente injusta, na qual eu realmente parecia chapada ou drogada ou qualquer coisa, estava em todos os sites de fofoca da internet, falando coisas muito menos educadas do que *O que Nikki Howard tem fumado?*.

E então minha mãe me ligava, querendo saber se eu queria *conversar* sobre meus problemas com drogas. *Minha mãe!*

Já era ruim o suficiente Gabriel Luna, galã britânico-latino sexy e promissor, sensação musical do momento, que estava sempre por perto pois também tinha contrato com a Stark e que sempre me via nas boates com Lulu e Brandon (onde eu não bebia nada além de *água*, obrigada) ter acreditado na matéria e achado que eu tinha problemas de dependência química (embora Gabriel até soubesse que eu tinha sido hospitalizada havia dois meses, mas sem saber por quê). Mas minha própria *mãe*?

Sim. Alguém estava me espionando. E, pelo que eu sabia, podia estar me vigiando agora, enquanto eu estava na esquina da Houston com a Broadway, com raiva por não ter trazido um guarda-chuva para me proteger do granizo. Mas se eu tivesse trazido, provavelmente não conseguiria segurar a coleira de Cosy *e* a sacola de presentes *e* o celular de Nikki Howard, que estava tocando de repente. Tive que apalpar meu bolso para achá-lo em vez de simplesmente deixar cair na caixa postal, como normalmente eu fazia. Podia ser a mãe de Nikki e, se eu perdesse a ligação, me sentiria ainda *mais* culpada.

— Alô? — falei.

Mas não era a mãe de Nikki. Era a agente dela, Rebecca, que era exatamente como uma mãe, se você quer saber. Se sua mãe fumasse, usasse salto dez, usasse um fone de ouvido o tempo todo e dissesse coisas como "Dez mil? Eles estão loucos?" ou ficasse perguntando se você lembrou-se de fazer a depilação a laser. (Isso mesmo. Nikki não tinha pelos lá embaixo. Bem, só um pouquinho, falando em bizarrices. Mas isso diminui o tempo que tenho que gastar sendo depilada pela Katerina.)

— Por que você está me ligando no domingo? — perguntei quando ela disse "Graças a Deus, você atendeu".

— Você sabe que trabalho sete dias por semana — respondeu Rebecca na sua voz rouca de fumante.

— Você deveria tirar os domingos de folga — comentei.

— Até Deus descansou no domingo.

— Bom, se Ele não tivesse descansado — disse Rebecca —, talvez o mundo não fosse essa bagunça toda. Como foi a sessão de fotos em St. John?

— Bem — falei. — Tirando que quase perdi boa parte da pele dos meus dedos das mãos e dos pés. Ah, e que Brandon Stark queria ficar mais um dia para me levar para andar de jet ski. Acho que alguém está deixando o dinheiro e a fama subirem à cabeça dele.

Atravessei a Houston e estava passando pela Stark Megastore quando, ironicamente, tudo isso aconteceu.

— Brandon Stark vale 30 milhões. — Rebecca soou como se estivesse inalando alguma coisa. — Pelo menos. Um bilhão quando o pai morrer. Talvez mais. Terminar com ele foi um grande erro.

— Vou me lembrar disso. — Retiro o que eu disse sobre Rebecca ser como uma mãe. Nenhuma mãe daria esses conselhos. O que me fez lembrar de uma coisa. — Rebecca, você ouviu falar da mãe da Nik, quero dizer, da minha mãe?

— Por que eu saberia alguma coisa a respeito dessa mulher? — perguntou Rebecca, falando *dessa mulher* como se a mãe de Nikki não fosse alguém de quem ela gostasse em particular.

— Porque — falei — parece que ela está desaparecida. Ninguém sabe onde ela está há três meses, e o pessoal de, hum, Gasper está começando a ficar preocupado e a achar que talvez alguma coisa tenha acontecido com ela.

— Bem — disse Rebecca —, sua mãe nunca foi muito esperta. Ela deve ter ido para Atlantic City jogar e se perdeu.

— Ah — falei. — Bom saber. — Por alguma razão, não falei do irmão de Nikki. Não sei por quê. Simplesmente achei melhor não.

Mas não fez diferença, acho, porque Rebecca já tinha mudado de assunto.

— Mas liguei para te contar uma coisa — disse ela. — Então, escuta. Você está sentada agora?

— Não. Estou passeando com Cosabella. — Não falei que estava indo encontrar com a minha família. Essa é a última coisa que eu falaria para Rebecca, porque ela não sabe sobre a minha família de verdade nem quem eu sou na realidade.

— Bem, acabei de receber uma ligação do próprio Robert Stark... O desfile de moda de ano-novo da Stark Angels, transmitido em rede nacional, vai acontecer no estúdio de som recém-construído da Stark no centro da cidade, ao vivo, no dia 31 de dezembro... E eles querem que *você* seja o Anjo usando o sutiã de diamantes de 10 milhões de dólares. Parece que é exatamente o seu tamanho. Gisele recusou devido a uma disputa contratual. Morreu do coração? Nikki? Nik?

Tropecei em um canteiro na calçada e quase derrubei meu celular. Um casal que caminhava apressado para escapar da chuva, assim como eu, mal olhou pra mim, mesmo que minha imagem estivesse em cada janela da loja ao nosso lado, de 2 metros de altura cada. Nikki Howard usando um casaco, Nikki Howard de biquíni, Nikki Howard usando um vestido de festa, Nikki Howard usando um vestidinho de verão, Nikki Howard sobre esquis, Nikki Howard usando calças de equitação, Nikki Howard usando quimono, Nikki Howard usando um conjunto de sutiã e calcinha da Stark Angels. Os óculos escuros e o gorro eram um ótimo disfarce.

— Ah, não — suspirei no telefone. Parecia que eu ia ter um ataque do coração. Pensei que fosse vomitar. E senti meus ossos congelarem.

Porque a linha de lingerie Stark Angels era a coisa mais triste do mundo. Era a tentativa da Stark de competir com a Victoria's Secret no mercado de roupas íntimas femininas, só que os sutiãs e as calcinhas da Stark custavam vinte por cento menos, e coçavam e incomodavam cinquenta por cento mais. A linha Stark Angels era uma imitação descarada da linha Victoria's Secret's Angels, tirando o fato de que suas asas eram bem menores e pobrinhas. A única coisa mais cara na linha da Stark era o sutiã de diamantes — 10 milhões de dólares contra o reles sutiã de um milhão de dólares da Victoria's Secret.

— Ah, não? — Rebecca pareceu chocada quando repetiu o que eu tinha acabado de dizer. — O que você quer dizer com *ah, não?*

— Tipo — comecei, tentando manter a voz firme. — Tenho que ir para a escola todos os dias. — Puxei a coleira de Cosabella para afastá-la de um pretzel abandonado, agora congelado na calçada, o qual ela parecia determinada a examinar e consumir, mesmo que eu sempre a alimentasse muito bem. — Eu não vou aparecer em rede nacional na véspera de ano-novo usando um par de asas e um sutiã com bojo... Mesmo que seja feito de diamantes!

— Você vai estar de calcinha também — disse Rebecca, parecendo surpresa por eu não ter me tocado disso.

— Ah, claro, isso melhora muito as coisas — falei cheia de sarcasmo.

— É tudo de muito bom gosto — disse Rebecca. — E você não vai mostrar nada além do que já mostrou naquelas fotos de biquíni na banheira da *Sport Illustraded* na semana passada.

— Mas dessa vez é lingerie! — gritei. — Pior, lingerie da Stark!

— Essa é uma ótima maneira de falar da empresa que paga seu salário — Rebecca disse rispidamente.

Se ela soubesse sobre os grampos no telefone. Ou do programa de rastreamento no meu PC da Stark. E dos transmissores de vigilância escondidos no meu apartamento (se são realmente transmissores). Ah, e sobre o transplante de cérebro. Ele salvou minha vida, mas mesmo assim...

— E eram somente fotos — falei. — Agora é TV!

— A transmissão tem um atraso de sete minutos — disse Rebecca. — Então se alguma coisa, você sabe, sair do lugar, dá para acertar antes...

— Isso é tão tranquilizador — falei.

— Nikki, querida — disse Rebecca, bufando audivelmente. — Eu não estava pedindo sua permissão, para ser sincera. Robert Stark me ligou para dizer que está tudo acertado. Você vai desfilar. Pensei que você fosse vibrar. Você é o Anjo principal. Você tem ideia do que isso significa?

Eu sabia. Sabia, é claro.

— Tenho que desligar — falei para Rebecca. Tinha certeza que estava errada ao pensar que ia ficar tudo bem.

— Espere — disse Rebecca. — Você não quer saber quanto eles vão pagar por isso? Porque não dá para acreditar no valor que eu negociei.

Mas eu já tinha desligado, porque realmente não me importava. Seja lá qual fosse o valor, nunca seria o suficiente. Não para ser humilhada publicamente na frente de todo mundo que eu conhecia. Especificamente, na frente de Christopher.

Que, está bem, não saberia exatamente que era eu, sua velha amiga, Em Watts.

A gente costumava assistir ao desfile da Stark Angel juntos todo ano, e falar mal dele impiedosamente, especialmente das modelos idiotas vestidas de anjo. E calcular quantos africanos esfomeados eles poderiam alimentar com o dinheiro que tinham gastado para fazer o sutiã de diamantes.

E agora eu seria a modelo idiota vestida de anjo que usaria aquilo.

Ótimo. Maravilha.

Talvez eu pudesse doar o dinheiro para alguns africanos.

Exceto pelo fato de eu provavelmente precisar dele... para terapia.

SETE

O PRINCIPAL MOTIVO PELO QUAL EU USARIA MEU CA-chê para pagar a terapia era a expressão que via no rosto da mamãe toda vez que eu entrava no seu apartamento.

Como agora — depois de mentir para o porteiro sobre a minha identidade — e dizer "Oi, mãe. Sou eu".

Ela primeiro vibrava de excitação — o que durava um instante — seguido de desapontamento, e então, resignação. Ela estava esperando a antiga Em, e, em vez disso, via a Nikki... Bem, pelo menos no exterior. Então, por uma fração de segundo, ela ficava desapontada. Mas logo depois fazia a sua cara normal de "ah, é claro que é você!".

Mas era sempre assim, toda vez que ela me via — se desapontava. Porque a verdade era que eu não era a sua filha. Não de verdade. Não mais.

Por dentro, talvez. Mas não por fora.

Ela não tinha aceitado meu novo eu. Não completamente.

E em algum lugar eu sabia que ela nunca iria aceitar.

Eu não podia culpá-la, acho.

— Ah, Em, querida — disse ela. A vibração tinha sumido e ela tinha me reconhecido, a estranha no apartamento, a loira alta com um poodle miniatura de capa de chuva exibido ao lado dela. Acho que ela nunca iria me aceitar no corpo de Nikki a não ser que eu me livrasse do poodle, parasse de lavar o cabelo, engordasse 30 quilos e só usasse casaco de moletom, como a antiga Em. As pessoas são engraçadas. — Eu não acredito que você veio até aqui nesse tempo! Você não deveria estar em Aruba ou algo parecido hoje?

— St. John — falei, me curvando para beijá-la. Antes do acidente, mamãe era mais alta que eu. Agora eu era mais alta que o papai, mesmo usando minha imitação das botas Uggs da Stark. — Nós voltamos de manhã. Vim o mais cedo que pude. — Eu não ia contar sobre o irmão que estava me esperando na minha portaria. Não sei por quê. Ela já tinha problemas o suficiente e eu não queria importuná-la com os meus. Em vez disso, tirei os meus acessórios, úteis somente na rua, que estavam encharcados no apartamento quentinho. — Que história é essa que eu ouvi sobre o acampamento das líderes de torcida?

Mamãe revirou os olhos e disse:

— Nem começa com isso! — Na mesma hora, Frida veio correndo do quarto porque me ouviu chegar.

— Você veio! — Seus olhos estavam arregalados de tanta emoção. — Você é o máximo! Você trouxe a Lulu?

Na lista da minha irmã das pessoas mais legais do mundo, Lulu Collins ficava apenas abaixo de Nikki Howard. Agora as duas faziam parte da sua vida quase diariamente, ela havia atingido um tipo de nirvana adolescente do qual eu temia que ela não fosse sair até entrar na faculdade.

— Ah, Lulu está ocupada — falei, achando desnecessário mencionar que ela devia estar ocupada olhando o teto do meu quarto, planejando o casamento com o irmão perdido de Nikki Howard. — Papai está em casa?

— Ele voltou para New Heaven — disse Frida. — Não aguentava mais as discussões.

— Não houve nenhuma discussão — corrigiu mamãe. — Discussão implica que o assunto é negociável, o que não é o caso.

Frida me olhou como se pedisse ajuda.

— Viu?

Mamãe me encarou.

— E eu não acredito — acrescentou ela, voltando para o sofá e o jornal de domingo que ela sempre espalhava ao seu redor nos fins de semana — que você sabia esse tempo todo e não me contou.

— Bem — falei, com a voz falhando. Se ela imaginasse tudo o que eu sabia e não tinha contado pra ela... — Não vejo nada de errado nisso, na verdade. Ser líder de torcida é um esporte, afinal de contas.

Mamãe nem tirou os olhos da seção "Retrospecto da Semana" para olhar para mim.

— Me diga um esporte onde o uniforme seja uma minissaia — retrucou.

Eu quase ri, até porque eu já tinha tentado esse mesmo argumento com a Frida quando soube que ela ia entrar no time de líderes de torcida.

— Bem — falei —, patinadoras usam saias até menores, e patinação é um esporte olímpico. Assim como as ginastas. E ser líder de torcida é quase como fazer ginástica olímpica.

Mamãe apenas ajeitou o jornal. Tinha uma música clássica bem suave vindo do aparelho de som. O apartamento todo parecia tão aconchegante e quentinho, me deu até vontade de chorar. Eu sabia que em algum lugar havia pãezinhos frescos que papai tinha comprado na padaria de manhã, com cream cheese vegetariano (mas eu não podia mais comer isso porque causava muito refluxo a Nikki. Como qualquer coisa pastosa, aliás).

Mas as aparências enganam, é claro. O apartamento estava muito aconchegante, mas eu não conseguia evitar as suspeitas de que ele pudesse estar tão cheio de escutas quanto o meu. Eu não sabia onde os grampos se escondiam, mas tinha certeza de que estavam lá, em algum lugar, e que a Stark continuava ouvindo tudo. Afinal, Dr. Holcombe, na minha última sessão, tinha me perguntado se eu realmente achava uma boa ideia apresentar Lulu a minha família... coisa que ele só podia saber se a Stark tivesse ouvido tudo naquela vez que visitei meu antigo apartamento com Lulu e uma pizza.

Além disso, o Instituto de Neurologia e Neurocirurgia da Stark tinha nos dado de presente celulares novinhos da Stark para nos comunicarmos. Telefones que produziam mais estática do que qualquer celular que eu já tive — o que provava para mim que eles tinham sido grampeados.

Era meio difícil, depois de tudo isso, acreditar que a Stark não estava nos espionando, principalmente depois de eu comprar um detector de grampos de bolso — sim, eu cheguei ao ponto de comprar todo aparelho de rastreamento que consegui —, que apitava como um louco toda vez que eu passava pela porta. Eu não sabia onde os grampos estavam, mas eles estavam lá, em algum lugar. E foi por isso que insisti para que minha família usasse celulares de outras marcas, celulares sem estática nenhuma que eu tinha comprado para eles, e é por isso que agora minhas visitas a minha antiga casa eram tão rápidas.

— A questão é que — disse Frida para a mamãe — eu *tenho* que ir com o time para o acampamento de inverno. Precisamos ensaiar todas as nossas coreografias e eu sou, tipo, a pessoa mais importante. Sou a base! Sem mim, basicamente todas as nossas pirâmides, acrobacias e qualquer coreografia que envolva um salto, vão cair. Além do mais, se eu não tiver o treinamento apropriado, alguém — incluindo eu — pode se machucar seriamente. É claro que nossa treinadora é maravilhosa, mas nessa semana de treinamento no acampamento vamos aprender técnicas apropriadas para evitar acidentes, além de novas acrobacias e coreografias que vão fazer a gente arrasar na competição. Além do mais, ser líder de torcida vale muito como atividade extracurricular, o que é ótimo para quando eu for enviar minhas inscrições para a faculdade. Tipo, você quer que eu pareça uma fracassada, como a Em, que não tem nenhuma atividade extra?

— Ei — falei, em minha defesa.

— Desculpa — falou Frida, me lançando um olhar arrependido. — Mas é verdade. Antes da sua cirurgia, você nunca fazia nenhuma outra atividade, a não ser coisas chatas de computador com o Christopher. Agora pelo menos você vai para ilhas tropicais para tirar fotos de biquíni e coisas assim.

— Eu não gosto — disse mamãe finalmente, abaixando o jornal — do rumo que esta conversa está tomando. Não quero que as atividades extracurriculares das minhas filhas sejam tirar fotos de biquíni e ser base de apoio para pirâmides humanas.

— Mããāe — disse Frida indo sentar do lado dela no sofá —, é tão mais do que isso. Eu estou aprendendo a trabalhar em equipe e fazendo novos amigos, ao mesmo tempo que mantenho meu corpo em forma e saudável.

Eu me animei um pouco. A verdade era que estava me sentindo meio deprimida desde o início dessa tarde, indo para casa e encontrado Steven Howard em vez de Christopher esperando por mim na portaria, e depois receber as péssimas notícias sobre a mãe de Nikki. Tudo isso, acrescentado à informação de que eu seria agora o Anjo da Stark, não tinha me animado muito desde que eu tinha pensado em toda aquela história de viver no fundo do oceano.

Mas agora, ao ver como Frida amadureceu nesses últimos dois meses que se passaram, eu estava me sentindo melhor. Quer dizer, ela não era nem um pouco como a criança reclamona e egoísta que era antes do acidente, sempre insistindo para que tudo fosse do jeito dela. Não era mais assim.

— Por isso que é tão importante você me deixar ir para o acampamento — continuou Frida. — Juro que não farei nada que faça você se arrepender depois, mãe. E a melhor parte é que o acampamento é em Miami, bem pertinho de onde a vovó mora, em Boca Raton. E nós vamos para lá de qualquer forma, durante as férias. Ou seja, eu ainda poderei ficar com vocês à noite e só durante o dia vou para o acampamento com o pessoal. Eu nem teria que ficar no hotel com o resto do time.

Viu? Frida aprendeu a se comprometer e a ver as coisas pelo ponto de vista dos outros. Isso era algo que ela raramente fazia, se é que tinha feito alguma vez. Eu não podia acreditar que minha irmãzinha tinha crescido tanto! Ela era praticamente uma jovem mulher madura agora! Mesmo que estivesse usando uma calça que dizia "gostosa" no bumbum.

— Isso me soa bem razoável — falei. — Podemos todos viajar juntos e ficar na casa da vovó, e aí Frida pode ir para o acampamento com as amigas dela, e mãe, você, papai e eu ficamos com a vovó. Não seria divertido?

Mas antes que eu terminasse de falar, percebi que mamãe e Frida estavam me olhando assustadas. Eu não entendi por quê. Quero dizer, a gente sempre vai para a casa da vovó em Boca Raton nas férias. Mamãe é judia e papai não, então na nossa casa a gente sempre comemora o Natal, com Papai Noel e tal, e o Hanukkah. Vovó sempre levou isso numa boa, e era ótimo passar o dia de Natal na praia, pegando um pouco de sol depois de aguentar a primeira parte do inverno em Nova York.

Não sei por que esse ano deveria ser diferente, mas era o que os olhares de mamãe e de Frida pareciam sugerir.

— Em, querida — disse mamãe depois de um silêncio tenso. — Você não está pensando... Eu sei que a gente nunca conversou sobre isso, mas presumi que... Bem, você sabe que a gente não pode ir para a casa da vovó este ano. Ou qualquer outro ano. A Stark nunca permitiria. Você sabe que não pode ser vista com a gente. Como eles explicariam se os paparazzi tirassem uma foto sua com a gente numa praia na Flórida durante as férias?

Eu olhei para ela, atordoada.

Ah. Claro. Stark. Meu chefe. O contrato. Pessoas espionando meu apartamento e me seguindo... talvez. Provavelmente.

Com certeza.

— E, além do mais — continuou ela —, você sabe que nós dissemos para a vovó e para todo mundo da família que você... morreu. Como explicaríamos para ela — e para os amigos dela — o que Nikki Howard estaria fazendo com a nossa família nas férias? Obviamente, você não poderia ser a Em perto dela...

Claro. Meu obituário. O funeral. A história na CNN sobre minha morte sangrenta causada por uma TV de plasma. Todo mundo da escola tinha visto isso também.

— Certo — falei. Meus ossos fizeram aquele negócio de congelar de novo, como aconteceu quando eu estava perto da Stark Megastore, o local do acidente que causou tudo isso. Só que dessa vez eu não estava perto da loja, com suas várias janelas estampadas com pôsteres de Nikki Howard sorrindo maliciosamente para mim. Portanto, não havia uma explicação racional para eu sentir meu corpo todo congelando de repente. — Vovó acha que eu estou morta.

Como fui idiota em pensar que iria para a casa dela nas férias com a minha família. Como fui idiota por trazer essa sacola cheia de presentes embrulhados para todos eles, para levar para a Flórida e abrir com a vovó.

Todo mundo achava que eu estava morta.

Eu era Nikki Howard agora.

Em Watts estava morta.

— Está tudo bem — falei, com uma risada de indiferença. Ou o que eu esperava que soasse como indiferença. Na verdade, ela pareceu mais frágil, acho. De repente, eu estava às lágrimas (de onde elas vieram?), mas esperava que mamãe e Frida não tivessem notado. — Que imbecil. Eu me esqueci completamente da Stark. E do contrato. E de tudo. Nossa. Eu sou tão burra.

— Querida. — Mamãe largou o jornal e levantou do sofá para me abraçar, mesmo que eu tenha dado um passo para trás, me afastando dela. — Você está bem? A gente devia ter falado sobre isso, mas presumi que você fosse estar trabalhando, então...

— Eu estou bem — falei, ainda tentando me afastar dela. Não queria que ela visse que eu estava chorando ou triste. Eu também tinha medo de ela me tocar e isso me fazer desabar. — Na verdade, é muito melhor assim, porque Lulu vai dar uma festa gigantesca, e eu estava preocupada por precisar contar a ela que não ia poder estar lá, e agora não vou mais precisar fazer isso. Então... ufa!

Mamãe não se convenceu de que eu estava bem.

— Quer saber de uma coisa? — sugeriu. — Tudo isso é bobagem. Vamos todos ficar aqui na cidade nas férias deste ano. Vou ligar para a vovó. Tenho certeza de que a gente pode inventar alguma coisa.

Frida não parecia ter escutado o que a mamãe tinha acabado de dizer. Ela estava empolgada demais com alguma outra coisa.

— Lulu vai dar uma festa? — perguntou. — Eu estou convidada?

É. Esquece tudo que eu falei sobre a Frida estar muito mais madura agora.

— Não — respondi. Comecei a catar as coisas que tinha colocado no chão, como o casaco de Cosy, a coleira, minhas luvas e todo o resto. — Quer saber? Eu esqueci que prometi a Lulu que ia comprar algumas coisas para a festa. Agora já são quase cinco da tarde e a loja vai fechar, pois é domingo, então é melhor eu ir.

— Em — disse mamãe, me alcançando de novo e me olhando como se o coração dela estivesse doendo.

Mas fui mais rápida do que ela. Consegui evitá-la e já estava quase fora do apartamento, no corredor, antes que qualquer uma das duas percebesse o meu sofrimento.

— Ligo para vocês depois — falei, virando o rosto para trás enquanto ouvia mamãe me chamando de novo.

Mas continuei correndo em direção ao elevador, torcendo para chegar até ele antes que as lágrimas escorressem, e antes que uma delas me alcançasse...

E consegui, por pouco. Na verdade, consegui passar pelo porteiro e pela porta da garagem, onde eu estaria protegida, antes de explodir em lágrimas.

Então, meu rosto desabou. Ou pelo menos foi o que pareceu. As lágrimas transbordaram dos meus olhos, escorrendo quentes pelas minhas bochechas. Eu não via nada na minha frente ou ao meu redor quando as lágrimas assumiram o controle de tudo, porque tudo desapareceu numa grande confusão de pequenas manchas e borrões, como nas pinturas impressionistas do século XIX expostas no Metropolitan. Eu tinha quase certeza de que também tinha um pouco de meleca misturada.

E mesmo enquanto eu fazia isso — chorava, no caso —, sabia que era ridículo. Eu nunca nem *gostei* muito de ir para a casa da vovó, sem contar pela praia e pela piscina. O apartamento era meio pequeno para nós quatro e ela, e eu sempre tinha que dormir numa cama dobrável pequena demais para mim, e vovó só tinha pãezinhos frios no café da manhã em vez do pão maravilhoso que se podia comprar aqui em Nova York, saídos do forno, crocantes por fora e quentinhos e macios por dentro.

Mas, por alguma razão, quando me disseram que eu *não* podia ir, porque estava morta...

Bem, isso me fez desejar ter ficado no fundo do oceano na noite passada. Teria sido tão *bom* ficar lá, tão quieto e calmo e, certo, era frio, mas mesmo assim. Ninguém estaria me mandando fazer coisas, como *Escale essa montanha, Encontre minha mãe desaparecida, Use um sutiã de diamante* ou *Não vá para a Flórida com a gente, você está morta, lembra?*

Mas, na verdade, de alguma forma, eu estava no fundo do oceano de novo. Estava com muito frio mesmo, e me sentindo muito sozinha — exceto pela companhia de Cosy — e logo eu teria que sair na neve e ficar toda molhada, pois eu não tinha levado guarda-chuva.

De repente, decidi que eu não aguentava mais. Simplesmente não aguentava! Eu sei que devia parecer uma idiota, mas não me importava. Não tinha ninguém ao meu redor. Só uma tonta sairia com o tempo daquele jeito mesmo. Simplesmente decidi ficar ali parada e chorar. Pelo menos até um táxi passar e eu conseguir fazê-lo parar.

Porque de jeito nenhum eu iria andando para casa num tempo horroroso como esse.

Eu estava parada ali, em frente ao prédio dos meus pais, chorando e sentindo pena de mim mesma, quando senti uma mão no meu ombro. Pensando que era Eddie, o porteiro, perguntando se eu queria que ele chamasse um táxi — o que seria muita sorte conseguir com esse clima —, me virei, fungando. Eu ainda não conseguia enxergar direito por causa do meu rosto desabando em lágrimas, mas consegui identificar uma forma masculina vaga do meu lado.

— O quê? — perguntei, fungando.

— Nikki? — uma voz tão familiar quanto a minha própria perguntou. Ou tão familiar quanto minha voz costumava ser, antes de a minha laringe ser esmagada por uma televisão de plasma de mais de cem quilos.

Não era Eddie. Era alguém que morava no prédio dos meus pais. Eu tinha me esquecido desse pequeno fato enquanto estava sentindo pena de mim mesma.

E por um segundo quase me engasguei com as minhas próprias lágrimas.

Porque era Christopher.

OITO

Ótimo. Não há nada que uma garota queira mais do que o garoto que ela gosta desde o sexto ano ou sei lá, há muito tempo, a encontre parada do lado de fora do seu prédio, num domingo de inverno terrível, soluçando até não poder mais.

Não existe absolutamente nenhuma maneira de eu sair dessa, além do jeito óbvio — suicídio. Pensei em simplesmente fugir dele e me jogar embaixo do primeiro carro que estivesse passando pela Bleecker Street. Mas não tinha certeza se conseguiria enxergar bem o suficiente, por causa da neve, dos óculos escuros, das lágrimas e de todo o resto. Percebi que podia acabar me jogando embaixo de um carro estacionado.

Além do mais, Cosabella estava comigo. E eu não queria que nada de ruim acontecesse com ela.

Passei rapidamente as mãos enluvadas sobre o rosto, esperando que a camurça absorvesse parte das lágrimas que escorriam dos meus olhos para que eu pudesse pelo menos vê-lo direito.

Mas fazer isso acabou sendo um grande erro. Porque pude ver que Christopher estava usando uma jaqueta de couro (quando ele conseguiu uma dessas?), me olhando de cima (porque, ao contrário de papai, Christopher não era mais baixo que Nikki Howard) com uma adorável mistura de confusão e preocupação em seu rosto. Ele obviamente estava vindo para casa de algum lugar e, devido ao seu jeito tipicamente masculino de se vestir, não tinha se lembrado de usar cachecol nem chapéu, então a chuva gelada fez com que seu cabelo grudasse na cabeça e a ponta das orelhas e as bochechas ficassem bem avermelhadas por causa do frio.

Mas tudo isso só serviu para deixá-lo ainda mais bonito, se é que isso era possível. Quero dizer, até seus lábios estavam vermelhos, o que eu sei que é algo estranho de se notar num cara — mais ainda achar que ficou fofo.

Mas meu cérebro tinha sido retirado do meu corpo e colocado no corpo de outra pessoa. Eu já era a pessoa mais estranha do mundo, de qualquer jeito.

— Ei, tudo bem? — perguntou Christopher. Ele mal trocara três palavras comigo desde que eu tinha jogado os adesivos de dinossauro que brilham no escuro na frente dele no laboratório de informática da escola, esperando que Christopher entendesse a mensagem de que eu era, na verdade, sua melhor amiga presa no corpo de uma supermodelo (ele não entendeu). Mas pareceu aceitar numa boa o fato de Nikki Howards simplesmente estar na frente do seu prédio aos prantos por trás dos óculos escuros Gucci.

— Muito frio hoje, né?

— Hum — comecei. — Sim. — Tentei não olhar para os lábios dele. Olhei para o toldo que se estendia ao longo da entrada da garagem. Eles tinham pintado a fachada com um cinza de muito mau gosto, e a pintura estava descascando em algumas partes.

— Você estava fazendo compras por aqui ou algo parecido? — perguntou Christopher. Acho que ele não conseguiria pensar em nenhuma outra razão para eu estar ali, no seu bairro. Nunca lhe ocorreria que eu talvez o estivesse seguindo, ou pensando em como queria beijá-lo. Ele não era o tipo de cara que pensaria que garotas fantasiavam com essas coisas. Pelo menos, não com ele.

Essa era uma das razões pela qual eu o amava, tirando quando estava pensando em como eu gostaria de esganá-lo por ser tão burro a ponto de não perceber que essa era eu, Em Watts. Só que no corpo de outra pessoa.

— Sim — falei, olhando para um pedaço particularmente grande de tinta descascando acima da sua cabeça. — Sim, eu estava, mas... Está chovendo tanto. E não tem... nenhum táxi. — Isso soou razoável? Ele acreditou?

Aparentemente sim.

— E você não pensou em trazer um guarda-chuva quando saiu de casa? — disse Christopher com um leve sorriso. Ele pareceu acreditar na minha desculpa. — Eu também esqueci o meu.

Não consegui me segurar e dei uma olhada nas mãos dele. Elas estavam vazias e eram enormes. E ficariam muito melhores se estivessem em algum lugar do meu corpo. Eu sabia exatamente onde.

Meu Deus, o que havia de errado comigo? Eu pensava que só o corpo de Nikki era assim, atrevido. Agora estava começando a achar que o meu cérebro tinha se acostumado ao esquema.

— Você quer um emprestado? — perguntou Christopher.

— Porque eu tenho um.

Desviei o olhar dos seus dedos para o rosto.

— Um o quê? — O que havia de errado comigo? Eu não conseguia mais nem acompanhar uma simples conversa. Ou a Stark Enterprises tinha conectado uns fios no lugar errado quando colocaram meu cérebro dentro da cabeça de Nikki, ou eu estava muito, muito a fim desse cara.

— Um guarda-chuva — disse Christopher, olhando para os meus pés. — E acho que tem alguma coisa errada com o seu cachorro.

Olhei para Cosabella. Ela tremia muito porque suas patas estavam numa poça de gelo, e eu continuava ocupada demais chorando — e cobiçando minha paixão secreta — para notar.

— Ah! — Eu me inclinei para segurá-la nos meu braços. — Cosy, você está congelando!

— Por que você não sobe — disse Christopher — enquanto pego um guarda-chuva para você e seu cachorro descongela por um minuto antes de saírem de novo?

Eu estava observando Cosabella quando ele disse isso, segurando-a bem pertinho de mim na esperança de que o calor do meu corpo a aquecesse o suficiente para ela parar de tremer.

Portanto, acho que ele não tinha visto minhas bochechas ficarem vermelhas. Pelo menos era o que eu esperava. Corei de felicidade por ter essa sorte — de ele me convidar para o apartamento onde eu sempre estava antes do acidente —

totalmente inesperado, considerando as 24 horas terríveis que tinham se passado até então.

— Pode ser — murmurei por entre os pelos da cabeça de Cosabella. — Obrigada.

Não seria muito legal, claro, se ele soubesse como eu me sentia com aquele convite — queria gritar de alegria e dançar que nem uma louca. Mas eu tinha que parecer calma enquanto passávamos por Eddie, o porteiro. Rezei para que, quando eu e Christopher estivéssemos passando por Eddie, ele não dissesse nada do tipo "esqueceu alguma coisa?". Porque como explicaria para Christopher o que eu estava fazendo no seu prédio há alguns minutos?

Por outro lado, essa poderia ser minha chance de me abrir. Eu falaria, "Bem, Christopher, estou aqui visitando minha mãe e minha irmã. É, elas moram neste prédio. Porque elas são a mãe e a irmã de Em Watts. Entendeu? ENTENDEU?"

Mas Eddie estava ocupado com um morador que tinha interfonado para reclamar de alguma coisa, então Christopher e eu chegamos ao elevador sem incidentes.

Era um pouco constrangedor ficar em silêncio no elevador, mas Christopher acabou com a tensão olhando para mim enquanto eu segurava a cadelinha de Nikki e perguntou:

— Então. Você não vai a todos os lugares de limusine, vai?

Dei mais um sorriso por entre os pelos de Cosy. Ainda não tinha tirado meus óculos escuros — não queria que Christopher visse o tamanho do estrago que tinha acontecido sob eles. Era possível que eu escapasse de tudo isso sem que ele soubesse que eu estava parada lá embaixo me debulhando em lágrimas.

Eu simplesmente disse:

— Ah, não.

Obviamente eu não era muito esperta quando estava perto de Christopher. O que não fazia sentido, porque eu costumava falar sem parar quando estava com ele. Isso era um problema que eu teria que resolver um dia.

Mas neste momento, em que me encontrava tão frágil emocionalmente, achei melhor continuar com respostas monossilábicas. Agora não era a hora de mergulhar na questão *Adivinha? Eu não sou Nikki Howard.* Não quando estava a um passo de explodir em soluços ou risadas histéricas a qualquer momento.

— É — disse Christopher, assentindo. — Imaginei que os rumores eram exagerados.

Ri de forma enigmática — o mais enigmática possível. Quer dizer, vamos admitir: eu ali no elevador — com o Christopher! Estava indo para o apartamento de Christopher num domingo à tarde! Era como nos velhos tempos! Era difícil ser enigmática quando estava explodindo de felicidade.

A porta do elevador se abriu no andar de Christopher — que, ainda bem, ficava sete andares acima do andar do apartamento dos meus pais, tornando portanto pouco provável um encontro com mamãe ou Frida —, ele disse "é para a direita", e segurou a porta para eu sair. Christopher nunca segurava portas para mim quando eu habitava meu corpo antigo. Não que eu esperasse isso dele. Mas era só que... Bem, isso meio que diminuiu um pouco minha felicidade e me fez perceber que...

Não era como nos velhos tempos. Não era mesmo como nos velhos tempos!

— É aqui — disse Christopher, pegando as chaves.

Christopher abriu a porta e entrei, quase chorando de novo ao ver as familiares pilhas de jornais espalhadas por todos os cantos (o Comandante lia todos os jornais que ele conseguia pela manhã para saber exatamente tudo o que estava acontecendo no mundo. Sempre achei que era mais fácil usar a internet, mas ele também acessava os sites e lia tudo) e o ligeiro cheiro de couro (os móveis dos Maloney, estofados com um couro inglês macio, vieram há muito tempo de alguma antiga propriedade herdada pela família, e eram grandes demais para aquele apartamento minúsculo).

— Aqui — disse Christopher. — Deixe-me pegar o seu casaco.

Tentando esconder meu sorriso envergonhado (eu sei! Fiquei com vergonha! Perto de Christopher, logo quem!), puxei as luvas, comecei a desenrolar a echarpe, depois tirei a jaqueta de couro — mas não antes de me agachar para ajudar Cosabella a tirar o seu casaquinho.

A única coisa que não tirei e entreguei para Christopher colocar na antiga bancada em frente à entrada da casa foram os meus óculos escuros. Meu entusiasmo não era a única coisa que estava tentando esconder.

— Sente-se — disse Christopher enquanto eu o seguia até a sala de estar. Ele tirou uma pilha do *Times*, do *The Wall Street Journal* e do *The Washington Post* do caminho, e a deixou cair no chão para arrumar um espaço no sofá quebrado de couro marrom. — Você quer um café, um chá, um chocolate quente ou alguma outra coisa?

Bebidas. Ele estava me oferecendo bebidas. Como se eu fosse uma convidada de verdade.

O que, mal ou bem, eu era, acho. Eu sempre deveria ter sido... Em Watts, uma garota. Não Em Watts, a amiga assexuada que morava a sete andares abaixo.

Mas, por alguma razão, Christopher não parecia pensar dessa forma. Não até eu começar a usar blusinhas apertadas. No corpo de outra pessoa.

— Hum, chá seria ótimo — falei, colocando Cosy no chão. Ela estava melhor, agora em um lugar quentinho. Parou de tremer e começou a procurar um cantinho para se enroscar e tirar uma soneca. — Posso só usar o seu banheiro por um segundo?

Christopher disse que claro que eu podia, e foi me mostrar onde era. Eu o segui, fingindo que não sabia onde eu estava indo, mesmo que já tivesse usado o banheiro dele milhões de vezes.

Uma vez a salvo dentro do banheiro, fechei a porta, tirei meus óculos escuros e olhei para o reflexo no espelho sujo de creme de barbear (Christopher e o pai tinham empregada, mas ela só vinha uma vez por semana. Ou pelo menos costumava ser assim. Se bem que, pela bagunça em que a casa estava, era difícil dizer se ela ainda aparecia).

Na verdade, meu rosto não estava tão mal assim. Quase não dava para dizer que eu estive chorando. Passei um pouco de base nas olheiras e só uma camada do gloss que estava na minha bolsa Miu Miu (que só carregava para evitar o ressecamento, porque você nunca sabe como o maquiador vai reagir quando vê você com os lábios ressecados, e depois acaba tendo que esfoliar), e eu estava pronta. Sorri para dar sorte, e percebi que o banheiro cheirava a Barbasol, o gel de barbear que Christopher gostava de usar. Fiquei ali inalando aquilo por um tempo, pois era o mesmo cheiro dele.

101

Sim. Cheguei a esse ponto. Nem conseguia ficar chateada com ele por tratar Nikki melhor do que costumava me tratar. Até porque eu percebi que ele simplesmente não sabia. Não tinha entendido o que sentia por mim até eu partir.

Mas eu ainda estava aqui. Isso ele ainda não sabia. Mas como fazer ele descobrir — de um jeito que Christopher fosse capaz de compreender — era o que eu ainda não sabia.

Mas checar se eu tinha algum sinal de lágrima no rosto não foi a única razão pela qual fui ao banheiro, claro. Procurei e tirei da minha bolsa o detector de grampos de bolso e o liguei. Seria ingenuidade achar que a Stark não tinha grampeado a casa dos Maloney como haviam feito com a casa dos meus pais. Mas como eu ainda não tinha conseguido fazer nenhum contato significativo com Christopher, sempre havia uma chance de eles não terem se preocupado em deixar algum equipamento de escuta por lá.

Mas eles não tinham deixado essa passar. Pelo menos se a antena estivesse funcionando direito. O sinal era forte e constante, mesmo depois de eu dar uns tapas no detector.

Nossa! Obrigada, Stark! Muito obrigada mesmo!

Suspirando, guardei o detector, lavei as mãos e saí. Bem, pelo menos agora eu evitaria qualquer pergunta embaraçosa sobre o porquê de eu estar chorando. Christopher não deve ter notado meu pequeno destempero lá fora.

— Então, me conte — disse Christopher, assim que eu me sentei no sofá e ele veio da cozinha com uma caneca de chá de hortelã fumegante em uma das mãos para mim e uma xícara de café na outra para ele. — Por que você estava chorando lá fora?

NOVE

Eu olhei para ele.

Ótimo. Não ia contar para ele. Não ia contar nada para ele.

— Eu não estava chorando — falei, pegando a caneca da sua mão. Nossa, excelente resposta, Em! Ponto para você.

— Estava sim — disse ele ao se sentar na outra ponta do sofá, depois de empurrar o *Los Angeles Times* e o *Seatle Post-Intelligencer*. Cosabella, que já estava se sentindo em casa deitada na almofada entre nós dois, observou as seções dos jornais caírem no chão de tacos de madeira, com as orelhas empinadas de curiosidade. — Assim..., você até poderia tentar dizer que seus olhos estavam simplesmente lacrimejando por causa do frio. Mas ficou óbvio para mim que você estava chorando.

Olhei para ele sem palavras. O que eu poderia dizer, afinal? Estava encurralada. Tomei um pequeno gole do chá quente esperando encontrar inspiração na hortelã. A não ser que... Não. Nada.

— Você não tem que me contar se não quiser, é claro — continuou Christopher. — Mas não sei o que você tem a perder. Não conheço ninguém que você conhece, então não tem como eu contar para alguém.

Eu olhei para o apartamento, meio com medo de que algum paparazzo ou mesmo alguém da Stark fosse surgir do nada atrás de algum móvel e tirar uma foto minha. Christopher mal tinha falado comigo três frases desde que eu saí do coma e comecei a frequentar o Tribeca Alternative de novo. Por que colocariam transmissores na casa *dele*? Até mesmo a Stark podia notar que ele estava mais interessado na McKayla Donofrio do que em mim. Qual era o problema deles?

— Meu pai está cumprindo expediente de fim de semana — disse Christopher, parecendo ler meus pensamentos, embora de forma não totalmente correta. — Hoje é o último dia antes das provas finais. Todos os alunos estão em pânico.

— Ah! — falei. Eu queria que ele lesse meus *outros* pensamentos. Aqueles onde se livrava daquela caneca de café e me beijava. E percebia que eu era sua antiga amiga Em, e não Nikki Howard. Embora isso pudesse esfriar o lance todo do beijo, afinal Christopher nunca demonstrou o menor interesse em dar uns amassos em mim quando eu estava viva. No meu antigo corpo, quero dizer.

— É só que... — falei devagar. Por que *não* contar para ele? Por que não revelar que eu era sua velha amiga Em, que eu não estava morta coisa nenhuma? Eu não podia contar a ele verbalmente porque em algum lugar no apartamento havia um grampo. Mas podia escrever a verdade em algum lugar, não podia? E depois destruir a evidência quando eu tivesse terminado.

É, por que não? Christopher não ia dizer nada a ninguém.

A não ser para o pai, claro, que era cheio de teorias conspiratórias e que, quando descobrisse que o apartamento estava cheio de grampos — o que aconteceria pois eu seria obrigada a explicar para Christopher o porquê de eu estar escrevendo, em vez de simplesmente falar em voz alta —, com certeza iria querer contar a história a todos os jornais do país. O Comandante odiava a Stark quase tanto quanto eu. Christopher nunca conseguiria fazê-lo ficar quieto e não contar o que eles haviam feito comigo... ou que tinham grampeado o seu apartamento.

Então, mamãe e papai estariam arruinados, se é que não teriam que cumprir pena na prisão por quebrarem o contrato que assinaram. E aqueles milhões de dólares que teriam que pagar pela minha cirurgia, além das taxas e multas... Nem Nikki Howard tinha tanto dinheiro na conta bancária... Se é que eu ainda teria acesso àquele dinheiro, depois de o Comandante aparecer na CNN.

Não. Simplesmente não. Não tinha como eu contar a verdade para Christopher. Não agora.

E do jeito que as coisas estavam indo, talvez eu nunca pudesse.

— É só que... — repeti, tentando ganhar tempo. O que eu poderia dizer? O quê? Que tal... Bem, algo parecido com a verdade, quem sabe? Mas não a verdade *inteira*... — Eu recebi más notícias hoje.

— Sério? — Christopher parecia preocupado. Era como ele costumava reagir quando eu contava que tinha tirado uma nota baixa, ou que tinha brigado com a minha irmã, ou que meu personagem tinha perdido uma vida em *JourneyQuest*.

Foi quando me toquei... O que eu estava dizendo? Eu não podia contar o que tinha acabado de acontecer com a minha mãe... E que eu estava triste porque não poderia ir para a Flórida com a minha família nas férias. Afinal, eles não deveriam mais ser a minha família.

Mas eu tinha que dizer alguma coisa, agora eu havia falado sobre receber más notícias. Mas o quê? Que eu seria o Anjo da Stark? Ah, não, Deus, não... Christopher não ia achar nada legal... Qualquer coisa menos isso. Mas o que mais eu poderia falar?

— Minha mãe está desaparecida — acabei dizendo.

Ah. Ótimo. Tá, eu não queria ter dito *isso*. Mas já era tarde demais para tirar as palavras da minha boca.

Christopher me olhou com seus olhos azuis arregalados.

— Sua *mãe* está desaparecida? — repetiu.

Mas só quando as palavras saíram da sua boca que me ocorreu que essa era provavelmente a parte que eu não deveria ter contado. Talvez, lidar com o fato de ser um Anjo da Stark tivesse sido melhor.

— Nós não somos muito próximas — falei, de forma não muito convincente. — Ela, hã... — Nossa. Como vou me livrar dessa? — Está desaparecida há um tempo, mas acabei de saber, porque não nos falamos regularmente.

Então percebi que essa também não era a coisa mais sensível de se dizer. Christopher e a mãe também não eram muito próximos, devido ao fato de ele ter decidido viver com o pai, e não com a mãe, quando os pais se divorciaram. Mas isso, ele me confidenciou uma vez, não foi por ter algum desentendimento com a mãe ou gostar mais do pai, mas porque sua irmã mais nova tinha decidido viver com a mãe, então Christopher não achava justo que o pai, que também queria a custódia total, ficasse sozinho. Foi assim que ele acabou indo morar no meu prédio.

— Há quanto tempo ela está desaparecida? — perguntou ele. Ele estava acariciando Cosabella, que tinha adormecido com o focinho no seu joelho.

— Há uns dois meses — respondi, um pouco surpresa com o tamanho de seu interesse. Mas então me toquei de que devia ser preocupante descobrir que a mãe de alguém estava desaparecida. Isso se você fosse qualquer pessoa além da minha agente, Rebecca. — Talvez três.

Os olhos azuis de Christopher perderam o foco.

— Mais ou menos na época do acidente — murmurou ele olhando na direção da televisão. — Isso faz sentido.

Meus olhos castanhos se arregalaram.

— O quê? — perguntei.

Seu olhar voltou para mim.

— Nada — despistou. Mas claro que isso significaria alguma coisa. — O que você fez para tentar encontrá-la? — perguntou ele. — Alguém deu queixa do desaparecimento?

— Hum — falei. — É, acho que sim.

— Você acha? — Christopher parecia confuso. Não dava para culpá-lo: eu também estava confusa. O que estava acontecendo, exatamente? Eu começava a me perguntar se a tristeza causada pela minha morte não tinha deixado Christopher meio maluco. Cortar o cabelo daquele jeito — que antes era na altura dos ombros — não foi a única mudança que eu tinha percebido nele desde a minha "morte". Ele tinha se tornado mais intenso, ficava tempo demais sozinho no computador do laboratório da escola, não falava com ninguém. Inclusive comigo, apesar dos meus esforços para tirá-lo daquele lugar.

— Bem, meu irmão que está cuidando disso, na verdade — falei. — Tudo o que fiz foi ligar para a minha operadora de celular — acrescentei —, para ver se tinha alguma ligação perdida dela que eu não tivesse visto.

Christopher sacudiu a cabeça:

— Pode levar meses para eles liberarem essa informação.

Olhei para ele e dei de ombros.

— Eu sei — falei. — Mas o que mais posso fazer? — Eu odiava me sentir impotente, principalmente na frente de Christopher. Quando estava no meu corpo antigo, sempre fazia questão de fazer tudo sozinha na frente dele, porque se mostrasse o menor sinal de fraqueza feminina, ele poderia me achar boba. Se tivesse um inseto no chão, eu esmagava. E se tivesse alguma coisa numa prateleira alta demais? Eu pegava uma cadeira e subia. Se a tampa do pote de manteiga de amendoim estivesse muito apertada, eu andaria até o meu apartamento e pediria para o meu pai abrir antes de ter que pedir para Christopher.

Mas agora... agora eu me perguntava se essa tinha sido a melhor estratégia. Tipo, você realmente conquista os garotos agindo como se não precisasse deles? Não foi assim que consegui que Brandon me beijasse na noite passada. Fui pedir ajuda para que voltássemos a Nova York, e logo depois estávamos ficando e ele estava me pedindo para ser sua namorada.

Se eu quisesse ficar com Christopher, não seria bom agir como se precisasse dele? Só um pouquinho?

Certo, eu odeio garotas assim — as Whitney Robertsons da vida. Mas, ei. Ela não tinha o namorado mais gato do colégio (se você considerar gatos os atletas de blusa polo e fortões)?

— O pai de McKayla Donofrio é procurador-geral — sugeriu Christopher, tentando, obviamente, ser prestativo. — Talvez ele possa fazer alguma coisa para ajudar a encontrar sua mãe.

McKayla Donofrio? Como o Christopher sabia a profissão do pai dela?

Por outro lado, McKayla Donofrio era uma esnobe, e provavelmente tinha se gabado disso em alguma aula que eu não estava. Ela se gabava o tempo todo de ser uma Acadêmica de Mérito Nacional e de ser presidente do Clube de Negócios do Tribeca Alternative. Ela se gabava até de ser intolerante à lactose. O pai trabalhar no gabinete da procuradoria-geral seria apenas mais uma coisa pela qual McKayla Donofrio se gabaria.

Mas talvez Christopher e McKayla estivessem namorando. Não a peguei olhando para ele com frequência cada vez maior durante esse semestre, principalmente desde que ele cortou o cabelo e começou a usar mais preto? (Aliás, por que isso?) E eu não o tinha visto olhando mais de uma vez na direção dela? Mas eu achei que ele estivesse simplesmente olhando inexpressivamente para qualquer coisa que se colocasse na sua frente para espantar o tédio.

Não podia estar havendo nada entre os dois. *Não* podia. Mas...

De repente, fiquei com vontade de chorar tudo de novo. Imaginar Christopher com McKayla, mais do que qualquer coisa no mundo, era insuportável.

E era exatamente o que eu precisava, alguém da procuradoria-geral do Estado de Nova York se intrometendo na vida de Nikki Howard. Por favor.

— Ei — Christopher apoiou gentilmente a mão no meu ombro. Eu estava tão assustada, tão distraída imaginando os dois em um dos encontros de McKayla no Clube de Negócios, o cabelo claro dele e o cabelo escuro dela, apoiados um no outro, assistindo a alguma apresentação de PowerPoint juntos, que quase esqueci que estava lá e dei um pulo. — Você está bem?

— E-estou bem — falei. Meus olhos se encheram de lágrimas de novo. Coloquei a mão no rosto rapidamente para enxugá-las. — É só... alergia. Desculpa. Tenho que ir...

Eu me levantei, querendo ir embora antes que perdesse ainda mais o controle sobre os meus canais lacrimais. Estava me tornando um caso totalmente perdido. Além disso... Alergias? No inverno? Certo. Brilhante, Em.

— Você está realmente triste com tudo isso — falou Christopher, olhando para mim. Ele não tinha caído na desculpa das alergias. — Não está?

— Bem — falei, fungando. Eu estava sentindo uma pontada de culpa pelo fato de ele achar que minhas lágrimas de preocupação eram por causa da mãe desaparecida de Nikki Howard, quando, na verdade, eram por causa dele? Sim. Mas e daí? Era bem difícil me sentir mal em relação a isso enquanto ele me olhava cheio de preocupação, com aqueles olhos azuis brilhantes. — Bem, sim. Afinal, ela é minha mãe.

Uuuh, boa, Em. Pegando pesado, hein?

— Olha. — Christopher parecia ter tomado algum tipo de decisão. — Antes de você ir... posso tentar uma coisa?

Ele se levantou, empurrando Cosabella, que suspirou e se enrolou como uma bolinha, e atravessou a sala de estar, em direção ao corredor. Imaginei que ele estivesse indo para o seu quarto. O que estava acontecendo?

— Hum, Christopher? — chamei depois que alguns instantes se passaram e nada aconteceu. Evidentemente ele não estava só pegando um guarda-chuva para mim.

— Aqui — chamou ele de volta. — Tudo bem. Pode vir.

Segui o som da sua voz, me perguntando o que ele podia estar tramando. Afinal, pegar um guarda-chuva não demoraria tanto tempo.

Mas senti meu corpo congelar na entrada do quarto.

— Tudo isso seria muito mais fácil — disse Christopher da cadeira do seu quarto, em frente ao seu computador — se a gente conseguisse quebrar o *firewall* deles.

Mas eu mal estava ouvindo. Isso porque, lá no topo da estante bagunçada de Christopher, que estava cedendo no meio devido à quantidade de livros empilhados, tinha uma foto...

111

Minha.

Não de McKayla Donofrio. Não de Nikki Howard. Mas minha. Emerson Watts.

Era a foto que tinham usado no meu funeral. Não era muito estimulante, em minha opinião. Era uma foto de escola, uma que falei para mamãe nem se incomodar em comprar porque um dos meus dentes estava meio torto (eu sempre achei que teria tempo de consertá-lo um dia, mas não tive essa sorte), mas ela resolveu comprar assim mesmo, enfim, porque... Bem, por causa do que aconteceu.

E agora, uma cópia dela estava no quarto de Christopher, em um porta-retratos tão grande, que em qualquer lugar que você estivesse, sério, dava a sensação de que ela estava olhando para você.

— Ei, Felix — falou Christopher com o seu computador, me ignorando.

A voz de um garoto sussurrou pelas caixas de som e vi o primo de 14 anos de Christopher, Felix, um que estava em regime de prisão domiciliar no Brooklyn por causa de algum crime envolvendo hacking, pelo monitor de Christopher.

— Você não acabou de sair daqui? — queria saber Felix.
— O que houve? Esqueceu alguma coisa?

— Estou com a minha amiga Nikki — disse Christopher.
— A mãe dela está desaparecida. Você pode fazer uma busca no número da previdência social dela e ver se descobre alguma coisa?

— Uma garota? — A voz de Felix ficou aguda. — Você está com uma garota no seu quarto?

— Sim, tem uma garota no meu quarto — disse Christopher calmamente. Ele não corou nem nada, como acontecia nos velhos tempos. Isso, para mim, era mais uma prova clara de que rolava alguma coisa entre ele e McKayla.

Mas então... O que minha foto estava fazendo ali?

Para dizer a verdade, eu não podia acreditar no jeito dele... assim, tão no controle. É que isso não era o Christopher. Christopher era mais de comer Doritos enquanto via Discovery Channel, e não o tipo que dava ordens para as pessoas e falava com o primo pelo Skype para que ele investigasse o número da previdência social de uma mulher desaparecida.

Essa mudança me assustava, no bom sentido. A não ser pela foto da antiga Em e a questão sobre a McKayla.

— Você pode ajudá-la? — perguntou Christopher ao seu primo.

— Claro que eu posso ajudá-la — disse Felix. Ele parecia uma criança. O que não era tão estranho, pois podia ver pelo monitor que era exatamente o que ele era... Magricelo, cabelo preto espetado, espinhas, e por aí vai. — Me deixe vê-la.

— Você não precisa vê-la — disse Christopher.

— Eu quero — insistiu Felix. — Tenho que ficar enfiado aqui o dia todo, sozinho. Se você tem uma garota no seu quarto, quero vê-la.

— Você não pode — começou Christopher.

Eu dei um passo rápido para que pudesse ficar no ângulo de visão da webcam no monitor de Christopher.

— Oi, Felix — cumprimentei, só para calar a boca dele.

Felix deixou escapar um palavrão e desapareceu abruptamente da tela.

— Chris — sussurrou ele de algum lugar fora do ângulo de visão da câmera. — É a Nikki Howard. Você não me disse que a garota no seu quarto era a Nikki Howard.

— Bem — disse Christopher, parecendo se divertir um pouco com isso. — A garota no meu quarto é a Nikki Howard.

— Como — queria saber Felix de onde estava escondido — você conseguiu que Nikki Howard entrasse no seu quarto?

Christopher olhou para mim. Ele estava com um sorrisinho no rosto.

— Ela basicamente me seguiu até aqui — brincou ele. Eu não consegui evitar, e sorri de volta. Se ele estava fazendo tudo isso para me fazer parar de chorar, estava funcionando. Nossa. Eu devia ter tentado isso há alguns anos. Provavelmente teria conseguido que ele mudasse o canal todas as vezes que ele insistia em ver aqueles episódios chatos de *Top Gear.* — Você acha que pode ajudá-la, Felix, ou não?

— Claro que posso ajudá-la — Felix reapareceu no monitor do computador. Ele tinha penteado seu cabelo preto espetado e trocado a camisa. — Oi, Nikki — disse ele num tom de voz muito mais grave — Como você está?

— Hum — falei, rindo um pouquinho, para não criar um mal-estar por causa daquela situação. — Estou bem.

— Ótimo. Isso é ótimo — disse Felix. — Então, me dá o número da previdência social da sua mãe e podemos começar a trabalhar.

Eu olhei para Christopher.

— A polícia já checou esse tipo de informação, eu acho.

— A polícia! — explodiu Felix, cheio de desprezo. — Você acha que eles têm as ferramentas que eu tenho, mesmo depois de tirarem minha conexão Wi-Fi e agora eu ser obrigado a puxar a dos meus vizinhos? Confie em mim, a não ser que ela esteja morta ou atrás das grades, vou achá-la. É só me mandar os números, gata. — Christopher balançou o dedo em reprovação, e Felix se desculpou — Desculpa, Srta. Howard.

— Eu não tenho o número comigo, exatamente — expliquei. Mas vendo o olhar de desânimo de Felix, falei rapidamente. — Mas acho que posso conseguir.

— Ótimo! — Felix se animou na hora. — Assim que você conseguir, me manda! Ou talvez você possa vir até aqui. Minha mãe faz uma comida mexicana maravilhosa.

Christopher desligou a câmera. Felix desapareceu num segundo.

— Ele é meio esquisito — explicou Christopher. — Mas realmente sabe o que está fazendo, acredite ou não. Por isso que o juiz deu seis meses para ele em vez de apenas uma bronca. Meu pai me manda para lá todo domingo na tentativa de fazer uma boa influência sobre o Felix, mas acho que é justamente o contrário que acontece. Bom, você pode simplesmente me dar o número quando o conseguir. E garanto que ele vai receber.

— Ah, obrigada — falei, olhando para a minha foto que nos encarava com aquele dente torto. Desviei rapidamente o olhar. — É muito gentil da sua parte.

Christopher encolheu os ombros.

— Você pode fazer uma coisa em troca, na verdade. Assim, se quiser.

Eu podia? Ocorreu-me todo o tipo de ideia de como eu poderia recompensá-lo. O truque com a língua, mesmo sem saber exatamente o que era, veio com tudo à minha cabeça, o que era perturbador. Eu tive que me sentar na cama toda arrumada de Christopher (o Comandante acreditava que uma cama bem-feita era sinal de uma mente bem-feita), antes de os meus joelhos cederem.

— Hã? — murmurei, quando finalmente consegui falar.

— Sim — disse Christopher. — Então, o quão fiel você é ao seu chefe?

Essa era uma pergunta tão inesperada, que eu perguntei sem pensar:

— Quem?

— Seu chefe — disse Christopher de novo. — Robert Stark. O quanto você gosta dele?

Gaguejei, pega totalmente de surpresa.

— P-por quê?

— Você trabalha para uma empresa que arrecadou 300 bilhões de dólares em vendas no ano passado, e a maior parte do lucro foi para o bolso do seu chefe. Estou só perguntando — disse Christopher calmamente — o que você acha dele.

Eu estava tão hipnotizada pelo azul dos olhos de Christopher, que acabei falando, antes de conseguir me controlar:

— Ele quer que eu desfile com um sutiã de diamantes, de 10 milhões de dólares, em rede nacional. Como você *acha* que eu me sinto em relação a ele?

Christopher sorriu. Quando ele sorria, algo estranho acontecia dentro de mim, era como se eu derretesse.

— Era o que eu estava esperando que você dissesse.

Então ele me contou o que estava planejando fazer. E o que queria que eu fizesse.

E o meu mundo, que tinha acabado de virar de pernas para o ar, deu mais uma volta.

— Faz séculos que eu e Felix estamos tentando encontrar um atalho que nos leve ao coração da Stark — explicou ele. — Mas não conseguimos. O sistema de segurança deles é muito bom. Então, em vez de usar a porta dos fundos, pensei que poderíamos tentar entrar pela porta da frente. — Christopher tinha parado de sorrir e me olhava seriamente. — Você acha que conseguiria um login e uma senha de alguém que trabalhe na Stark Enterprises? A de algum superior seria melhor, mas já estamos aceitando a de qualquer um...

Eu simplesmente o encarei.

Era *isso que ele queria de mim*?, era tudo o que eu conseguia pensar. Uma droga de um login e de uma senha?

Era tão típico. Por que eu estava surpresa? Afinal, o cara tem uma foto de uma garota morta na sua estante. Não uma foto pequena, mas uma 20 x 25 cm brilhante, com olhos que seguiam você para onde quer que fosse.

Ótimo. Agora eu estava começando a ter ciúmes de mim mesma.

Eu me levantei. Então andei em direção à janela do quarto de Christopher. Para a sua surpresa, me debrucei e a abri, deixando entrar uma corrente de ar frio, assim como o som constante do granizo caindo e do trânsito barulhento da rua Bleeker, logo abaixo. A interferência acústica, assim eu esperava, atrapalharia qualquer um que quisesse ouvir nossa conversa.

— O que você está fazendo? — perguntou ele, curioso. Christopher tinha aumentado um pouco o tom da voz para que eu pudesse ouvi-lo, apesar do barulho do tráfego.

Balancei as mãos perto da minha cabeça.

— Já te ocorreu alguma vez — perguntei — que eles podem estar ouvindo?

Christopher me encarou.

— Quem?

— A Stark — sussurrei. Meu coração deu um pequeno salto quando falei isso. Não exatamente porque a Stark podia estar ouvindo a gente, mas porque Christopher estava olhando para mim... *realmente* olhando para mim, como se me visse pela primeira vez.

Só que, claro, não era o caso.

Christopher riu.

— A Stark? Aqui? Você está falando sério?

Eu estava falando muito sério. Mas eu não podia contar-lhe tudo agora.

Eu então disse:

— Eles... Eles sabem de várias coisas.

Ele riu novamente.

— Você está paranoica.

— Talvez — falei voltando para a mesma posição na cama dele. — Talvez você devesse tentar ser um pouco paranoico também. O que você está falando... é loucura. Tipo... O que vocês vão fazer quando conseguirem entrar no sistema deles?

Ele parecia surpreso.

— Derrubá-los — falou ele num tom de voz que dava a entender "O que mais poderíamos fazer?".

118

Derrubá-los. Como se fosse assim tão óbvio. Ou fosse fácil. Como se ele fosse Robin Hood e a Stark Enterprises fosse uma carruagem cheia do ouro que ele roubaria.

— Isso não é um pouco... infantil? — coloquei uma mecha de cabelo atrás da orelha e tentei imaginar como eu iria dizer o que queria sem ofendê-lo. — Assim, tudo bem, então o sistema deles vem abaixo por algumas horas. Você deixa alguns donos de celulares da Stark enlouquecidos, ou algo assim. Talvez vocês até apareçam nas notícias do Google. Mas... Para quê? Só para mostrar que vocês conseguem? Para mostrar que têm um computador melhor que o deles? Grande coisa.

— Não, não — interrompeu Christopher, sacudindo a cabeça. — Você não entendeu. Quero dizer... O objetivo é derrubá-los. *Derrubar a Stark Enterprises.* Para sempre.

DEZ

Era óbvio para qualquer um que me visse entrando na escola segunda-feira de manhã, logo antes de o sinal tocar, com um copo de chá e bolsa Marc Jacobs cheia de deveres por fazer em uma das mãos e meu MacBook Air na outra, que meu final de semana não fora dos melhores. Sei que estava com uma cara terrível. Eu me debati e rolei de um lado para o outro a noite inteira, sem conseguir dormir, não só por causa de Lulu Collins, que ficava roubando meus lençóis e meu edredom Frette, mas porque o garoto pelo qual eu estava totalmente apaixonada também estava apaixonado. Só que não por McKayla Donofrio, pelo que parece. Estava apaixonado por uma garota morta.

Ah, e mencionei que ele planejava destruir a empresa para qual trabalho? Pois é.

Não que eu morresse de amores pela Stark Enterprises. Mas minha intenção não era necessariamente destruí-la.

Afinal de contas, eu realmente gostava de algumas pessoas que trabalhavam lá.

Christopher não tinha sido bonzinho por ter compartilhado comigo ontem os detalhes do que ele e o primo, Felix, pretendiam fazer assim que conseguissem a informação de que precisavam. Por que ele me contaria? Eu era somente uma modelo cabeça de vento.

Ele não tinha colocado as coisas dessa maneira, claro. Mas era óbvio que achava que eu não entenderia e que era melhor ficar sem saber.

Claro, parte disso era minha culpa, por fingir que não sabia as coisas mais básicas sobre computadores quando o "conheci".

Mas não tinha nenhum fingimento na minha reação quando ele contou que ia derrubar a Stark Enterprises. Eu não pude evitar. Fiquei sinceramente horrorizada. Eu falei a primeira coisa que veio na minha cabeça, que foi: "Mas... *por quê?*"

Christopher simplesmente sorriu de um jeito enigmático e disse: "Eu tenho as minhas razões."

Percebi a forma como o seu olhar tinha desviado, só por um instante, em direção a minha foto.

Ótimo. Muito bom! Agora era óbvio o que estava acontecendo. Minha morte, assim como a morte trágica de tantas mulheres heroicas antes de mim, tinha causado a morte de mais alguém... A de Christopher, por dentro. Seu coração estava morto, e Christopher, que antes costumava ser divertido e alegre — o Christopher que eu amava, o Christopher com quem joguei *JourneyQuest*, tantas vezes que eu queria que

121

olhasse para mim como uma garota e não apenas como sua melhor amiga —, havia se tornado um supervilão perverso.

Por que eu estava tão surpresa? Isso acontecia sempre nas histórias em quadrinhos. Christopher agora iria usar seus poderes para o mal em vez de para o bem, para se vingar da minha morte. Que outra explicação poderia haver?

Só para ter certeza, perguntei:

— Bem, uma das razões é o que aconteceu com a sua amiga, aquela que morreu na Stark Megastore? Porque tenho certeza de que a culpa foi daquele protesto que lançou uma bala de Paintball na tela de plasma que estava acima dela.

Christopher me olhou inexpressivamente e disse:

— Bem, e quem era o responsável para que a tela de plasma estivesse bem presa ao teto, de modo que o ataque de uma bala de Paintball não fosse capaz de derrubá-la no chão?

— Bem, a Stark — falei. — Mas...

— A Stark tem que ser responsabilizada pelo que fez.

Ai, meu Deus! Era difícil acreditar em como isso era perturbador.

Mas também, vendo por outro lado, isso era bem empolgante. Quero dizer, que garota não ia querer que um cara promovesse a loucura de hackear computadores de uma gigante corporativa sem nenhuma responsabilidade ambiental, simplesmente por sua causa? Especialmente uma empresa que basicamente estava escravizando você e que tinha feito com que quase fosse comida por tubarões no dia anterior.

O único problema era que ele não estava fazendo isso por *minha* causa. Bem, quer dizer, estava, mas não sabia disso. Porque achava que Em Watts estava morta.

E agora, mais do que nunca, eu não podia lhe dizer que eu não estava morta. Porque era óbvio que ele surtaria completamente. Quem poderia saber o que ele faria se soubesse da verdade? Em segundos, espalharia toda a história pela blogosfera no intuito de se vingar da Stark.

E o que aconteceria comigo? E com os meus pais? Eles iriam à falência, isso sim. Ah, claro, a Stark seria derrubada.

Assim como a família Watts.

Já era péssimo o suficiente Christopher estar fazendo toda essa doideira de programar vírus, com a Stark provavelmente sabendo de tudo; afinal, o lugar estava grampeado. E lá estava eu, sentada no seu apartamento. Simplesmente não conseguia acreditar que tudo isso estava acontecendo. Christopher, meu melhor amigo, doce e engraçado, tinha se tornado um cínico herói das trevas querendo justiça mundial? *Desde quando?*

— Você realmente acha — falei, tentando descobrir como lidaria com ele — que isso é o que a sua amiga, Em, acho que é esse o nome dela, iria querer? Quero dizer, e se você for preso? Você poderia ter que cumprir prisão domiciliar, como o seu primo. Ou pior, ir para a cadeia mesmo, se for julgado como maior de idade.

— Não estou nem aí — disse Christopher, balançando a cabeça. — Terá valido a pena.

Senti um arrepio na espinha. Era óbvio que a transformação de Christopher estava cem por cento completa. Só faltavam uma capa preta e uma cicatriz no rosto.

— Você correria o risco de ir para a cadeia — perguntei surpresa — por causa de uma garota que já morreu?

Suas próximas palavras atingiram meu âmago:

— Ela valia a pena — respondeu ele, simplesmente.

Se pudesse pegar uma faca e esmagar o coração de Em Watts ali mesmo, eu o faria. Eu a odiava tanto naquele momento. Não importava que eu era Em Watts. Não conseguia olhar nem mais um segundo para a foto dela. Precisava sair de lá. Tinha que fugir logo do quarto de Christopher. Especialmente porque queria tanto beijá-lo.

E ele definitivamente não queria me beijar. Porque estava apaixonado por uma garota morta.

Não sei o que fiz ou falei depois disso. De algum jeito cheguei ao corredor, comecei a vestir o meu casaco e ajudei Cosabella a vestir o seu. Fico com vergonha de dizer que acho que havia mais lágrimas saindo dos meus olhos...

Mas acho que ele não percebeu. Pelo menos desta vez.

E, claro, agora eu tinha que decidir... Daria o que ele queria e colocaria em risco o emprego de todas as pessoas com quem eu trabalhava praticamente todos os dias? (Se é que o que ele e Felix planejavam desse certo, porque, sejamos sinceros... quais eram as chances? Eu amo Christopher, e acho que não existe nada que ele não consiga fazer quando coloca uma coisa na cabeça. Mas acabar com uma corporação zilionária como a Stark com um vírus de computador ou seja lá o que eles estavam planejando? Vamos ser só um pouquinho realistas.)

Ou o dispensaria e tentaria encontrar a mãe de Steven de outro jeito?

E ainda tinha toda aquela coisa de fazê-lo gostar de mim como eu era agora, no corpo de Nikki Howard. Porque quando eu estava lá no corredor, tentando fazer com que ele não visse como eu parecia assustada, ele provavelmente estava querendo se livrar da garota bonita, já que eu não ia conseguir as informações de que ele precisava.

Mas ele tinha sido bem-educado. Emprestou-me o guarda-chuva conforme tinha prometido e tudo.

Não tinha me pedido para manter contato nem nada.

Era alguma surpresa eu ter ficado acordada a noite toda? E não ter estudado nada para as provas finais?

Logo que eu cheguei ao Tribeca Alternative, fui para o andar do banheiro feminino, esperando ter algum tempinho em frente ao espelho para retocar a maquiagem antes de encontrar Christopher na aula de Oratória do primeiro tempo. Eu não tinha ideia do que diria para ele, mas sabia que me sentiria mais confiante se passasse um pouco de gloss. O mérito do gloss sempre foi valorizado pela minha irmã, enquanto eu o ignorava, até maquiadores profissionais de artistas começarem a usá-lo sempre em mim, todos os dias, e eu acabar vendo o resultado no espelho e nas páginas das revistas, sempre agraciadas com o rosto de Nikki. O gloss realmente podia aumentar a autoestima de uma garota, e qualquer um que pensasse ao contrário nunca tinha experimentado o Triple X da Nars.

Era engraçado eu estar pensando nisso exatamente quando minha irmã saiu do banheiro feminino e esbarrou em mim.

— Em. Quero dizer, Nikki! — gritou ela, enquanto o chá quente espirrava do copo de papelão que eu estava segurando e se espalhava por todo o chão. — Oooops! Ah, não, me desculpe!

As amigas de Frida — que quase nunca andava sem um grupo de líderes de torcida ao seu redor — ficaram todas me olhando com olhos arregalados. Mesmo eu já frequentando o Tribeca Alternative (na minha encarnação atual) há quase dois meses, os alunos ainda não tinham se acostumado em me ver pelos corredores, e quando me viam, ainda ficavam de boca aberta ou assobiavam, mesmo eu sendo uma das meninas mais conservadoras no que diz respeito a roupas do colégio. Barriga de fora, blusas decotadas e conjuntinhos muito justos não eram permitidos pela diretoria, o que não impedia amostras acidentais e eventuais da pele bronzeada de Whitney Robertson e sua turma. Mas eu mantinha tudo rigorosamente embaixo dos panos. Claro que nada mais seria segredo depois do ano-novo, graças ao desfile da Stark Angel.

— Ei — falei para Frida. — Obrigada. — Eu estava sendo sarcástica por causa do chá, que tinha queimado a minha mão. Derramou na minha blusa da Temperley, que felizmente era azul-escura e ia manter a mancha escondida.

— Estou tão feliz por ter esbarrado em você. A gente realmente precisa conversar — disse Frida, segurando meu braço e me arrastando para o banheiro de onde ela tinha acabado de sair. — E vocês continuem sem mim — falou para as amigas. — Preciso falar com a Nik por um minuto.

Nik. Boa. As amigas dela iriam ficar superimpressionadas.

Por sorte, o banheiro feminino estava vazio, o que Frida constatou depois de checar rapidamente as cabines.

— Como você pôde fugir daquele jeito ontem? — perguntou, soltando meu braço e deixando de lado o tom de voz educado que havia usado em frente às suas amigas quando estávamos no corredor. — Eu e a mamãe ficamos preocupadas. E depois você não retornou nenhuma das nossas ligações.

Eu fiquei olhando para ela. Era demais para mim ter que lidar com isso de manhã tão cedo sem ter dormido nada e sem nenhuma cafeína. Não que eu tome muita cafeína, principalmente depois que soube que a cafeína é proibida na dieta antirrefluxo de Nikki (que ela, felizmente, deixou presa na lateral da geladeira). Descobri que uma xícara por dia era tudo o que ela conseguia aguentar, ou seria a festa do refluxo.

— Eu estava tendo um dia realmente péssimo — falei. Não era uma explicação muito boa, tudo bem. Mas era tudo em que consegui pensar.

— E você deixou aquela sacola enorme de presentes para a gente! — continuou Frida. — Apenas deixou lá, sem dizer nada!

— Era para vocês abrirem quando fossem para a casa da vovó — expliquei. Eu não queria me lembrar da divertida troca de presentes que costumávamos fazer na Flórida, a disputa pelos embrulhos, enfeites e chocolates de Natal. Eu sabia que nunca mais poderia desfrutar disso.

— Eu *sei* — disse Frida. — Foi *muito* legal da sua parte...

Com certeza ela já tinha sacudido a caixa embrulhada com um papel azul característico que eu tinha deixado para ela e descoberto que continha exatamente o que ela sempre quis... Uma coisa que todas as suas amigas na Tribeca Alternative tinham, mas que nossos pais nunca tiveram dinheiro para comprar... Um par de pequenos brincos de diamantes.

— Olha — falei, incomodada. Eu não queria pensar em como seria a sua reação ao abrir aquela caixa na Flórida, sem eu estar lá para ver sua expressão. — Tenho que ir. O sinal vai tocar e eu nem sequer fui ao meu armário ainda.

— Não — disse Frida, segurando meu pulso de novo. Mas dessa vez o que não estava segurando o copo de chá.

— Nikki, mamãe, papai e eu conversamos. Por isso ficamos ligando para você. Mamãe não sabia que você ficaria tão chateada em não ir para a Flórida. Achou que você fosse para algum lugar maravilhoso, como Paris ou sei lá, e que não fosse se importar.

— Realmente preciso ir — falei. Eu não queria ouvir isso. Ela ia dizer que eles decidiram fazer uma festa de Natal-Hanukkah fajuta qualquer aqui em Nova York antes de partirem, com trocas de presentes e cidra quente enquanto assistíamos ao filme *Uma história de Natal* ou algo assim.

Mas não seria a mesma coisa sem a vovó, a praia e seus pãezinhos congelados idiotas. Que eu não podia comer, de qualquer forma, nesse corpo idiota.

— ... mas agora que a gente sabe que vai ficar por aqui, resolvemos mudar todo o esquema — continuou Frida. — Não vamos para a Flórida este ano. Vamos permanecer na cidade, e a vovó concordou em vir para cá! Então você pode ficar com a gente. Nós podemos dizer que você é minha amiga da escola.

— Fri — falei. Eu não queria ouvir aquilo.

— Deixa disso, Em. Eu sei que não será a mesma coisa, mas ainda assim vai ser divertido. A vovó está até empolgada em vir para cá no inverno e você sabe como é difícil convencê-la a vir quando está frio.

— Fri!

Frida deu um salto, não sei se foi por causa do sinal ou porque berrei com ela. Em todo o caso, consegui fazê-la me ouvir.

— Vamos nos atrasar para a aula. Nós falamos sobre isso mais tarde, tudo bem?

— Tudo bem — resmungou Frida, parecendo magoada. — Mas, nossa, achei que você fosse ficar feliz. Até desisti de ir para o acampamento das líderes de torcida para ficar pela cidade e para estar com você.

Subitamente, não quis mais tomar o meu chá, mesmo precisando da cafeína. Joguei o copo na cesta de lixo mais próxima e saí do banheiro feminino.

— Isso não me faz feliz, Frida — sibilei, por entre os dentes cerrados, enquanto ela vinha andando atrás de mim. — Quero que você faça o que você *quer*, não o que acha que eu quero.

— Mas *estou* fazendo o que eu quero — disse Frida. — Eu realmente quero ir para a sua festa.

Eu parei de repente, e me virei para olhar para ela, enquanto os últimos atrasados passavam pela gente correndo, tentando chegar à aula antes que recebessem advertência.

— Espere um minuto. — Eu a encarei. — Você desistiu de ir para a Flórida só para ir para a festa da Lulu? — Era a cara dela fazer esse tipo de coisa. Frida era tão obsessiva por brilho e glamour que daria o próprio braço para conhecer uma celebridade... Se fosse a celebridade certa.

As bochechas coradas de Frida revelaram a verdade antes que ela pudesse dizer qualquer palavra.

129

— Não, não exatamente — respondeu.

Joguei minhas mãos para o ar, irritada, e me virei de novo para ir para a aula. Cansei.

— O quê? — Frida veio atrás de mim. — Achei que fosse ficar feliz! Você parecia tão triste ontem! Agora terá mamãe, papai e eu para ficar com você.

— É inacreditável — falei. — Sabe, Frida, ontem eu deixei de fazer o que tinha que fazer, enfrentei quase uma nevasca, sem mencionar o risco de a mamãe ficar brava comigo, para apoiar você, tudo isso porque minha irmãzinha queria tanto ir para um acampamento. E é só você receber um convite melhor que desiste. O que aconteceu com o "sou parte integrante da equipe"? O que aconteceu com o "sou a base"?

Frida correu para perto de mim, a boca se abria e fechava como um peixe dourado. Eu tinha certeza de que ela estava tentando pensar numa desculpa para o seu comportamento, mas não havia nada que ela pudesse dizer, porque não tinha desculpa.

— Eu sei que você pensa que está me fazendo um grande favor — falei. — Mas não está fazendo isso por minha causa de verdade, está? Porque você é a única que ganha com tudo isso. Bem, tenho uma coisa para falar, Fri. Existem coisas mais importantes do que festas, como apoiar as pessoas da sua equipe. Já pensou em como elas vão se sentir quando descobrirem que as descartou para ir a uma festa com Nikki Howard e Lulu Collins?

Cheguei à sala onde era minha aula de oratória e me virei à porta para olhar para ela. Os olhos de Frida estavam cheios de lágrimas de tanta raiva.

— Eu *achei* que estaria apoiando a minha irmã — disse ela.

— Aham — falei. — Engraçado como você só lembra que tem uma irmã quando quer alguma coisa, como alguém para ficar do seu lado contra a mamãe, dar brincos de diamantes ou arrumar um convite para uma superfesta. Para a qual você não foi convidada, aliás.

Eu estava esbravejando justamente quando o Sr. Greer me chamou:

— Srta. Howard? Vai se juntar a nós hoje? Ou vai ficar aí fora no corredor, conversando?

— Desculpe — murmurei. Entrei na sala de aula e sentei no meu lugar...

... que coincidentemente era na frente do de Christopher. Não parecia que seria meu dia de sorte.

ONZE

CHRISTOPHER ESTAVA ACORDADO, PARA VARIAR, E ME cumprimentou com um sorriso.

— Como estão as coisas? — perguntou.

— Ah — gaguejei, dizendo para mim mesma, *Não ouse sorrir de volta, Em Watts, mesmo que queira muito porque o ama tanto e o sorriso dele mexe tanto com você! Ele é mau! E mesmo que não seja, ele não gosta de você! Bem, gosta, mas não de quem você é agora. E sim de quem você era antes de morrer.*

E isso é tão errado. Assim como o que ele e o seu primo pretendem fazer.

Certo?

Mas antes que eu tivesse a chance de dizer mais qualquer coisa para o Christopher, Whitney Robertson, que estava sentada na carteira seguinte, inclinou-se para a frente e sussurrou:

— Ai, meu Deus, essa blusa é da Temperley? É tão linda.

— Como foi o seu fim de semana? — Lindsey Jacobs, cúmplice de Whitney, sentada na fileira ao lado dela, também se inclinou, ansiosa. — Eu vi na internet que você estava em St. John, com Brandon Stark. — Havia fotos da viagem na internet? Ótimo. Se houver alguma foto minha ficando com Brandon, vou ter que assassinar alguém. — Deve ter sido incrível! Eu daria qualquer coisa para sair daqui por uns dias. O tempo está péssimo. E com Brandon Stark! Ele é tão sexy. Como você conseguiu voltar para cá? Eu teria me matado.

Ela não tinha ideia.

— Meninas — falou o Sr. Greer, soando sarcástico —, desculpe interrompê-las. Mas algumas de vocês devem lembrar que esta é a última aula desse semestre antes das férias de inverno e estamos finalizando nossas apresentações orais de três minutos, que valerão um quarto da nota.

Não consegui evitar um suspiro. Eu estava completamente despreparada para isso. Daqui a pouco seria a minha vez de fazer a apresentação e eu não tinha conseguido um segundo para me preparar para ela. Quando cheguei em casa, depois de encontrar Christopher na noite passada, fiquei chocada ao ver Lulu ali, em vez de ela estar em alguma festa com os amigos. E ela ainda estava na cozinha, cozinhando, por incrível que pareça, *coq au vin*.

Como eu nunca a tinha visto preparar nada mais complicado do que pipoca de micro-ondas, tive certeza que ela estava tendo algum tipo de derrame cerebral e quase chamei uma ambulância.

Mas Lulu parecia muito saudável. Estava cozinhando para o irmão da Nikki, Steven, que ela mandou ir procurar "uma baguete francesa croçante original" para servir junto com o jantar que estava preparando.

— Quero que o seu irmão ache que sei cozinhar — informou Lulu quando perguntei o que diabos estava acontecendo.

— Não, peraí, talvez eu não queira. Espera, o que você acha que ele acharia mais fofo, uma garota que mentiu e tentou cozinhar, ou uma garota que realmente sabe cozinhar?

Eu lancei um olhar aborrecido para ela e disse:

— Lulu, vou te dizer o que não é fofo. Você, neste exato momento. Isso é patético. Se quer que o Steven goste de você, por que não tenta ser você mesma? É o que sempre me diz, não é? Que eu devo ser eu mesma? Não que tenha funcionado. Bem, funcionou, na verdade. Só que não com Christopher.

Eu podia ter feito meu dever de casa depois do jantar, acho, mas não sei como acabei no sofá entre Steven e Lulu, enquanto ele contava para ela (depois de ela perguntar) sobre o seu trabalho no rádio do submarino no qual ele servia.

Então, quando eu tentei escapar para estudar, Lulu me seguiu, querendo claramente um papo só de meninas, e ficou me perguntando a mesma coisa várias e várias vezes.

— Mas... Você realmente acha que ele gosta de mim?

— Lulu — falei para ela. — Você acabou de conhecê-lo. Como já pode gostar tanto assim dele?

Lulu suspirou e se aconchegou nos travesseiros ao meu lado.

— Porque ele é tão... incrível.

Até agora, a coisa mais incrível que eu tinha visto no irmão de Nikki, Steven, foi o fato de ele se oferecer para lavar todas as panelas que Lulu tinha usado para preparar o *coq au vin*, aquelas que não cabiam na máquina de lavar e as que ela ia deixar para Katerina lavar quando chegasse ao apartamento na manhã seguinte.

Mas eu tinha que admitir... para um garoto, aquilo era bem incrível.

Mesmo assim, se eu tivesse usado o tempo gasto com o nosso papo de meninas para fazer o dever de casa em vez de ouvir várias vezes que Steven Howard era incrível, provavelmente me sentiria bem menos nervosa na manhã seguinte, quando vi o Sr. Greer folheando a lista de chamada.

— Então, vamos direto ao assunto — disse o Sr. Greer. — Eu gostaria de chamar...

Eu não, rezei. *Eu não, eu não, eu não, e juro que ficarei em casa estudando até meia-noite a semana toda...*

... Christopher Maloney.

Christopher se levantou e foi para a frente da sala. Percebi, com certo pesar, que eu não era a única garota que se virou para olhar quando ele passou. O figurino de Christopher nas últimas semanas tinha deixado de ser uma camisa polo estilo mauricinho, que costumava deixá-lo parecido com os Jason Kleins do colégio — namorado de Whitney e rei dos mortos-vivos — para ser uma recém-adquirida jaqueta de couro preta. McKayla Donofrio (eu juro que ia arrancar aquela tiara de tartaruga da cabeça dela e não ligaria para quanto cabelo viesse junto) ficou olhando quando ele passou, e as sobrancelhas de Whitney e Lindsey também se levantaram... E não como no passado, para tirar sarro dele, mas porque o seu jeans justo não deixava muito para a imaginação.

— Um, dois, três e... — disse o Sr. Greer da sua mesa quando Christopher chegou à frente da sala e indicou que

135

estava pronto para começar. Ele controlava todas as nossas apresentações com um cronômetro. Tudo no Tribeca Alternative, considerada uma das mais refinadas escolas preparatórias de Manhattan, tinha que ser de alta tecnologia. — Já!

— A Stark Enterprises — começou Christopher — é hoje a maior empresa do mundo, superando, inclusive, as companhias de petróleo, arrecadando mais de trezentos bilhões de dólares por ano.

Espera. *O quê?* A apresentação final de três minutos de Christopher era sobre a Stark Enterprises?

Comecei a me sentir afundando na cadeira.

E pelo que parecia, ele não ia dizer nada de bom. Não que eu tivesse alguma coisa boa para falar da Stark. Mas era levemente desconcertante que eu, rosto da Stark, estivesse sentada ali na sala enquanto um colega começava um discurso retórico contra a empresa na qual eu trabalhava. Podia sentir o olhar tenso de todos se voltando na minha direção.

— A Stark Enterprises — continuou Christopher — declara um lucro de mais de sete bilhões de dólares por ano, e ainda assim, com mais de um milhão de funcionários, ou seja, o maior negócio desse país, a média de salário dos empregados é de apenas quinze mil dólares por ano, sem os descontos, para trabalhar em tempo integral, o que dificilmente sustenta uma família na América. E os funcionários da Stark só recebem assistência médica depois de dois anos de trabalho, e ainda têm que complementá-la com programas de saúde subsidiados pelo governo. Basicamente muitos empregados da Stark que trabalham em horário integral e são proibidos de se sindicalizarem dependem da ajuda do governo para pagar seus planos de saúde. E enquanto isso,

Robert Stark, CEO e presidente da Stark, aparece sempre na lista Forbes das pessoas mais ricas do mundo, geralmente entre os dez primeiros, com um patrimônio pessoal de mais ou menos quarenta bilhões.

Ouvindo isso, várias pessoas começaram a sussurrar... E não apenas Whitney e Lindsey, que cochicharam que Brandon Stark valia muito mais do que elas pensavam. Eu sabia o que vinha depois (da parte delas): iam querer saber se eu podia arrumar o número do celular de Brandon.

— Durante os últimos vinte anos — continuou Christopher —, foi mostrado várias e várias vezes que, enquanto as Stark Megastores aparentemente oferecem conveniência e bons preços para o consumidor, sem contar que a Stark Enterprises recebe incentivos fiscais para construir lojas em várias cidades, essa conveniência tem um preço... E o preço para as comunidades onde elas se instalam pode ser irreparável, pois as megalojas levam o pequeno comerciante da área à falência, já que ele não possui incentivo fiscal, não dá descontos ou importa produtos feitos exclusivamente na China, e portanto não pode competir com o preço baixo da Stark. Essas lojas transformam comunidades inteiras em cidades-fantasma porque os comerciantes locais são forçados a fechar as portas. E quem sofre com isso? Nós, que pagamos impostos, porque os estados e as cidades têm que financiar programas de revitalização dos centros, que normalmente fracassam, pois é mais fácil para todos comprar na Stark, onde o estacionamento é de graça.

Olhei ao redor para ver qual era a reação das pessoas a tudo isso. Normalmente, cedo desse jeito, a maioria da turma estaria dormindo — incluindo o Sr. Greer, que tinha o péssimo hábito de tirar uma soneca durante a apresentação dos alunos.

Mas, estranhamente, todo mundo estava bem acordado e prestando toda a atenção em Christopher. Isso, é claro, só estimulava o seu discurso.

— A Stark reduz seus custos ao mínimo terceirizando todas as etapas de produção e pagando muito pouco para o trabalhador americano — continuou ele. — E o Stark Quark, o computador que a Stark está lançando depois do ano-novo, não é uma exceção. Nenhuma das pessoas envolvidas na fabricação deste produto é funcionária deste país. E, para garantir que cada criança em cada lar americano queira um no Natal, a Stark convencionou que o novo Quarks venha com as únicas cópias disponíveis do Realm, a nova versão do jogo de RPG *JourneyQuest* e vem fazendo uma campanha publicitária agressiva dos PCs nestas semanas.

Afundei ainda mais na cadeira. Provavelmente, ninguém ali perdeu o comercial, que tinha se tornado um viral no Youtube, e que mostrava Nikki Howard digitando no teclado do Quark enquanto flutuava numa boia, de barriga de fora usando um biquíni da Stark, dentro de uma piscina em forma de laptop. Os Quarks eram à prova d'água (bem, à prova de respingos. Você não podia realmente deixá-los afundar na água. Descobri quando, acidentalmente, fiz exatamente isso) e vinham numa enorme variedade de cores. O comercial mostrava Nikki em diferentes cores de biquíni para combinar com cada uma das cores dos computadores, enquanto uma música de boppy rock tocava ao fundo. Não havia nenhuma menção, claro, a como os laptops eram tecnicamente úteis... Só que eram lindos.

Assim como Nikki Howard, se você parar para pensar.

— Se não quisermos tomar o mesmo caminho da Roma Antiga — continuou Christopher, parecendo ignorar o clima desconfortável enquanto eu ouvia Lindsey cantarolando a música do comercial do Quark —, que no século XV se viu na mesma situação, com uma economia em colapso e uma sociedade dependente da importação de produtos, temos que virar produtores de novo e parar de consumir tanto. Caso contrário, pessoas como Robert Stark continuarão ficando absurdamente ricas à custa da nossa preguiça, da nossa recusa em sair de casa até mesmo para comprar nossa música na loja de discos, livros nas livrarias, comida nos supermercados e roupas nas lojas de roupas, porque é mais conveniente comprar todas essas coisas em um só lugar. Alguns de nós somos tão preguiçosos que preferimos gastar combustível dirigindo vários quilômetros para conseguir tudo o que queremos em uma loja que vende produtos feitos no exterior e que têm preços com descontos, mesmo que a qualidade seja inferior, do que comprá-los em poucas lojas locais, produzidos no bom e velho Estados Unidos. Vamos parar para pensar sobre o que isso está causando às comunidades onde vivemos, sem mencionar ao espírito americano... Eles estão sendo assassinados. Porque isso, e não o progresso, é o verdadeiro legado da Stark: assassinato.

Houve um momento de silêncio até absorvermos o que Christopher tinha dito, durante o qual, ele simplesmente nos olhou com seus olhos azuis como o mar. Não exatamente para nós, num sentido geral, mas, como pude perceber depois de alguns segundos, para mim... Sim, para mim, diretamente para mim, como se eu estivesse naquela sala como uma espécie de representante da Stark.

O que, tecnicamente, até fazia sentido. Mas, por favor, eu era a última pessoa no mundo que ele precisava convencer da maldade da Stark. Olha o que eles fizeram comigo.

Quer dizer, claro, salvaram a minha vida.

Mas também tinham me forçado a desistir completamente dela, pelo menos em muitos aspectos bem importantes. Eu não podia nem passar as férias com a minha família. Dá um tempo.

E, certo, eu concordei plenamente com muitas coisas que Christopher falou no seu discurso sobre a Stark. Mas o que ele esperava que *eu* fizesse? Pedisse demissão porque meu chefe é o demônio? Claro, bem, eu *não podia* pedir demissão.

Embora não pudesse mencionar isso na frente de todo mundo também.

Eu não tinha outra escolha senão me sentar direito na cadeira, cruzar os braços e o encarar de volta. Embora, claro, isso me fizesse olhar de novo para aqueles lábios... Aqueles lábios que ontem pensei, burramente, que estariam perto de finalmente tocar nos meus. Mas eu ainda queria que isso acontecesse. Desesperadamente.

Eu estava sorrindo com desgosto para mim mesma quando o cronômetro que estava na mesa do Sr. Greer disparou e eu pulei, assim como algumas outras pessoas na sala. Com exceção de Christopher, que continuou olhando para mim, frio como um iceberg.

Então alguém — McKayla Donofrio. Claro. Aquela puxa-saco. Não tinha nada que ela fizesse que não tivesse o objetivo de chamar a atenção de Christopher? — começou a bater palmas. Alguns segundos depois, mais da metade da turma estava aplaudindo. Como se realmente tivessem intenção de aplaudir, e não sarcasticamente, como acontecia às vezes quando alguém fazia alguma coisa idiota como derrubar a bandeja na lanchonete.

E o Sr. Greer falou:

— Excelente trabalho, Christopher. Realmente muito bom. Argumento forte e persuasivo. Acho que você terminou um pouco antes dos três minutos, mas não vou tirar nenhum ponto por causa disso porque você realmente melhorou bastante em relação ao último trabalho. Pode se sentar agora.

Christopher voltou para seu lugar. Não deixei de notar os olhares rápidos que Whitney e Lindsey, que estavam entre os alunos que aplaudiram, lançaram quando ele passou. Eu não podia acreditar como Christopher tinha deixado de ser um pária social tão rapidamente e começado a ser praticamente venerado por eles. Era como se pudessem sentir o quão morto Christopher estava por dentro... Exatamente como eles.

E uma parte de mim ainda se negava a acreditar que Christopher realmente *era* um deles, um membro dos mortos-vivos. Eu sabia que ele não podia realmente estar morto por dentro. Não o Christopher que eu amava. Estava, afinal de contas, fazendo tudo isso por vingança... Vingança pelo que havia acontecido comigo. Essa sede de vingança o tinha deixado cego para todo o resto, como o fato de eu não estar realmente morta — de estar sentada bem na frente dele... me virando para encará-lo, na realidade, e dizer:

— Bela apresentação.

Bem, o que mais eu podia dizer? Todo mundo estava olhando para ver como eu reagiria. Eu tinha que entrar no jogo.

Christopher acenou com a cabeça.

— Obrigado. Você está com aquela informação que eu pedi ontem?

— Parte dela — falei, e tirei das profundezas da minha bolsa o número da previdência social que eu tinha conseguido com o Steven esta manhã. Deslizei o papel pela mesa na direção dele. — Vou tentar conseguir o resto em breve.

Eu não estava totalmente certa de que isso era verdade — ou de como eu conseguiria isso para ele se realmente decidisse fazer o que ele queria. Mas eu não estava pronta para dizer que não o ajudaria quando ainda havia uma chance, minha única esperança, aliás, de encontrar a Sra. Howard.

E quando ainda havia uma chance de que, com a minha ajuda, ele talvez, *talvez*, parasse de me odiar.

Ele pegou o pedaço de papel e colocou no bolso da jaqueta, justamente quando o Sr. Greer estava dizendo o nome da sua próxima vítima — que felizmente não era eu.

— Tudo o que falei lá na frente — disse Christopher — é verdade, sabia?

Suas palavras doeram. E ele sabia disso.

— Sim — falei. — Estou ciente disso.

— E ainda assim você é fiel a Robert Stark. — Ele estava sorrindo um pouco. Eu não entendi qual era a razão daquele sorriso. Era como se ele soubesse de alguma coisa, alguma coisa sobre mim.

Mas como era possível, se a coisa mais importante de todas continuava a lhe escapar completamente?

— Eu não tenho o que você quer — falei.

— Mas vai conseguir para mim — disse Christopher. Ele estava tão seguro. Nunca tinha sido assim tão seguro quando éramos amigos. Com nada. Era sexy... Mas também um pouco assustador. — Certo?

— Hum... — falei, bem na hora que o celular de Nikki, no fundo da bolsa, começou a tocar "Barracuda". — Eu aviso.

McKayla Donofrio, que estava prestes a começar sua apresentação de três minutos sobre algum assunto incrivelmente chato que ela deve ter escolhido, provavelmente sobre a indústria de laticínios e sua injustiça com os intolerantes a lactose, olhou na minha direção.

— Tá — reclamou. — O que é essa música da Fergie? Não é legal a pessoa esquecer-se de desligar o celular. — Ela disse "pessoa", mas, pela direção do seu olhar, claramente se referia a mim. — Você podia ser um pouco mais educada, sabe.

— Desculpe — falei, procurando o telefone na minha bolsa. — Desculpe, desculpe. — Enfim encontrei e desliguei meu celular.

Mas não antes de ver a mensagem de texto da minha agente, Rebecca.

Ensaio do desfile da Stark Angel rolando agora, ela escreveu. Cadê você???

DOZE

Há três meses, se alguém me perguntasse o que eu achava que estaria fazendo durante a semana de provas finais, andar por aí de calcinha e sutiã num desfile de moda com as maiores supermodelos do mundo. não estaria no topo da minha lista.

Na verdade, não estaria em lugar nenhum da lista.

E quando falo em andar por aí num desfile de moda de calcinha e sutiã, eu quero dizer que *eu estou prestes a entrar no palco usando nada além disso.*

Se bem que eles não chamam de calcinha e sutiã. Chamam de *lingerie.*

E não era um palco; era uma *passarela.*

Sim. Eu estava prestes a me humilhar publicamente usando peças de roupas mínimas, como eu nunca tinha usado em público na vida, inclusive no vestiário da escola. Lá eu sempre tinha alguma coisa que pudesse me cobrir das axilas ao meio das coxas o tempo todo, mesmo que fosse uma toalha.

Esqueça chuveiros coletivos com as minhas colegas da Tribeca Alternative estilo banheiro de prisão, com um chuveiro para cada quatro a seis garotas de uma só vez. Era impossível se exercitar durante as aulas de educação física da Tribeca, de qualquer forma então não havia necessidade de banho.

Bem, impossível para mim, considerando que, no passado, sempre que uma bola de vôlei ou de qualquer outra coisa chegava perto de mim, eu fazia questão de dar calmamente um passo para trás para evitar o contato.

Viu? Nada de suor, nada de banho. Problema resolvido.

Mas agora parece que o destino me enviou um castigo por toda a minha preguiça nas aulas de educação física. Não apenas terei que desfilar de calcinha e sutiã no ano-novo (um evento no qual eu me humilharei ao vivo para quatrocentos fotógrafos, jornalistas, cameramen, produtores, designers, estilistas, diretores de arte e as celebridades de sempre, como Sting e John Mayer, além de outras que se reunirão no estúdio de som da Stark Enterprises no Centro para o evento), como terei que estar praticamente nua na frente das equipes técnicas de som, câmera e luz, estilistas e, não posso esquecer, minhas colegas modelos.

Uma delas — acho que seu nome era Kelley — estava me olhando agora, assim que sentamos em meio à loucura dos bastidores, com assistentes de figurino correndo por todos os lados, tentando organizar as modelos e ajustar nossas asas, calcinhas, sutiãs e faixas para verificarem se estava tudo certo para a grande noite.

— Você está tensa, Nikki? — Kelley me perguntou, com um sotaque sulista, inclinando-se na minha direção. — Porque você parece tensa.

— Hum... — Eu estava totalmente chocada por ela estar falando comigo. Ninguém tinha falado comigo o dia inteiro, com exceção dos estilistas, e um, inclusive, me alertou sobre o meu chi. Na opinião dele, eu devia ter feito um realinhamento dos chacras. — Talvez um pouco.

Sorri para ela, me sentindo meio nauseada. Realmente achei que fosse botar para fora o chocolate com morangos que tinha acabado de roubar da mesa onde eram servidos os lanches. Por que eu não conseguia seguir a lista de comidas proibidas da lateral da geladeira do apartamento? Chocolate com certeza estava lá.

— Você vai ficar bem! — disse Kelley. Seus olhos castanhos eram enormes, pareciam ainda maiores por causa do delineador. — Se a luz estiver muito forte e você não conseguir ver, apenas sinta os pés no palco. Se só sentir o ar, não continue. Isso significa que é o fim da passarela. Você não vai querer pisar em falso no ar. Você sabe o que acontece em seguida. — Ela fez um barulho de alguém caindo.

Isso não me tranquilizou nem um pouco. Eu me senti mais enjoada que nunca. As luzes do estúdio eram tão fortes que eu ia acabar cega e caindo no final da passarela? Ninguém tinha me avisado sobre isso antes. Eu já estava totalmente insegura com a plataforma *Louboutin* de 15 centímetros que eu teria que usar. Meu andar ousado na passarela? Não parecia ser tão ousado assim.

— Ótimo, obrigada! — respondi de qualquer forma, para ser legal.

— Nossa, Nikki — disse Kelley parecendo um pouco surpresa. — Foi você que me falou sobre as luzes quando eu estava apenas começando. Lembra?

Fiquei congelada. Tinha estragado tudo. Como sempre.

— Claro — eu disse, com um sorriso que esperava que soasse bem frio. Afinal, Nikki era assim, bem fria. Certo?

Mas Kelley não se deixou abalar pela minha frieza. Bom, por que deixaria?

— Você *realmente* bateu a cabeça e perdeu a memória, como todo mundo está dizendo. — Kelley me olhou com pena.

— Como você se sente? — quis saber outra garota, enquanto esperávamos alguém vir e dizer que o diretor estava pronto, aguardando por nós. A menina tinha a pele muito branca e era bem diferente de Kelley, que era negra.

Fiquei surpresa por Kelley e a outra garota estarem falando comigo. Já estávamos no estúdio há horas experimentando roupas e ensaiando, mas nenhuma tinha trocado uma palavra comigo, embora eu achasse que por estarmos todas no mesmo ramo algumas garotas *tinham* que ter conhecido Nikki, e talvez até terem sido amigas dela.

Mas ou essas garotas eram muito tímidas (o que duvido, considerando suas personalidades extrovertidas) para me cumprimentar, ou Nikki tinha feito alguma coisa para afastá-las — o que, conhecendo Nikki, era a explicação mais plausível.

— Como eu me sinto? — perguntei, começando a surtar. Não porque a garota estava falando comigo. Mas porque ela *sabia*. Mas como aquela garota bonita, sentada ali tão calmamente usando uma calcinha e um sutiã com enchimento, podia saber sobre a minha cirurgia?

Ou talvez ela não soubesse. Talvez fosse uma espiã, enviada pela Stark, para tentar me ferrar. Para ver se eu falaria alguma coisa.

É. Eu me sentia bem paranoica. É incrível o que acontece quando você começa a pensar que está sendo espionada o tempo todo, os truques que sua mente começa a pregar...

— O *sutiã de diamante* — continuou a garota loira, já que eu ficara calada há um minuto. — Você está usando dez milhões de dólares no peito, Nik. Como você se sente?

Olhei para baixo. Ah, claro. Eu estava completamente pirada, obviamente.

— Ah — falei. — É bem desconfortável. O diamante é a substância mais dura da face da terra, então não é o melhor material para se fazer um sutiã. Bem, tecnicamente, eles são nanobarras agregadas de diamantes. Mas você entendeu.

Ai, nossa. Eu parecia uma meganerd. E não Nikki Howard...

A garota loira — cujo nome lembrei por causa da estilista, Verônica — apenas me encarou. Mas, graças a Deus, Kelley parecia ter gostado da minha resposta — assim como mais umas duas modelos que estavam passando por perto — e riu.

— Nano sei lá o quê de diamantes — repetiu ela. — O que você tem feito desde a última vez que eu te vi? — quis saber Kelley. — Tem tido aulas de ciências em uma escola noturna?

— Bem — respondi. — Não numa escola noturna, exatamente, mas no ensino médio mesmo.

Nesse mesmo momento o meu outro celular tocou. Olhei e vi que tinha recebido uma mensagem de texto de Frida.

Me desculpe, escreveu Frida. **Por favor, não fique zangada! Eu te amo! Você precisa ver, eu não consigo parar de chorar! Por favor, liga de volta!**

Honestamente, eu daria qualquer coisa para que o maior problema na minha vida fosse minha irmã mais velha me dizer que não posso ir à sua festa de ano-novo. Tipo, suponha que minha mãe pudesse me ver agora, usando um sutiã de diamantes de dez milhões de dólares e uma calcinha preta de renda? Ah, e mencionei as asas de anjo?

E, aliás, eu não retornaria a ligação. Estava vivendo meu próprio drama pessoal neste exato momento. Não precisava ser sugada pelos dramas da minha irmã mais nova, que podia esperar até o meu acabar. O que seria nunca, pelo andar das coisas.

— Esse telefone é maravilhoso — disse Kelley com admiração. — E qual o nome desse toque?

Olhei para ela, surpresa.

— Você pode baixar de graça na internet — falei, sabendo que isso devia ter soado como grego para essas vinte e poucas modelos. Espere até elas descobrirem que o nome do meu toque era *Grito de Guerra do Dragão* e que vinha de um jogo de RPG online chamado *JourneyQuest*.

A não ser que... Elas não pareciam se importar. Na verdade, Kelley sobressaltou-se e me entregou seu celular da Stark.

— Aaaah, eu quero — disse ela. — Faz para mim?

— Eu também! — gritaram as outras modelos. Todas menos Verônica, que olhou ao redor para as amigas como se estivessem loucas. *Tenham um pouco de dignidade*, era o que seu olhar parecia dizer.

— Meninas! — gritou o diretor de palco, Alessandro, para chamar nossa atenção. — Está na hora! Exatamente como ensaiamos da última vez, tá?

Claro que, quando nós ensaiamos, estávamos usando nossas roupas normais porque as lingeries ainda não tinham chegado. Sem mencionar as asas.

149

E ainda era difícil ouvi-lo, graças à música alta que começou a tocar na passarela.

— Ah, e os músicos já estão aqui — disse Alessandro, ensaiando um passo de dança. — Então vamos ver se vocês podem andar no ritmo da música agora.

Todas as garotas que tinham se reunido ao meu redor, querendo que eu baixasse o toque mais nerd possível nos seus telefones, correram para entrar nos seus lugares para o desfile, e Shauna, a assistente da minha agente Rebecca, correu para sussurrar no meu ouvido:

— Tudo bem, Nikki? Não surte, mas eles fizeram uma mudança de último minuto. Quando você entrar usando o sutiã de diamantes, Gabriel Luna vai tocar a sua nova música, "Nikki". Eu disse para não surtar.

— O quê? — Eu não conseguia ouvi-la por causa de todo o barulho que vinha do palco.

Mas eu tinha quase certeza de que Shauna tinha dito que a nova sensação da gravadora Stark, que tinha acabado de escrever uma música sobre mim, ia cantá-la quando eu entrasse no palco usando nada além de um par de asas, um sutiã e uma calcinha. Um sutiã de *diamantes* e uma calcinha.

Uma música sobre *mim*.

Isso não era realmente o que eu precisava ouvir naquele momento. Eu estava conseguindo evitar Gabriel Luna há semanas.

Não que eu não gostasse dele. Eu realmente gostava. Mas da mesma forma que gostava de Brandon, não *daquele* jeito. Eu gostava *daquele* jeito de outra pessoa.

Então realmente não precisava ficar saindo com outro garoto — especialmente um que tinha escrito uma canção de amor sobre mim — quando meu coração pertencia a outro.

Que, está bem, parecia estar apaixonado por outra garota — uma garota morta — e que talvez tenha se tornado um supervilão. Mas nenhum relacionamento é perfeito.

— Rebecca disse para eu não falar sobre o Gabriel Luna antes — disse Shauna, com um sorriso amarelo —, para você não ficar nervosa.

Simplesmente olhei para ela. Eu não estava nervosa. Não exatamente.

A verdade era que eu não estava nem um pouco nervosa.

Eu tinha certeza de que estava tendo um ataque de nervos.

— Tente não pensar nisso — disse Shauna, girando a minha volta para ver a fila de garotas altas e absurdamente magras tentando se preparar para entrar na passarela. — Respire fundo. Apenas concentre-se na sua respiração.

Minha respiração? Do que ela estava falando? Gabriel Luna, por quem minha irmã mais nova e todas as suas amigas eram loucamente apaixonadas — *Aquele sotaque! Aqueles olhos! Aquele cabelo preto!* —, ia cantar uma música para mim enquanto eu desfilava na frente dele de sutiã e calcinha, e eu precisava me concentrar na *respiração*? Eu estava hiperventilando. O que precisava era *parar* de respirar, na verdade.

Como se eu não tivesse problemas suficientes com Christopher, Steven, a mãe desaparecida de Nikki e todo o resto. Agora tinha que lidar com isso?

E claro, a maioria das garotas, como a minha irmã, morreria para ter uma música escrita para elas por um garoto como Gabriel. Eu também morreria...

151

... se ela não tivesse sido produzida para alavancar a carreira do cantor. A música de Gabriel não significava nada. Ele mal me conhecia. Tivemos poucos encontros e, na maioria das vezes, casuais. Nunca nem marcamos de sair juntos. Nem nos beijamos. Bem, não por muito tempo. Não queria dizer que ele estava apaixonado por mim.

E mesmo que estivesse, isso não importava, por causa de Christopher.

Na minha frente, as garotas iam saindo, uma a uma, como se fossem graciosas borboletas, deslizando dos bastidores para a passarela e para as brilhantes luzes que cegavam, luzes que a equipe técnica ainda estava ajustando nas vigas do vasto e escuro estúdio, com centenas de assentos. Esses assentos estavam vazios agora, mas na grande noite...

Tá, tente não pensar sobre isso agora. Eu procurava me concentrar na respiração e afastar os pensamentos sobre o que ia acontecer quando eu pisasse na passarela...

E então, de repente, a garota que estava na minha frente — eu não tinha percebido imediatamente que era a Verônica porque as asas tinham encoberto seu rosto — se virou para dizer:

— Sabe, Nikki, você tem muita coragem.

Olhei para ela sem entender.

— Me desculpa, como disse?

— É, é bom você se desculpar mesmo — ela disse. — Depois do que fez. Não acredito que você tenha coragem de olhar na minha cara.

O que *eu* fiz para ela? Não tinha feito nada durante o dia a não ser memorizar o que precisava fazer na passarela, comer chocolate com morangos e me sentir enjoada. Mal falei com alguém.

Ah, espere. Ela deve estar falando de alguma coisa que a Nikki fez para ela.

— Me desculpe — falei. Dessa vez falei porque realmente queria me desculpar e não porque não tinha entendido o que ela queria. — Eu realmente não sei do que você está falando.

— Ah, claro — disse Verônica. A música estava tão alta que mal dava para ouvi-la.

Mas eu podia ver o ódio dos seus olhos bem claramente.

— Você pode ter todas as outras garotas comendo na sua mão, com seus toques de celular esquisitos e sua rotina estressante — retrucou ela. — Mas eu sei a verdade. Sei que todo esse lance de amnésia é armação. E sei que você ainda está em contato com o Justin.

Não entendi nada. *O quê?* Que Justin? Espero que ela não esteja se referindo a Justin Bay, ex da Lulu... e da Nikki, também, aliás. Por outro lado, tudo indicava que Nikki o encontrava escondido da Lulu.

E agora parece que escondido da Verônica também.

Verônica me encarou.

— Não se faça de boba para mim. Eu sei que você ainda manda e-mails para ele — insistiu ela. — E estou só avisando. É melhor tomar cuidado.

Espere... O quê? Aquilo não fazia nenhum sentido.

— Eu não mando e-mails para ninguém chamado Justin — respondi. Não podia acreditar que isso estava acontecendo, embora não fosse nada muito diferente do que vinha acontecendo na minha vida nos últimos tempos. Desejei estar usando um pouco mais de roupa, talvez assim me sentisse menos exposta. Mas pelo menos eu sabia que se ela tentasse me apunhalar ou algo parecido, meu sutiã de diamantes iria segurar qualquer tipo de lâmina. Provavelmente até balas.

— Eu posso te garantir.

— Eu sei que é você — retrucou Verônica. A música estava muito alta e a garota que estava na frente dela tinha acabado de sair para a passarela. — Fique longe dele. Está me ouvindo?

— Eu nunca...

Não importava mais. Ela se foi, desfilando pela passarela que estava na minha frente com a ponta das asas arrastando no chão metálico perfeitamente polido.

Ótimo. Então eu tinha mais uma inimiga.

O que havia de errado com a Nikki? O que ela queria indo atrás dos namorados das amigas, quando podia ter qualquer cara que quisesse (com exceção de Christopher Maloney)? Os garotos solteiros não eram desafio grande o bastante? Precisava ir atrás dos que já tinham donas?

Era difícil ser uma das mulheres mais bonitas do mundo, acho. Quando quase todos os caras que você conhece fazem de tudo para ficar com você, naturalmente fica atraída por aqueles que não fizeram isso.

Mas o que fez essa louca achar que Nikki ainda estava mandando e-mails para o namorado dela?

— Nikki — sussurrou Shauna —, vai!

Percebi que a música tinha mudado, não era a batida de tchnopop que estava tocando antes, quando todas as outras meninas entraram no palco. Agora era uma melodia mais lenta e romântica.

Um segundo depois, ouvi um forte sotaque britânico vindo de uma voz masculina cantando do palco:

— Nikki, oh, Nikki... a questão é que, garota... apesar de tudo... eu realmente acho que... eu te amo.

Se eu já não estivesse hiperventilando antes, definitivamente começaria agora. Ah, ótimo. Gabriel Luna, um garoto que eu encontrei quatro ou talvez cinco vezes na vida, *me amava?* É, acho que não.

Bem... Era só uma música. Uma música que, assim que fosse distribuída pelas ondas eletromagnéticas da TV, quando o show fosse exibido ao vivo no Ano-novo, todo mundo iria cantarolar, em vez da música do comercial do Stark Quark. Ou pelo menos suponho que era isso que Gabriel Luna e a gravadora da Stark estavam esperando.

— Nikki — disse Shauna de novo. — Vai!

Eu fui. Andei pela passarela meio atordoada. Estava tentando me lembrar do meu andar ousado de modelo, mas era muito difícil quando tudo o que eu conseguia pensar era *Gabriel Luna me ama? Jura?* Não, não. Impossível. Toda vez que ele me via, eu estava fazendo alguma coisa estúpida como ser carregada por Brandon Stark, ou me recuperando de um transplante no cérebro num hospital. Ele não me amava. Era tudo uma jogada de marketing. Uma jogada de marketing planejada pela Stark. Afinal de contas, era por isso que ele estava neste país e não tinha voltado para a Inglaterra, certo? Para promover a sua carreira?

Mas quando me aproximei do centro do palco e o vi com seu violão, usando uma blusa azul desbotada por baixo de uma jaqueta de camurça marrom e calça jeans, quase entendi

155

por que Frida e suas amigas babavam por ele. Quer dizer, ele estava muito fofo. E ele estava olhando diretamente para mim, sem sorrir, sem franzir as sobrancelhas, apenas olhando, bem atentamente, enquanto cantava, "não é o seu jeito de andar, garota... o seu jeito de sorrir ou de olhar... é o jeito que você mexe comigo... que mexe comigo... e que me faz cantar, Nikki, ah, Nikki... a questão é que, garota... apesar de tudo... eu realmente acho que... eu te amo".

Eu só conseguia pensar o mesmo que pensava toda vez que o via... *Oh, meu Deus. Frida está certa. Ele é muito gato.*

Mas, ao mesmo tempo, percebi que ele não era o *meu* tipo. Se é que isso faz algum sentido.

Eu tentava prestar atenção em onde estava indo — final da passarela — mas a verdade era que mal conseguia enxergar dois palmos à minha frente, com as luzes muito fortes que ainda refletiam nos diamantes do meu sutiã — e era muito reflexo, vou lhe dizer. Tinha arco-íris de diamantes dançando por todos os lugares diante dos meus olhos. Eu não conseguia enxergar nada quando olhava na direção das luzes — nada além de arco-íris. Tentei lembrar o que Kelley tinha me dito sobre sentir as bordas da passarela com meus pés.

Mas era muito difícil fazer isso sem andar muito devagar, como se eu estivesse na prancha de um brinquedo do Piratas do Caribe.

Alessandro parecia ter percebido que eu estava com problemas e gritou de algum lugar do imenso vazio do estúdio:

— Isso, Nikki! Você está indo bem! Agora... Vire!

Virei ao seu comando, confiando que ele me daria as coordenadas certas. De repente, eu estava livre das luzes e conseguira ver de novo. E o que vi foi Gabriel, do outro lado da passarela. Ele estava sorrindo de leve para mim agora. Só que devido a algum truque das luzes, por um momento, seu cabelo escuro estava dourado e seus olhos azuis pareciam, somente por um segundo, pertencer à outra pessoa.

— A questão é que, garota... apesar de tudo... eu realmente acho que... eu te amo.

Deus! O que eu não daria para ouvir essas palavras vindas de Christopher. Para mim. Não do jeito que eu era antes, mas para mim, como sou agora.

E certo, talvez a música fosse somente uma jogada de marketing.

Mas eu sabia que, de alguma forma, se essas palavras viessem do Christopher, eu acreditaria nelas. Quase acreditei por um segundo. Por que, por que era Gabriel e não Christopher dizendo que me amava?

E então, de repente, exatamente quando Gabriel ia entrar na terceira estrofe de "Nikki", pisei em alguma coisa que não era nem passarela, nem ar. Não sabia o que era, mas era macio... E escorregadio.

Meus pés voaram de debaixo de mim.

Só que, levando em conta que eu não era realmente um anjo e que minhas asas não funcionavam, eu não podia simplesmente voar.

E acabei no chão. Feio.

TREZE

— Basta olhar para a frente. Não olhe para a luz.

Isso foi o que a Dra. Higgins me falou quando eu me sentei na mesa de exames. Ela estava apontando um feixe de luz que vinha de uma lanterna na direção dos meus olhos. Acho que ela queria ver se o cérebro de Nikki tinha se soltado ou algo assim depois do tombo enorme e vergonhoso no ensaio de passarela da Stark Angel.

— É sério — falei para ela, fazendo o que tinha pedido e olhando para a frente. — Eu estou bem.

— Shhhhh — disse ela. — Não fale.

Eu tinha dito para todo mundo que estava bem — exceto pela minha dignidade ferida (e meu traseiro dolorido) —, mas todo mundo tinha me mandado ficar calada. Acho que todos pensaram que era impossível alguém levar um tombo daqueles e não se machucar. Foi Alessandro quem insistiu para que eu fosse ao médico checar se estava tudo bem.

E, claro, quando a limusine da Stark parou e vi que estava no Instituto de Neurologia e Neurocirurgia da Stark, não fiquei surpresa. Estava de volta ao lugar onde tudo começou. Bem, mais ou menos.

— Você está tendo alguma visão dupla? — quis saber ela. A Dra. Higgins era muito profissional. Aparentemente, ela, e não o Dr. Holcombe, que fazia parte da equipe que realizou meu transplante de cérebro, estava de plantão essa noite. — Dor de cabeça? Náusea?

— Não — falei. — Não e não. Eu já disse. Só escorreguei. Nisso. — Eu segurei o que tinha me feito escorregar. Alguns segundos depois do tombo, encontrei um chumaço de penas jogado na passarela. Foi certamente arrancado das asas de uma das Stark Angels.

E também não era difícil imaginar a quem ele pertencia. À penúltima modelo a desfilar na passarela, uma que tinha certa antipatia por mim: Verônica.

O último rosto que vi pairando sobre o meu depois que caí foi o de Gabriel, olhos azuis cheios de preocupação, percebi. Não olhos com os quais eu estava fantasiando, os de Christopher Maloney.

— Nikki? Você está bem? — quis saber Gabriel, enquanto colocava um braço a minha volta; ele fez o melhor que pôde com o emaranhado de asas atrás de mim.

— Estou bem, estou bem — assegurei a ele. — Só escorreguei em alguma coisa, tinha alguma coisa no caminho...

Olhei para me certificar, e lá estava. Obrigada, Deus. Não foi somente culpa da minha total inabilidade de me equilibrar sobre um salto de 20 centímetros de altura.

Fingi que tinha sido um acidente. O rosto de Alessandro ficou pálido quando ele viu o que Gabriel Luna estava segurando depois de tirar o chumaço de penas de mim e se virar indignado para o diretor. Foi quando Alessandro começou a xingar loucamente as costureiras por não colarem as asas direito.

Eu não o corrigi, não sei por quê. Eu sabia que Verônica tinha feito aquilo de propósito. *É melhor você tomar cuidado*, me avisou ela, mas eu tinha outras coisas mais importantes com o que me preocupar.

Como o fato de eu saber que acabaria aqui, no instituto.

E não só porque eles estavam preocupados com a minha cabeça. Ou em saber se meu cérebro estava bem preso ao crânio.

Eu sabia que eles aproveitariam a oportunidade para me dar um sermão por causa... bem, do meu comportamento recente.

E com certeza...

— Houve um incidente em St. John essa semana — disse a Dra. Higgins, olhando para um arquivo em papel pardo que estava segurando. — Você também sofreu uma queda lá.

Puxa vida! Eu sabia que eles estavam me observando. Simplesmente sabia. Quando iam me deixar em paz?

Ah, claro. Enquanto eu fosse o rosto da Stark, ganhando milhões para eles? Nunca.

— Eu escorreguei — corrigi. — Não caí. — Claro que, tecnicamente, eu meio que pulei, mas ela não precisava saber disso. — Eles me fizeram segurar num penhasco, que estava muito escorregadio, e não consegui aguentar.

160

— Sei — disse a Dra. Higgins, ainda olhando para o arquivo. — Você também visitou sua família recentemente. E aquele garoto, Christopher Maloney.

Era uma afirmação, não uma pergunta. Tudo o que pude fazer foi olhar para ela. O que eu responderia? Sabia do trato: eu continuava viva em troca de eles vigiarem — e ouvirem — cada passo meu. Do que eu podia reclamar, afinal?

— Você sabe que queremos restringir as visitas a parentes e amigos que fazem parte do seu passado — continuou a Dra. Higgins. — Porque senão algumas pessoas vão começar a perguntar como você os conhece, e você não quer atrair atenção para eles sem necessidade, quer?

— Não — respondi. — Mas... — De repente, tive vontade de socar alguma coisa. Ou alguém. Eu tinha tirado o sutiã de diamantes, a calcinha, as asas e colocado minhas roupas normais, então não parecia mais tão estranha assim, sentada lá no consultório. Poderia ser pior.

Mas eu ainda era, percebi, superestranha. Eu conseguia lidar com isso, na verdade, porque sempre fui uma.

O fato de saber que havia pessoas me espionando o tempo todo — e não só o fato de ter que lidar com os paparazzi — é que era duro de aguentar sem quebrar alguma coisa.

— Eu sei que é difícil — disse a Dra. Higgins, simpática, como se pudesse ler meus pensamentos. Mas ela não podia... Se pudesse, estaria com um pouco mais de medo. Além disso, com certeza, os meus pensamentos ainda eram só meus. A Stark ainda não era dona deles. Ainda. — Claro que você sente falta dos parentes. E não esperamos que você não os veja nunca mais. Por isso deixamos que você frequente a mesma escola da sua irmã. Mas você realmente precisa parar com as visitas pessoais. Vai ser mais difícil assimilar sua nova vida se continuar apegada à antiga. Entende o que quero dizer?

Pensei em Christopher. Não era exatamente o que ele estava fazendo, se agarrando ao seu antigo amor, Em (mesmo que ele nunca tenha reconhecido, quando eu estava no meu antigo corpo, que gostava de mim), em vez de viver o aqui e agora?

— Talvez — admiti, mais para fazê-la calar a boca e me deixar ir embora do que por realmente concordar com o que ela estava dizendo. — Só estou passando por um período de transição difícil.

— Reconhecer isso — disse a Dra. Higgins, sorrindo — é o primeiro passo para superar o problema. Agora — ela olhou para baixo, virando a página do meu arquivo —, a respeito do irmão de Nikki.

Todos os meus sensores de alarme internos dispararam. A Stark sabia! Stark sabia sobre o Steven!

E então, pensei novamente... Claro que eles sabiam. Como não? Eles sabiam de tudo.

A Dra. Higgins tirou os olhos do arquivo, olhou para mim e sorriu de novo.

— Eu sei que você se sente mal por causa da mãe dele e quer ajudar. Mas, na realidade, tudo o que você tinha que fazer era nos pedir ajuda. Nós da Stark ficaremos muito felizes em fazer tudo o que pudermos para ajudar a resolver essa situação lamentável e realmente muito triste.

Fiquei confusa.

— Espere... sério?

— É claro. É até estranho que Steven Howard não tenha vindo primeiro nos procurar antes de ir até você, mas considerando as circunstâncias...

Eu balancei a cabeça.

— Que circunstâncias?

— Bem... A condição em que se encontra a mãe dele. Tenho certeza de que ele deve ter ficado constrangido.

— Condição? — Olhei para ela sem entender. Do que ela estava falando? Que condição?

A Dra. Higgins fechou o meu arquivo e atravessou a sala para sentar na cadeira em frente à sua mesa, onde ficava o computador. Como estava fora do consultório antes, teve que ligar o computador e esperá-lo iniciar. Enquanto fazia isso, explicou:

— Não estou surpresa que ele não tenha mencionado isso, mas a Sra. Howard não é uma mulher com uma saúde muito boa. Se ela entrar em contato com você, ou com Steven, é importante que, quando isso acontecer e se ela disser coisas horríveis, você se lembre disso. Ela tem um longo histórico de problemas mentais e, sinto muito em dizer, abuso de álcool e drogas.

Olhei para ela, chocada. A Dra. Higgins tirou os olhos da tela do computador, viu minha expressão assustada e assentiu com a cabeça.

— Na verdade não é muito incomum ela desaparecer dessa forma. Ela já fez isso muitas vezes antes.

Enquanto ela falava, eu a ouvia com cada vez mais descrença.

— Claro, se você souber dela — disse a Dra. Higgins —, deve nos contatar imediatamente e nós cuidaremos do assunto. A Sra. Howard precisa urgentemente de cuidados médicos.

O que estava acontecendo? O que a Dra. Higgins estava dizendo? Essa não era a pessoa que Steven Howard havia dito para mim — não que ele tenha dado muitos detalhes sobre a mãe. Mas, mesmo assim, isso não batia com a descrição da mãe ser do tipo que não abandona o negócio, por exemplo.

Quem estava falando a verdade? Dra. Higgins? Ou Steven?

— Hum — falei. A Dra. Higgins estava digitando alguma coisa no teclado. — Tudo bem.

— Fico feliz por termos tido essa conversa. — A Dra. Higgins se levantou, veio até onde eu estava, me deu um tapinha nas costas e me ajudou a descer da mesa de exame. — Às vezes é melhor quando as coisas ficam só entre garotas, não é?

— É — falei. Ela quer dizer, quando não tem advogados da Stark Corporate por perto, me dizendo o que posso ou não posso dizer? — Com certeza.

— Boa-noite — disse a Dra. Higgins, apertando minha mão à porta do consultório. — Se você sentir alguma dor de cabeça, ficar com a visão confusa, náusea ou algum outro sintoma, não deixe de ligar.

Prometi que ligaria. Então, assim que a Dra. Higgins voltou para o computador, para, com certeza, escrever no meu arquivo cada detalhe da nossa conversa, me permiti ser escoltada pela segurança da Stark, pelo silêncio e pela escuridão — a essa hora da noite — dos corredores que me levariam à saída do hospital, onde a limusine da Stark estaria esperando para me levar de volta para o apartamento.

Só que, quando cheguei lá, percebi que os repórteres estavam me esperando. Uma multidão deles. Devem ter sido informados por alguém que eu havia sido levada para esse hospital, caso contrário, como poderia haver tantos repórteres ali? Os flashes começaram a piscar no segundo em que coloquei o pé fora da porta, me cegando na hora. Que bom que os seguranças estavam lá para eu poder usar seus braços fortes como apoio. Senão, poderia ter levado outro tombo constrangedor. Eles me ajudaram a descer os degraus da porta do hospital até o carro que estava me esperando.

— Nikki! — gritou um paparazzo. — Você está bem? — Vários flashes brancos estouravam ao meu redor. Eu mal podia ver os degraus de cimento.

— O que aconteceu, Nikki? Poderia falar? — quis saber outro.

— Nada — falei tentando dar um sorriso descontraído. — Só fui um pouco desastrada, só isso. Estou bem. Viu? Nada ferido. Só o meu orgulho.

— Nikki, este tombo está relacionado ao que aconteceu há alguns meses, quando você teve um incidente com hipoglicemia na grande abertura da Stark Megastore e teve que ser hospitalizada? — quis saber alguém. Flash. Flash. Flash.

— Não. Nada a ver com isso — falei. — Eu só tropecei.

Mas não consegui completar a frase porque a multidão tinha finalmente se dispersado o suficiente para eu ver que havia um garoto me esperando ao lado da limusine. Um garoto de cabelo preto, olhos azuis, usando jeans e uma jaqueta de camurça marrom. Ele estava segurando um enorme buquê de rosas vermelhas. E sorrindo. Para mim.

— E aí? — disse Gabriel Luna com os olhos brilhando.

— Oh, oi — respondi. Olhei ao redor, certa de que sabia a resposta, mas querendo ter certeza de que eu não faria papel de boba novamente. — Eu estou no carro errado?

— Não — disse Gabriel. — Este é o seu carro. Então. Como você está?

— Eu estou bem — respondi, ainda sem acreditar muito que estava vendo Gabriel Luna me esperando com um enorme buquê de rosas perto do meu carro. Na frente dos paparazzi, que tiravam toneladas de fotos de nós dois naquele momento. O que, exatamente, estava acontecendo? Isso era porque ele me "amava" ou algo parecido?

— Ah, elas são para você. — Gabriel se lembrou das flores subitamente e as entregou para mim. Mais uma tonelada de flashes foram disparados. — Um pouco piegas, eu sei — sussurrou ele, para que os paparazzi não pudessem ouvi-lo. — Mas meu empresário achou que seria uma boa ideia.

Peguei o lindo buquê.

— Seu... empresário? — sussurrei de volta. Eu não estava entendendo nada do que estava acontecendo.

— E a sua agente — Gabriel completou, ainda sorrindo enquanto todo mundo tirava fotos nossas. Ele abriu a porta do carro e me ajudou a entrar. — Eles frequentam a mesma academia de ginástica. Bem, é que com a música, o show, nós dois trabalhando para a Stark e tudo o mais, eles só pensaram que, bem, não seria uma má ideia se fôssemos vistos por aí juntos. Eu sei que é um pouco teatral, mas não vai fazer nenhum mal os fãs acharem que estamos saindo agora, não acha?

— Ah — falei, finalmente entendendo. — Você está falando da sua música...

Gabriel sorriu.

— Isso. A música.

Estávamos no carro agora, e os meus seguranças tinham batido a porta e estavam afastando os paparazzi, mesmo que eles implorassem por mais uma foto e dissessem coisas como:

— Nikki! Você e Gabriel Luna estão saindo? Aonde vocês estão indo? Há quanto tempo vocês têm se encontrado?

Ficou muito mais silencioso no carro, depois que a porta se fechou. Gabriel olhou para mim, suas sobrancelhas se ergueram.

— Eu espero — disse ele — que você não se importe. Sua agente disse que não tinha problema.

— Ah — falei. O que eu poderia dizer? Que eu ia matar Rebecca mais tarde? — Não, tudo bem.

— Ótimo — disse Gabriel. — E claro que não quero te incomodar. Você deve estar exausta, e se você quiser voltar para casa, tudo bem. Mas se quiser ir comer alguma coisa...

De repente percebi que estava morrendo de fome. Já tinha passado muito tempo desde aquele chocolate com morangos. E eu tinha tanta coisa para fazer — estudar para as provas finais, preparar uma apresentação oral, fazer as pazes com a minha irmã, encontrar a mãe de Nikki Howard e perguntar uma coisa realmente pessoal para o irmão dela. Sem mencionar a resposta que eu estava devendo para Christopher sobre se ia ou não ajudá-lo a acabar com a Stark Enterprises.

— Claro — falei, sem hesitar um segundo a mais. — Por que não?

Foi assim que eu fui parar, uma hora e meia depois, no Dos Gatos, uma boate subterrânea onde você precisava ser uma celebridade até para saber que ela existia, pois do lado de fora parecia um restaurante comum.

Mas, quando você dizia o seu nome, um cara com um walkie-talkie deixava você passar por uma porta que tinha um letreiro escrito SOMENTE FUNCIONÁRIOS, e que na verdade é um elevador. E, de repente, você está numa das boates mais badaladas da cidade. Lá, eu me sentei numa mesa aconchegante com Gabriel Luna, embaixo das luzes oscilantes das velas, vindas de uma dúzia de lanternas mexicanas penduradas no teto enquanto ele explicava a origem da música "Nikki".

— A Nikki da música não é necessariamente você — disse ele. Nós tínhamos acabado de comer um prato enorme de tacos de carne assada, salpicado com um bocado de coentro brilhante e verde, acompanhado com um jarro de margaritas (sem álcool, claro; duvido que Gabriel tenha permitido que outro tipo fosse servido, dada a reputação de Nikki).

— Sério? — falei. — Então é sobre outra garota chamada Nikki que você conhece?

Ele sorriu.

— Tudo bem. Bem, talvez seja você. Mas é mais a *ideia* de você. — Por causa das luzes das velas, uma mecha do seu cabelo escuro fez com que seus olhos ficassem na sombra, deixando sua expressão difícil de decifrar. — Estou dizendo que existe a Nikki, a pessoa pública, aquela que todo mundo acha que conhece. Mas também tem a Nikki por baixo dessa, aquela que você parece não permitir que ninguém conheça.

Olhei para ele pasma. Gabriel era mais inteligente do que eu pensava que fosse.

— Você realmente acha isso? Acha que afasto as pessoas?

— Tem sido impossível te encontrar nessas últimas semanas — disse com uma risada gentil. — Se eu não soubesse, acharia que você está interessada em alguém.

Mordi o lábio. A verdade, claro, era que eu *estava* interessada em alguém. Ele só não sabia disso.

Só que agora... bem, agora, ele tinha deixado bem claro que estava apaixonado por outra pessoa.

E certo, essa outra pessoa era eu... Mas o eu que eu costumava ser.

— Espere um minuto — disse Gabriel, se aproximando para colocar para trás parte do meu longo cabelo loiro, que tinha coberto meu rosto parcialmente. — Existe alguém, não é?

Ai, Deus. Por que esses olhos tinham que ser tão azuis? Iguais aos olhos de outra pessoa, na verdade. Só que mais azuis porque contrastavam com lindo cabelo escuro e longos cílios.

— E... Existia — sussurrei, olhando para todos os lugares, menos para o rosto de Gabriel, e amaldiçoando Nikki por ter uma fraqueza intolerável no que diz respeito a garotos preocupados. Porque quando seus dedos roçaram na pele do meu rosto, eu derreti. Só um pouquinho, como derreti quando Brandon me tocou naquela noite em St. John. Por que Christopher não me tocava daquele jeito? *Por quê?* — Mas não existe mais. Ele gosta... de outra garota. Na verdade, não, mas... bem, ele gosta.

Gabriel ergueu uma de suas sobrancelhas escuras. Sua mão tinha deslizado da minha bochecha para a minha nuca. Ai.

— Parece complicado.

— Você não tem ideia — disse eu.

E foi aí que aconteceu. Gabriel começou a massagear a minha nuca com os seus dedos.

Não sei o que houve depois disso. Ou melhor, sei: foi tudo culpa da Nikki. Culpa do corpo da Nikki, quero dizer. Porque, quando dei por mim, tinha acontecido de novo. Aquela coisa que o corpo da Nikki sempre faz, se derretendo por causa do toque de um garoto.

E a pior parte era que Gabriel *sabia*. Quero dizer, ele percebeu. Notei que ele tinha percebido porque, de repente, ele se aproximou rapidamente de mim no banco acolchoado, e colocou outra mão no meu rosto.

E então, mesmo eu não querendo — e mesmo sem ter nenhum paparazzo ali para tirar uma foto nossa juntos — eu o deixei virar meu rosto em direção ao dele, e não desviei quando ele encostou a boca na minha. Eu sei! Deixei ele me beijar! Na verdade, até o beijei de volta, e liberei todos os sentimentos que estava reprimindo há dias.

A pior parte de tudo foi a emoção que senti. Porque não era por Gabriel. Isso eu sabia. Era a paixão que eu nutria por outra pessoa. Por alguém que tinha os olhos tão azuis quanto os de Gabriel.

Mas alguém que não iria nunca, nem em um milhão de anos, tocar o meu rosto e me beijar assim. Muito menos escrever uma música para mim. Ou notar que existia uma Nikki que o público conhecia e uma Nikki diferente por dentro.

Gabriel não me beijou como se estivesse simplesmente atendendo às ordens do empresário. Ele deslizou seus braços ao meu redor e começou a me beijar como se realmente quisesse e como se estivesse esperando por isso. Como se tudo que acontecera antes tivesse sido apenas a entrada e então, finalmente, *finalmente*, ele tivesse chegado ao prato principal.

Por isso foi bem desanimador quando percebi que não sentia absolutamente nada por ele. E também foi quando comecei a notar que o burburinho das outras mesas silenciou repentinamente, como se todo mundo tivesse parado de comer para prestar atenção em alguma coisa.

Estavam prestando atenção na gente, na verdade, como pude ver quando interrompi o beijo e me afastei um pouco de Gabriel.

— Hum — falei para ele, abaixando a cabeça para que o cabelo cobrisse meu rosto vermelho de vergonha. E, então, comecei a mexer na minha bolsa atrás do gloss. — Achei!

— Desculpa — disse Gabriel. Ele pegou seu copo de água. As conversas das mesas ao nosso redor recomeçaram. — Provavelmente eu não devia ter feito isso. — Sua voz não parecia muito firme.

— Não — falei. Coloquei meu espelho portátil na frente do rosto para ver meu reflexo e poder retocar o gloss sem ter que sair dali... Mas também na esperança de que ele não visse o quão vermelha de vergonha eu estava. — Tudo bem, sério.

— E você tem certeza de que gosta de outra pessoa?

— Sim — falei gentilmente. — Desculpe, mas sim.

— Que pena — disse ele, sorrindo, enquanto colocava seu copo, agora vazio, em cima da mesa. — Acho que nos daríamos muito bem. Mesmo você sendo impossível!

— *Eu* sou impossível? — Fechei o espelho portátil. Não estava mais vermelha. — Não sou eu que coloco o nome de uma garota que mal conheço numa música dizendo o quanto a amo. E estou deixando passar, aliás, o fato de que você escolheu logo a garota que é a garota-propaganda da empresa para a qual trabalha.

— Você não acredita realmente que escrevi uma música sobre você para chamar a atenção da imprensa, acredita? — perguntou Gabriel, parecendo estar magoado.

A verdade era que eu não sabia mais no que acreditar. Tudo no que eu acreditava nos últimos meses havia se tornado uma mentira. Os pais que deveriam sempre proteger você não podiam mais fazer isso, empresas declaradamente más salvavam sua vida e pessoas que costumavam ser inteligentes, como eu, não sabiam de mais nada.

No que mais eu *podia* acreditar?

— É difícil ignorar o fato de que você decidiu deixar a Stark lançar sua música sobre mim com uma apresentação sua num desfile de lingeries para o mundo todo — ressaltei. — Ou estou errada?

Gabriel pareceu surpreso por um minuto. E então, do nada, começou a rir.

— Touché — brincou. — Mas o meu empresário está me obrigando a fazer essa última parte. A princípio eu fui contra cantar no desfile da Stark.

— Bem — falei. Eu estava me controlando muito para não rir. Porque não era engraçado. Talvez só um pouquinho. — Eu também não estava muito animada para participar do desfile da Stark.

— Acho que temos mais em comum do que pensamos — disse Gabriel.

— É — falei, revirando os olhos. Era difícil tentar ser uma modelo fria e sarcástica enquanto ele estava sendo tão gentil. — Nós dois somos escravos da empresa.

— Mas isso não quer dizer — disse Gabriel — que o que digo na música não seja verdade. Tem algo em você, Nikki, que não consegui tirar da cabeça desde a primeira vez que nos conhecemos. Mas, até esta noite, você nunca tinha me dado a oportunidade de descobrir como você é por dentro.

Sorri para ele com tristeza.

— Acredite em mim, Gabriel — falei. — Você não vai querer descobrir.

CATORZE

Sair com um cantor inglês gato, sensação do momento, e ficar fora até de madrugada num dia de semana provavelmente não era o melhor jeito de se preparar para as provas finais.

Na verdade, era o melhor jeito de garantir que você não iria conseguir dar o melhor de si no dia seguinte.

Outro jeito de garantir um mau desempenho nas provas era chegar cambaleando ao apartamento e encontrar seu irmão mais velho esperando por você.

A não ser, claro, que ele não fosse realmente seu irmão mais velho.

— Cadê a Lulu? — perguntei. Steven estava sentado sozinho em um dos enormes sofás brancos, assistindo à televisão. Quase todas as luzes estavam apagadas e eu quase tropecei em Cosabella quando ela correu para me receber assim que saí do elevador.

— Ela foi dormir — disse Steven, diminuindo o volume do programa a que estava assistindo. Quase não fiquei surpresa ao ver qual era: *Semana do Tubarão*. Pois é. Nada mais me surpreendia. — Que é exatamente o que você deveria estar fazendo há horas, não? Você não tem aula amanhã de manhã?

A ideia de Lulu ir para a cama antes de mim era tão cômica que quase fiquei chocada. Mas eu sabia que ela só tinha feito isso para impressionar Steven, mostrando como ela era responsável. Até parece.

— Ah, é — falei, desmoronando em uma das pontas do sofá onde ele estava sentado para arrancar as botas com saltos enormes que estava usando. Elas me incomodaram o dia inteiro, exceto pelo breve intervalo quando usei as Louboutins, quando meus pés doeram de um jeito diferente. Quase implorei pelas botas imitação da Stark que imitavam a Ugg. — É melhor eu ir dormir. Desculpa ter ficado fora o dia todo. O ensaio durou até tarde. Você jantou?

— Lulu cuidou de mim — disse Steven, assentindo com a cabeça. — Ela fez questão que eu conhecesse Manhattan inteira, incluindo Chinatown, Ellis Island e a Estátua da Liberdade.

— Uau — falei. Cosabella pulou no sofá, ao meu lado, e assim que tirei as botas comecei a afagar distraidamente suas orelhas. — É muita coisa. Não me admira ela ter ido para cama. Você não está cansado também?

— Estou — disse Steven. — Mas queria esperar por você. A gente precisa conversar.

Fiquei instantaneamente em alerta. Eu sabia que não tinha feito exatamente o que disse que faria desde a última vez que nos vimos — no caso, contratado um investigador. Na verdade, tinha feito muito pouco para encontrar a mãe dele... a não ser que entregar ao Christopher o número da previdência social da Sra. Howard contasse.

E também tinha aquela informação que a Dra. Higgins tinha me dado. E que não era exatamente o tipo de coisa que alguém ia querer dividir com um cara. Pelo menos, não à uma da manhã.

— O quê? — disse Steven, antes que eu pudesse dizer qualquer coisa. — O que é que você não está contando?

Pisquei, me perguntando como ele sabia.

— Hum — falei. — Me falaram uma coisa...

Como você conta para alguém que lhe disseram que sua mãe é maluca?

Acho que você simplesmente diz sem rodeio. E foi o que fiz. Até porque eu não podia esconder isso, podia?

— Você acha que talvez seja possível que, com você longe e a relação dela comigo não sendo das melhores, sua mãe tenha simplesmente... surtado? Parece que ela não era uma das pessoas mais mentalmente estáveis do mundo de acordo com... — falei num pulo — ... algumas pessoas da Stark.

— Algumas pessoas da Stark? — Steven me encarou como se quem tivesse um parafuso solto fosse eu. O que provavelmente não era verdade, afinal, acabaram de examinar todos os meus parafusos e dizer que estavam bem apertados. — O que as pessoas na Stark sabem? Eles nunca nem a conheceram!

— Não fique bravo — falei. Comecei a me sentir pior do que nunca. E não era por causa da dor nos pés. — Me desculpe. Mas talvez por você ser filho dela, não queira enxergar que...

— Enxergar o quê? — perguntou Steven. — Que mamãe trabalhou a vida inteira sozinha para alimentar e dar educação para duas crianças porque papai se cansou da gente quando eu tinha apenas 7 anos e você, 2? Que nenhum de nós nunca mais ouviu falar dele, mas que mesmo assim mamãe conseguiu que você tivesse tudo o que sempre quis de Natal, mesmo que mal arranjasse dinheiro para isso? Que, quando você quis fazer aulas de balé porque sua amiga fazia, mamãe arrumou outro emprego para que você também pudesse ir às aulas? E agora você não quer se aborrecer procurando por ela porque alguém na Stark disse que ela estava maluca?

Ai. Eu estraguei tudo. Em grande escala. Por que acreditei na versão da história da Dra. Higgins em vez de acreditar na de Steven? Por que havia acreditado nas mentiras de uma médica que trabalhava para uma empresa que eu sabia que era perversa?

Eu sabia por quê, na realidade. Porque era mais fácil do que fazer a coisa certa — e responsável —, que era realmente ajudar o irmão de Nikki. Especialmente quando eu estava tão enrolada no drama do Christopher nesses últimos dias. Eu não podia acreditar em como eu tinha sido estúpida e egoísta, me preocupando somente *comigo* mesma o tempo todo, enquanto a família de Nikki estava passando por um problema e um sofrimento realmente sério. Com o que eu tinha que me preocupar, de fato? Se Christopher gostava ou não de mim? Se as pessoas tinham me visto usando um sutiã feito de diamantes?

Uma mulher estava desaparecida — uma mulher que se sacrificou muito por seus filhos — enquanto eu estava tentando fugir da responsabilidade de fazer alguma coisa para ajudar a resolver isso.

Abaixei a cabeça para Steven não ver a culpa estampada no meu rosto, e disse olhando para Cosabella, que subiu no meu colo:

— Desculpa.

Houve alguns segundos de um silêncio desconfortável antes que Steven me perguntasse, com a voz embargada:

— Quem é você?

Levantei a cabeça e o encarei.

— O q-quê? — gaguejei.

— Sério. — Eu não era a única que estava encarando, Steven também não parecia conseguir desviar seus olhos azuis desconcertantes de mim. — Eu realmente não tenho a mínima ideia de quem você seja. Porque a minha irmã você não é. Você se parece com ela. Sua voz soa como a dela. Mas as coisas que você diz não são nem um pouco como as que ela diria.

Um barulhinho saiu da minha boca. Tentei transformá-lo numa explicação:

— Eu t-tenho amnésia...

— Chega desse negócio de amnésia — retrucou Steven. — Você não é a Nikki. Ela nunca me pediria desculpas por nada. Você deve ser algum tipo de sósia que eles encontraram e colocaram no lugar dela, sabe-se lá por quê. Tenho que admitir que eles fizeram um bom trabalho. Realmente um excelente trabalho, afinal, você se parece exatamente com ela, até nisso. — Ele segurou minha mão e apontou para uma pequena cicatriz em forma de lua crescente que Nikki tinha na mão, na mão que estava apoiada sobre a cabeça peluda de Cosabella. — O que eles fizeram? Queimaram você para que as duas ficassem iguais? Isso deve ter ardido. — Ele largou minha mão. — Espero que você esteja sendo bem paga por isso.

Eu não sabia como lidar com essa situação. Ninguém na Stark tinha me preparado para isso ou tinha me dito o que fazer no caso de algo assim acontecer. Eu estava começando a entrar em pânico. O que deveria dizer? Ninguém tinha questionado a desculpa da amnésia. Eu tinha conversado com um monte de amigos e colegas de trabalho da Nikki e, embora todos concordassem que a "nova" Nikki era um pouco estranha, nenhum deles tinha me acusado de não ser quem eu dizia ser...

Apenas sacudi a cabeça, olhei para ele e disse:

— Não sei do que você está falan...

— Você sabe *exatamente* do que eu estou falando — disse Steven. — Pode me contar. O que aconteceu com a Nikki? Ela foi demitida por estar muito metida, ou algo parecido? Não seria a primeira vez. Onde ela está, afinal?

Tirei uma mecha do cabelo da Nikki do rosto com a mão trêmula. Olhei ao redor da sala... e então para o teto, para os pequenos buracos perto das luzes de halogênio. Então apertei um dedo contra os lábios e apontei para cima. Steven seguiu o meu olhar e depois olhou de volta para mim como se eu fosse louca. Um segundo depois, peguei o controle remoto e apertei o botão do volume. Os sons da *Semana do Tubarão* tomaram conta do apartamento. Levantei e andei até o aparelho de som e dei *play* no último disco que eu tinha colocado para tocar. A voz de Lulu ecoou pela sala, cantarolando que ela era uma gatinha e que precisava muito de um carinho.

Então, caminhei em direção às janelas do apartamento, que iam do chão ao teto, e as abri, deixando a corrente de vento frio e o som do trânsito da Centre Street entrarem.

— O que você está fazendo? — perguntou Steven.

Mas, em vez de respondê-lo, eu me sentei de novo, e olhei para ele.

— Não posso contar o que aconteceu com a sua irmã — falei sem levantar o tom da voz para que ela fosse abafada pelos sons da televisão, da música e do trânsito. — Vou ficar seriamente encrencada se eu disser. Bem, não *eu*, mas minha família vai.

Steven me lançou um olhar atento.

— Então você admite que não é ela? — Sua voz era áspera.

Balancei a cabeça.

— Admito — falei. — Quero dizer, eu sou, mais ou menos... Por fora.

— O que você quer dizer com "por fora"? — Steven me encarou. — Isso não faz nenhum sentido.

— Eu sei. — Olhei para Cosabella, que estava completamente largada no sofá entre nós dois como se estivesse em coma. Ela parecia totalmente relaxada, apesar de todo o barulho. Deus, eu daria qualquer coisa para ser um cachorro naquele momento. — Não posso explicar. Mas você tem que acreditar em mim. Nikki, a Nikki que você conhecia, se foi.

180

— Se foi? — perguntou Steven. — O que significa "se foi"? Como se ela tivesse... — Ele me olhou, incrédulo.

— Sim — falei. — Ela estava com um aneurisma. Era como se fosse uma bomba-relógio na cabeça. Tinha um raro problema congênito no cérebro.

— Não, ela não tinha — disse Steven. Agora ele não parecia somente incrédulo. Ele parecia que começaria a rir. — Quem te disse isso? *Ela* te disse isso?

— Hum, não — falei. Eu achava que risadas não eram exatamente a reação mais apropriada quando alguém lhe contava que sua irmã tinha morrido por causa de um aneurisma no cérebro. — Eu nunca a conheci, na verdade...

— Então que história toda é essa de ela ter um tipo de problema congênito no cérebro? — quis saber Steven. — Nikki era saudável como um touro. A minha família inteira é. Nenhum de nós tem nenhum problema genético, acredite em mim, principalmente a Nikki. Ela bateu a cabeça caindo da arquibancada do colégio quando estava na nona série e fizeram uma tomografia e uma ressonância magnética, e não havia nenhum sinal de qualquer problema no cérebro. Quem disse isso para você?

Eu engoli em seco. Então, respondi calmamente.

— A Stark.

— A Stark. — Ele me encarou. — As mesmas pessoas que falaram que minha mãe era maluca?

Abri a boca e então fechei de novo.

— Hum... é.

— E você acreditou neles?

Eu não podia dizer que tinha uma ótima razão para acreditar neles. Que, se não fosse pela Stark, eu não estaria ali falando com ele.

Mordi meu lábio inferior antes de responder.

— Não tenho nenhuma razão para não acreditar — respondi finalmente. Parecia ser a resposta mais diplomática.

— Deixa eu te perguntar uma coisa — disse Steven, se aproximando. — Quando isso tudo aconteceu? Quando você começou a ser a Nikki e ela teve esse tal aneurisma?

— Não era um tal aneurisma — protestei. — As pessoas estavam lá. Elas viram. Foi durante a inauguração da Stark Megastore. Passou na CNN. Isso realmente...

— Tudo bem — disse ele fazendo um gesto impaciente com a mão. — Quando?

— Três meses atrás — falei.

Ele começou a fazer um cálculo mental.

— Na mesma época — murmurou.

— Na mesma época do quê? — Então entendi. — Na mesma época em que sua mãe desapareceu? — Olhei para ele, curiosa. — Mas... O que uma coisa tem a ver com a outra?

— Não sei — disse ele. — Mas isso não deve ser só coincidência, você não acha? Ainda mais agora, com a Stark tentando convencê-la de que minha mãe tem problemas mentais...

— Você está dizendo que acha que a *Stark* tem alguma coisa a ver com o desaparecimento da sua mãe? — Minha boca ficou seca.

Mas por que a Stark não teria alguma coisa a ver com o desaparecimento da mãe dele? A Stark me espionava dia e noite. Eles sabiam de tudo, viam tudo. *O verdadeiro legado da Stark era assassinato.*

— Não é óbvio? — perguntou Steven. — Olhe para você. Você é tão paranoica com a Stark que nem consegue falar sobre isso sem ligar todos os equipamentos eletrônicos do apartamento. Você realmente acha que esse lugar está sendo espionado?

Em vez de responder, me abaixei para pegar a minha bolsa, e então, puxei o detector de grampos e o liguei. O sinal começou a apitar cada vez mais rápido conforme eu aproximava a antena do teto e dos buracos acima de nós.

— E não diga que é uma porcaria — falei, referindo-me ao transmissor. — Porque eu paguei quase quinhentos dólares por ele.

Steven piscou.

— Ah — ele disse —, é uma porcaria, com certeza.

— Não é — insisti. — Eu sei que colocaram alguma coisa aqui gravando o que a gente diz. Eles sabiam que você estava aqui. Sabem um bando de coisas que não saberiam se não fosse isso.

— Eu sou técnico em comunicação eletrônica — disse Steven com paciência. — Da Marinha dos Estados Unidos. E estou dizendo que você está segurando uma porcaria... O que não quer dizer que não funcione.

Senti um arrepio na espinha.

— Sério?

— Sério — disse Steven, pegando o detector da minha mão e o erguendo, em direção ao teto. O alarme ficou mais alto e intenso.

— Há quanto tempo eles estão aqui? — perguntou ele, fazendo um gesto com a cabeça na direção dos buracos.

183

— Não sei — sussurrei. — Um dia simplesmente percebi que estavam aí.

— Isso não é bom — disse ele. Desligou o transmissor e o jogou no sofá. — O que vamos fazer a respeito disso?

— O que você quer dizer com "o que vamos fazer a respeito disso"? — perguntei.

— Duas mulheres estão desaparecidas — disse Steven. — A Stark obviamente sabe por quê.

— Apenas uma mulher está desaparecida — falei através dos meus lábios secos. — Eu disse, a Nikki mo...

— Foi, certo, você disse isso. Só que ela não morreu de verdade, não é? — Ele me olhou de cima, esperando a minha resposta.

— Não — falei. — Legalmente ela está viva. Porque, legalmente, ela sou eu.

Steven continuou me olhando por mais um tempo. Ele esperou um instante. Então disse:

— Você está brincando comigo... certo?

— Não estou — falei. Meu coração batia forte no peito. Eu tinha que dizer a ele. Tinha que dizer a ele a verdade. Ele merecia saber. Era a irmã dele, afinal de contas. Eu tinha que fazer com que ele entendesse. — Esse é o corpo da sua irmã, Nikki. Mas o cérebro dela...

Antes que eu percebesse o que estava acontecendo, ele tinha se abaixado, me segurado pelos ombros e me forçado a ficar em pé, assustando Cosabella, que latiu. Ele não parecia se dar conta do que estava fazendo.

— Que diabos você está dizendo? — perguntou ele, me sacudindo. — Como *esse* pode ser o corpo da minha irmã?

De repente, comecei a ter problemas para enxergá-lo devido à quantidade de lágrimas que escorria dos meus olhos.

— Eu não posso te contar — gritei. — Eles provavelmente já sumiram com a sua mãe. Você realmente acha que quero ficar do lado do mal? Você não entende. Não entende como eles são, como são poderosos, quanto dinheiro têm.

Steven estava me apertando com bastante força. Tive um pressentimento de que ficaria com manchas roxas, o que não pegaria bem no desfile da Stark Angel, caso elas não sumissem até o ano-novo.

— Isso é loucura — disse Steven, me dando outra pequena sacudida, para enfatizar cada sílaba. Cosabella, assistindo a tudo do sofá, deixou escapar um latido de nervoso. — *Você é maluca,* está me ouvindo? Tudo o que você diz é loucura.

— Eu não sou maluca — insisti. — Chama-se transplante de cérebro. Meu cérebro no corpo da sua irmã...

Ele ficou atordoado. Mas não me soltou.

— A *Stark?* A *Stark* fez isso? Se a Stark fez tudo isso, se eles estão realmente fazendo isso, então como ninguém sabe? Por que você não contou para ninguém?

— Contei para você — falei para ele, com os dentes cerrados. — Nós *não podemos* contar para ninguém. Ninguém, está me ouvindo? A Stark disse que vai colocar meus pais na cadeia se eu contar para alguém! E eles farão isso mesmo. Se você pensou em espalhar para a imprensa ou qualquer coisa parecida, tire isso da cabeça agora. Não vai adiantar. A Stark é dona da imprensa. Quero tentar ajudá-lo a encontrar sua mãe, se eu puder.

— Como? — perguntou ele, os dedos aos poucos me soltando. — Como você vai fazer isso?

Como eu ia fazer isso? Não podia mencionar Christopher e o seu esquema louco com Felix. Primeiro porque era doido demais, não havia a menor chance de dar certo. E depois eu não queria que Christopher se envolvesse nisso mais do que já estava envolvido. Eu amava Christopher, apesar de ele não me amar — ou, pelo menos, amar a garota morta que eu costumava ser e não quem eu era agora. Eu não podia arrastá-lo para isso tudo, principalmente se o que Steven suspeitava fosse verdade, que sua mãe tinha desaparecido por causa do que aconteceu comigo e com Nikki. Era perigoso demais...

Mas...

Mas se Christopher e Felix realmente pudessem fazer o que disseram que poderiam...

— Conheço algumas pessoas que dizem que podem encontrá-la — me ouvi dizendo.

Milagrosamente, Steven soltou meus ombros.

— Quem? — perguntou ele.

Foi bem nessa hora que a porta do meu quarto se abriu suavemente, e Lulu colocou a cabeça desgrenhada para fora.

— O que está acontecendo aí? — quis saber ela, piscando sonolenta. — O que é esse barulho todo? Por que vocês estão gritando? Por que Cosabella está tão irritada?

Steven afastou-se de mim.

— Nada — disse ele, pegando o controle remoto e desligando a TV. — Apenas uma discussão de família. Volte para a cama.

Lulu não lhe deu atenção e, em vez disso, veio de pés descalços até a sala de estar. Ela havia trocado seu costumeiro robe de chambre por um pijama de flanela cor-de-rosa bem largo, estampado com cerejas enormes. Percebi, pelo jeito que a barra da calça arrastava no chão, que devia ser da Nikki.

— Não, sério — disse ela. — O que está acontecendo? Ei, vocês estão ouvindo o meu CD?

— É — falei para ela, tirando alguns fios de cabelo dos olhos. — Está tudo bem, sério. Pode voltar para a cama.

— Não — Lulu cambaleou e se sentou no sofá perto de Cosabella. — Parecia que vocês estavam brigando. Tipo, eu nunca tive um irmão ou uma irmã, e sempre meio que quis ter um, só para poder brigar. Mas, então, sobre o que era a briga?

Olhei para Steven. Ele estava com a cara amarrada, olhando para o carpete branco. Não parecia disposto a falar nada. Dei de ombros e disse:

— Ele descobriu sobre a transferência espiritual.

Lulu olhou para Steven e então pegou as mãos dele, que pareciam gigantes perto das dela.

— Ah, pobrezinho! — Ela apertou as mãos dele. — Você sente falta da velha Nikki, não sente?

Ele olhou para ela incrédulo.

— A *velha* Nikki? O que você... Você sabe *sobre* isso?

— Claro — respondeu Lulu, puxando carinhosamente o dedo mindinho de Steven para que ele se sentasse perto dela no sofá. Ele resistiu, claro. — Todos nós sabemos. Bem, eu e Brandon. A gente até invadiu e sequestrou Nikki do hospital quando essa história começou. Ela não gostou nada disso mesmo! Mas a gente achou que ela pudesse ser uma vítima da al Qaeda! Ou dos cientologistas. Mas depois descobrimos

187

que não era nenhum dos dois. A velha Nikki havia ido embora. E essa nova estava aqui para substituí-la. Mas decidimos que gostávamos mais dessa do que da antiga. Pelo menos, eu gostei. Eu não sei quanto a Brandon. Por quê? — Lulu olhou para mim e depois para Steven. — Isso é um problema?

Steven apenas balançou a cabeça.

— Preciso de uma aspirina. — E foi tudo o que ele disse.

Mas deixou que Lulu o puxasse para sentar no sofá ao lado dela, no qual acabou sentando com a cabeça afundada nas mãos. Ele parecia um homem derrotado. Eu realmente não podia culpá-lo por isso.

— Você precisa de uma massagem no pescoço? — perguntou Lulu para ele. Sem esperar a resposta, já começou a massagear seu pescoço. — Eu sou muito boa em fazer massagens. Elas quase transformam Nikki numa gelatina. Nossa empregada, Katerina, me ensinou como fazer. E ela aprendeu num dos melhores spas de Gstaad. O segredo é tirar a tensão *daqui*...

— Eu conheço um cara — sussurrei. Eu estava desesperada para dar um jeito naquela situação, embora achasse que não tinha mais jeito. A irmã dele estava morta, embora ele não quisesse acreditar nisso.

E, claro, por algum motivo, senti como se a culpa fosse minha, mesmo sabendo que não era.

Steven me olhou.

— Você *o quê*? — perguntou ele.

— Eu conheço um cara — repeti baixinho. Baixo o bastante, espero, para que nenhum grampo captasse o que eu estava dizendo. — Um cara muito bom com computadores. Ele disse que pode encontrar sua mãe.

Eu não queria dizer que esse cara era um adolescente de 14 anos, primo de outro cara por quem eu tinha uma queda desde, vamos ver, o sétimo ano. Steven já parecia suicida o suficiente. Ele me olhava enquanto Lulu apertava seu pescoço. Estranhamente, a massagem da Lulu não parecia causar o mesmo efeito que costumava causar no corpo de Nikki.

— Como? — perguntou Steven. — Como ele pode encontrá-la, se até a polícia não conseguiu?

— Eu não sei — sussurrei. — Ele simplesmente diz que pode. Olha, não sei o que temos a perder. — Exceto tudo, incluindo a minha vida, quando Steven descobrisse que esse "cara" era um adolescente.

— Quando podemos ir? — perguntou Steven sem nenhuma hesitação.

Senti meu coração dar um salto. Eu não esperava que ele fosse concordar tão rapidamente. O que eu estava fazendo com Christopher? E com Felix?

Por outro lado, se o plano deles funcionasse, talvez não existisse nenhuma Stark para vir atrás de nós depois...

É. E talvez Nikki Howard seja a próxima presidente dos Estados Unidos.

— Hum. Amanhã de manhã, acho — respondi.

— Ótimo. — Steven assentiu com a cabeça. — Vamos nessa.

Lulu parecia contente.

— Sensacional! — disse ela, pressionando os cotovelos contra os músculos do trapézio de Steven. — E quer saber? Já sinto você menos tenso!

— Obrigado. — Steven lançou um breve sorriso para ela, e então se levantou e começou a ir em direção ao quarto de Lulu. — Estou realmente acabado. Eu... eu vejo vocês duas amanhã de manhã.

Mas quando ele chegou à porta do quarto da Lulu, parou e se virou para olhar para mim.

— Como devo te chamar? — perguntou.

Minha voz soou artificialmente suave depois da nossa discussão barulhenta. O barulho do trânsito que vinha das janelas estava alto, mesmo já sendo tarde da noite. Vivíamos, afinal, na cidade que nunca dormia. Saindo das caixas de som, Lulu imitava sons de gatos. O que quer que a Stark estivesse captando da conversa, seria bem confuso.

— Nikki — falei para Steven. — É o meu nome agora.

Ele me olhou por longos segundos. Eu não seria capaz de entender sua expressão, mesmo se tentasse.

Então se virou abruptamente e desapareceu pela porta, fechando-a silenciosamente. Olhei para Lulu.

— Bem — disse ela, com um enorme sorriso no rosto recém-lavado. — Acho que acabou tudo bem, você não acha?

Desabei no sofá ao lado dela, e soltei um gemido de frustração. Essa seria, eu sabia, outra noite sem dormir.

QUINZE

— Isso é tão emocionante! — Lulu ficava repetindo.

— Na verdade, não é — garanti. Não conseguia entender por que ela insistia em vir junto. Bem, na realidade, eu estava começando a ter uma ideia da razão. Mas simplesmente não dava para acreditar. Eu tinha quase certeza de que era por causa do 1,90m de masculinidade caminhando ao nosso lado no corredor, fazendo o possível para não explodir de raiva ao se tocar que o lugar onde estávamos indo era, de todos os lugares, uma escola em Manhattan.

Pior, uma escola em Manhattan às 7h40 da manhã. Com uma das mais importantes supermodelos adolescentes do país, carregando escondido na bolsa Louis Vuitton uma miniatura de poodle, andando junto com a melhor amiga famosa, filha de um dos diretores de filmes mais conhecidos dos Estados Unidos, que se esforçava para acompanhá-la apesar do salto de 12 centímetros. Não que todo mundo estivesse nos olhando enquanto atravessávamos o corredor. Não é isso.

No que eu não conseguia acreditar era em como ela conseguia ser tão descarada. Me refiro à Lulu, e sua obsessão pelo irmão de Nikki Howard. Eu estava feliz de ela estar vestindo, pelo menos, alguma coisa mais normal. Uma calça jeans vintage e uma jaqueta de couro sobre uma camiseta Alexandre McQueen. (Eu tive que brigar com ela pela camiseta Chloé e o jeans Citizens of Humanity. O que era ridículo, porque eu era uns 30 centímetros mais alta que ela, então não sei como ela pensa que pode usar as coisas da Nikki.)

Mas enfim. Acordar cedo desse jeito por causa de um garoto? Acho que eu não podia falar muita coisa. Quando o negócio dos adesivos de dinossauros não deu certo, num dos primeiros dias depois que voltei para a escola depois da cirurgia, eu fazia uma coisa bem idiota, acho, na esperança de que um garoto me notasse... Toda manhã, fazia uma escova no cabelo de 30 minutos, que Christopher nunca sequer notou, e vestia um sutiã com enchimento (da Stark, claro), surpreendentemente doloroso, que ele nunca se deu ao trabalho de admirar o efeito.

Eu acho que entendia por que Lulu estava agindo assim.

Mas animada para ir para o Tribeca Alternative? Acredite em mim, não tinha nada de muito animador em ir para lá, o que Steven já tinha observado. Era exatamente o oposto disso, se você quer saber.

Mas Lulu nunca tinha estado num colégio de verdade antes. Ela olhava para todos os alunos enquanto passávamos por eles (e eles nos olhavam incrédulos, cochichando, "Aquela não é a...?") e falava "Ai, meu Deus, ela é tão fofinha!" ou

"Ele não é um amor?" como se estivesse falando de filhotinhos de cachorros, e não de pessoas normais de 15 e 16 anos. Como se não tivesse se tocado de que aquelas pessoas eram apenas um ou dois anos mais novas do que ela.

A verdade era que, como eles não tinham sido geneticamente privilegiados como Lulu, pareciam descender de outra espécie.

Mas não era desculpa para o comportamento da Lulu.

Principalmente quando ela viu Frida conversando com um grupo de líderes de torcida do terceiro ano perto dos armários e gritou:

— Ai, meu Deus, olha, Nikki! É a Frida! Oi, Frida!

Frida surtou quando nos viu... principalmente ao ver Lulu. As amigas de Frida ficaram todas de boca aberta. Eu já tinha comido junto com elas uma vez na lanchonete do colégio, onde o cardápio só oferecia hambúrgueres e nada mais. Portanto, Nikki Howard não era mais uma opção para Frida, como já tinha sido antes.

Mas Frida tinha se gabado para as amigas dizendo que conhecia Lulu, e eu tinha quase certeza de que nenhuma tinha acreditado nela.

Mas lá estava Lulu Collins — que tinha agraciado tantos tapetes vermelhos em tantas estreias, assim como a capa de tantas revistas e os braços de tantos namorados roqueiros horrorosos, algo no que ela realmente devia ter pensado duas vezes, antes de namorar com eles (mas quem era eu para criticar, depois de saber que Nikki também saiu com vários namorados de Lulu pelas suas costas?) — em pessoa, caminhando pelo corredor em direção a elas e cumprimentando Frida. Todas olharam para Lulu, admiradas.

— Ai, meu Deus, Lulu — gritou Frida, parecendo que ia fazer xixi nas calças. — E-eu não acredito que você está aqui. E Nikki! Isso é maravilhoso! Eu estava justamente falando de vocês duas. Sobre a festa de vocês, sabe?

— Ah, você tem que ir! — exclamou Lulu. — Vocês todas têm que ir. É amanhã à noite. Vai ser surreal, sério. Todo mundo vai estar lá. Marc, Lauren, Paris. Eles adoram. Vai ser a melhor festa de todos os tempos.

Eu podia ver as garotas fazendo rápidos cálculos mentais — Marc *Jacobs*, Lauren *Conrad*, Paris *Hilton*. Falei, baixinho:

— Lulu, elas não podem ir. Ainda estão no colégio.

— Bem — disse Lulu, sem entender —, você também está.

— Mas não tenho 14 anos e moro com meus pais.

— Alguém pode me explicar — perguntou Steven — o que estamos fazendo aqui? Pensei que estivéssemos tentando encontrar minha mãe.

— Nós estamos — garanti a ele. — Vamos!

Olhei friamente para Frida e suas amigas.

— Vocês não podem ir à festa. Vocês são menores de idade. Vamos, Lulu. — Agarrei o braço da Lulu e comecei a arrastá-la. Mas já era tarde demais, pois ouvi uma voz muito familiar chamando pelo nome da Nikki, e um segundo depois, Whitney Robertson estava vindo em nossa direção, junto com seu alter ego, Lindsey, e o namorado Jason Klein não muito atrás, cheirando a desodorante Axe.

— Nikki, oi. — Whitney olhou para Steven avidamente, sem se importar em esconder seu interesse de Jason. Se bem que eu sempre achei a relação dos dois esquisita. O que fazia sentido, considerando que há muito tempo suspeito que Jason era um robô. — Eu não sabia que o dever de casa de hoje era trazer um homem bonito para a escola.

Steven parecia assustado, eu não podia culpá-lo. Whitney era como uma cárie no dente; não é preciso mais que cinco minutos para perceber que ela incomoda.

Portanto, eu a ignorei e continuei andando em direção ao laboratório de informática, mesmo ouvindo Whitney gritando de longe "Nikki! Nikki!". Lulu me seguiu, assegurando que Steven estivesse ao seu lado, mantendo uma das mãos presa à aba da jaqueta dele. Acho que Steven nem percebeu.

— O que estamos fazendo aqui? — perguntou ele novamente. — Como a gente pode...

Mas eu tinha acabado de chegar à porta do laboratório, de onde Christopher estava saindo para ir para a aula de oratória antes de o sinal tocar. Como sempre, quando o vi, meu coração começou a disparar. Hoje ele estava usando uma camiseta preta dos Ramones debaixo da sua jaqueta de couro. O cabelo ainda estava um pouco úmido nas pontas do banho matinal e a calça jeans estava vestindo bem como nunca antes.

Dizer que ele parecia surpreso em me ver seria pouco... Ainda mais estando junto com a Lulu, que ele com certeza reconheceu (ele tinha ficado tão chateado com o pai dela por ter estragado o filme baseado em *JourneyQuest* quanto eu) e um cara loiro e mal-humorado de 1,90m que era a minha versão masculina. O queixo de Christopher foi praticamente até o chão.

— Ei, oi — cumprimentou.

— Preciso falar com você — falei. Era difícil colocar as palavras para fora quando meu coração batia tão forte. Mas consegui dar um jeito.

— Agora? — Christopher olhou para mim e depois desviou para o relógio pendurado no corredor. — A aula já vai começar.

— É, eu sei. — Segurei seu braço. Sei que ele não sentiu a corrente elétrica que saltou da minha pele para a sua jaqueta de couro. Mas eu senti, com certeza. — Não vamos assistir à aula hoje. Temos que ir para a casa do seu primo.

Christopher passou a mochila de um ombro para o outro, olhando para mim, depois para Lulu e, então, para Steven. Depois voltou o olhar para mim. Sua expressão era fria.

— Olha, Nikki — disse ele. — Se isso é sobre a sua mãe, eu pensei que nós...

— Eu tenho aquilo que você me pediu — falei. — A senha. Então vamos logo, pode ser?

Seus olhos azuis me analisaram. Pensei que ele fosse me perguntar sobre as provas finais. O Christopher dos velhos tempos teria feito isso. O Christopher dos velhos tempos teria dito *"Mas esse é o primeiro semestre do terceiro ano. As faculdades ficarão de olho nas nossas médias. Se pisarmos na bola, isso poderá ser usado contra nós. McKayla Donofrio já tem até uma bolsa para a faculdade. Não podemos estragar tudo"*.

Mas esse não era o Christopher dos velhos tempos. Esse era o Christopher Supervilão.

Ele me olhou bem nos olhos e disse:

— Vamos.

Então, estávamos indo em direção à saída mais próxima, acompanhando Frida, que pelo visto estava andando atrás da gente o tempo todo, e começou a gritar:

— Esperem! Aonde vocês estão indo? Ei! O sinal já vai tocar. Vocês não podem simplesmente ir embora.

— Chame um táxi — falei para Christopher —, e fale para esperar. — Eu vou em um segundo. — Eu me separei do grupo, me virei para Frida e a segurei pelos ombros.

Então a encurralei contra o armário mais próximo com uma das mãos.

Dizer que ela parecia surpresa com essa virada de rumo dos acontecimentos seria o eufemismo do século. Mas isso era importante demais para ficar dando uma de irmã boazinha. Eu não podia deixá-la estragar tudo. Tinha que pensar em Steven.

— Vá para a aula — falei para ela. — Esqueça que me viu hoje aqui.

— Aonde vocês estão indo? — quis saber ela. — Você não pode matar aula essa semana. É a semana das provas finais. Você vai repetir!

— Estou falando sério, Frida, e diga às suas amigas a mesma coisa. Nenhuma de vocês nos viu.

— O que está acontecendo? — Frida estava começando a ficar assustada.

E quer saber? Ela realmente tinha motivos para isso.

— Aonde você está levando Christopher? — insistiu ela.

Mas eu já tinha me virado e corrido em direção às portas por onde Lulu, Christopher e Steven tinham acabado de sair.

— Eu vou contar tudo — ouvi Frida gritando atrás de mim. — Eu estou falando sério, Em! Quero dizer, Nikki! Espere!

O som da sua voz foi cortado pelas portas de metal pesado da escola, que bateram logo depois que eu passei. Desci correndo os degraus da escada embaixo da chuva fina e de muito frio, em direção ao táxi que me aguardava.

197

DEZESSEIS

Lulu gritava, "rápido", como se o táxi onde ela havia acabado de entrar fosse partir sem mim.

— Estou indo, estou indo — falei para ela. Christopher estava me esperando com a mão na porta aberta do táxi. Seu rosto tinha retomado a expressão de indiferença como se estivesse acostumado a ser arrancado da escola todo dia por uma supermodelo e sua comitiva.

— Aonde, *exatamente*, nós estamos indo? — quis saber Steven, assim que me sentei no banco de trás do táxi, no qual ele estava sentado ao lado da Lulu.

— O primo desse garoto é um gênio da computação — falei, apontando para Christopher, que estava sentado na frente, ao lado do motorista. Eu tinha quase certeza de que Christopher não conseguia ouvir o que estávamos falando por causa do vidro grosso à prova de balas que separava os bancos da frente do de trás. Além disso, o motorista colocou uma música de Bollywood num volume bem alto. — Ele diz que pode encontrar sua mãe.

Steven parecia confuso.

— Ele é da polícia? O que ele está fazendo no seu colégio, então? Está lá disfarçado?

— Hum — falei, começando a perceber que meu plano tinha algumas falhas. — Não.

— Você viu a blusa daquela garota? — perguntou Lulu. Aparentemente, estava falando da Whitney. — Era tão... forçada.

— Mas ele trabalha para o governo — falou Steven. — Me diga que ele tem algum tipo de conexão com algum departamento do governo.

— Não exatamente — falei para Steven.

— Tipo — continuou Lulu. — Era praticamente transparente. E não de uma maneira legal. Você não gostou da blusa que ela estava usando, Steven, gostou? Daquela garota no colégio?

— Você está me dizendo — perguntou Steven, ignorando Lulu, assim como Cosabella, que eu tinha deixado sair da bolsa e agora sentava toda exibida no colo dele, olhando empolgada para o trânsito ao nosso redor — que ele é somente um aluno do colégio?

— Você quer saber? — Christopher se virou do banco da frente e olhou para trás através do vidro. Era óbvio que ele *conseguia* nos ouvir, afinal de contas, apesar da música que dizia *Soniya dil se mila de* e *Just chill*. — Não se preocupe com isso. Se sua mãe estiver viva, Felix vai encontrá-la. Apenas relaxem, pessoal. Está tudo sob controle.

Era exatamente o que um supervilão diria. Principalmente se estivesse levando suas vítimas para a execução.

Mas um supervilão realmente ameaçador não estaria apontando algum tipo de arma para nós?

É, não, não necessariamente. Considerando que estávamos todos indo por vontade própria. Bem, mais ou menos. Acho que eu não tinha opção, na verdade. Ou ajudava Steven a achar sua mãe ou ele contaria para todo mundo o que sabia, pelo que suspeitei noite passada. Eu já podia até ver... Steven em rede nacional, fazendo um apelo para o ajudarem a encontrar a mãe e mencionando casualmente:

— E, a propósito, a garota que agora utiliza o corpo de Nikki Howard não é a minha irmã de verdade. Eu não sei quem ela é, mas, por favor, alguém a exorcize para fora de lá, tá? Obrigado.

O que a Stark adoraria ouvir, aposto.

Lulu estava ao telefone.

— Não — dizia ela para a pessoa do outro lado. — Você tem que se certificar de que o fornecedor saiba que as entregas têm que ser feitas pelo elevador de serviço. Da última vez, eles fizeram algumas entregas pela frente, arranharam a parede de bronze do elevador e o síndico ficou muito furioso. Entendeu? Ótimo. — Ela desligou.

— Você só pensa nessa festa? — perguntou Steven. Ele parecia realmente irritado.

Lulu olhou para mim e depois para ele atordoada.

— Não — respondeu ela. — Claro que não!

— É só uma festa — disse Steven. — Eu dou festas o tempo todo. Você arranja um barril de chope e alguns sacos de biscoitos, coloca uma música e convida seus amigos. Nada demais.

Lulu me olhou incrédula. Mas como eu não era exatamente uma especialista em festas, não fui capaz de contribuir para aquela conversa. Eu já estive em algumas festas com a Lulu, é verdade, e elas pareciam um pouco mais complexas do que simplesmente arranjar um barril de chope e alguns sacos de biscoitos. A última que fomos tinha, inclusive, um cara fazendo malabarismo com fogo. Mas achei melhor deixá-la lidar com essa situação sozinha.

— Não é simplesmente uma festa qualquer — explicou ela cuidadosamente. — Sushimen do restaurante Nobu vão fazer sushis na hora, vai ter todo tipo de bebida destilada que você possa imaginar, com barmen especialistas em astrologia também. Terá uma fonte de chocolate instalada naquela varanda menor. E o DJ Drama vai tocar.

Steven simplesmente sacudiu a cabeça.

— Por quê? Por que você está fazendo tudo isso? Quem está tentando impressionar?

— Impressionar? — Lulu repetiu a palavra, como se fosse estrangeira. — Não estou tentando impressionar ninguém. — Isso não era exatamente verdade. Lulu tem perdido muito tempo ultimamente tentando impressionar Steven. Mas não de uma forma ruim como Whitney Robertson e o resto dos mortos-vivos tentavam impressionar... bem, a mim. Tudo o que Lulu fazia era cem por cento motivado por bondade. Ninguém que a conhecesse bem poderia dizer o contrário. Steven com certeza estava apenas chateado com as coisas que estavam acontecendo e nervoso por causa da mãe.

Eu me apressei para intervir.

— Lulu gosta de divertir os outros — falei. — Ela tenta compensar o que não pôde fazer durante a infância. Ela iria adorar se você fosse.

Steven hesitou... então percebeu minha expressão de súplica. Eu estava lhe enviando uma mensagem telepática que dizia, *Vamos lá, cara. Ela tem uma queda enorme por você. Não a desanime. Não importa se ela não é o seu tipo. Apenas diga que vai. Por favor, dê uma chance para a garota.*

Ele encolheu os ombros e afundou-se ainda mais no banco, enquanto a respiração de Cosabella fazia um círculo de vapor na janela ao lado.

— Claro. Obrigado pelo convite. Vai ser ótimo.

Lulu teve um tremelique de entusiasmo.

— Vai ser ótimo! — se animou ela. — Teremos uns trapezistas do Cirque du Soleil, sabe? Eles estão instalando trapézios, aproveitando nosso pé-direito alto. Vai ser uma loucura! Pessoas de toda a Manhattan vão conseguir vê-los pelas nossas janelas!

Lulu falou da festa quase todo o caminho até a casa de Felix, onde finalmente paramos uns vinte minutos mais tarde. Era uma casa geminada comum, numa vizinhança agradável de classe média. Christopher pagou ao motorista do táxi e nós saímos do carro para a chuva fria e desagradável, que chateou muito Cosabella. Ela me olhava perplexa, como se estivesse dizendo *Por que, mamãe? Por que você está fazendo isso comigo?*, por isso tive que carregá-la e colocá-la novamente dentro da bolsa, onde ela se aconchegou e ficou feliz de novo.

Então, abaixando a cabeça para fugir da névoa constante de chuva, Christopher nos guiou até a escada que levava à porta principal, onde ele suspendeu a aldrava de ferro em forma de águia presa à porta, tipicamente americana, e a soltou.

— Por que eu estou com um mau pressentimento em relação a isso? — perguntou Steven enquanto esperávamos alguém vir abrir a porta.

— Vai ficar tudo bem — falei, embora não acreditasse realmente nisso. Principalmente, suspeitei, quando Steven visse quem nós tínhamos vindo visitar.

Eu não estava errada. Um minuto depois, a porta se abriu, uma mulher gorda de meia-idade vestindo calça jeans e suéter da Stark com uma bandeira americana brilhante gritou:

— Christopher! O que você está fazendo aqui durante a semana?

Christopher sorriu e disse:

— Ah, nós já entramos de férias lá na cidade, tia Jackie.

Tia Jackie sorriu e disse:

— E você veio visitar o Felix? E trouxe seus amigos? Como você é gentil. Você é um bom garoto.

Se ela soubesse.

— Bem, não fiquem aí fora no frio — gritou a tia Jackie. — Entrem! Entrem!

A mãe de Felix nos conduziu para dentro, onde estava aquecido. E decorado com tudo o que você podia comprar na Stark Megastore. Não estou brincando. Eu reconheci a prateleira modular da Stark, o sofá de dois lugares da Stark, a coleção completa de entretenimento da Stark e até uma televisão. A família de Felix tinha a sala de estar completa da Stark, incluindo o sofá de couro artificial verde Naugahyde para combinar, onde o tio e a tia do Christopher evidentemente se sentavam para assistir ao programa de compras da Stark à noite.

Eu podia inclusive sentir o cheiro do perfume Nikki vindo da tia Jackie, que fazia uma combinação bastante ruim com o cheiro de alguma coisa que ela estava cozinhando. O perfume Nikki não combinava muito com comidas. Com nada, na verdade.

— Você chegou na hora certa — disse a mãe de Felix, confirmando minhas suspeitas, enquanto se movimentava pela casa. — Estou prestes a tirar uma fornada dos meus famosos brownies.

— Nossa, que maravilha, tia Jackie — disse Christopher. — Mas talvez mais tarde. Agora temos que falar com Felix. Ele está lá embaixo?

— Claro — disse a tia Jackie com um sorriso. — Onde mais ele poderia estar? — Ela ficava olhando para mim e para Lulu, nervosa. Num primeiro momento, eu não estava entendendo por que, mas então lembrei: éramos Nikki Howard e Lulu Collins. Ela provavelmente já tinha nos visto no programa *Entertainment Tonight*... sem mencionar meu rosto em todos os anúncios de tudo o que ela já havia comprado. Talvez não conseguisse identificar de onde nos conhecia, mas sabia que nossos rostos eram familiares.

E além disso, não devia ser todo dia que garotas vinham visitar seu pequeno Felix. Quer dizer, isso nunca devia acontecer.

— Bem, nós vamos lá dizer "oi" para o Felix — disse Christopher, acenando com a cabeça para que nós o seguíssemos enquanto caminhava sobre o tapete laranja felpudo até a próxima porta. — Vai ser só um minuto. Não demoraremos muito.

— Deixa eu falar — disse a tia Jackie. — Vou levar os brownies lá embaixo para vocês. Querem leite junto? Ou, ah, já sei! Um chocolate quente! Está tão frio lá fora.

A mãe de Felix aparentemente não percebeu que um de nós já tinha mais de 20 anos.

— Tudo bem, tia Jackie — disse Christopher. — Nós estamos bem. — Ele abriu a porta e pude ver que havia uma escada longa e estreita até o porão. Christopher começou a descer os degraus, e eu o segui, depois de olhar para trás e ver que Steven e Lulu estavam apreensivos.

Eu sabia que seria assim.

Não era assim tão assustador quanto entrar na Batcaverna, ainda que os pôsteres do filme *Scarface* fossem realmente assustadores. Eles que nos acompanharam enquanto descíamos para o porão dos pais de Felix. Estavam por todos os lugares. Cobriam quase todo o espaço da parede, pôsteres gigantes do Al Pacino, ator principal do filme, em diferentes roupas e tipos de poses.

Alguém, comecei a suspeitar, tinha um certo complexo de gângster.

Não era muito difícil imaginar quem. Quer dizer, a tia de Christopher é que não era.

O porão aparentemente servia como uma lavanderia e uma sala para exercícios físicos. Havia um conjunto de pesos de ginástica que pareciam não ser tocados havia anos — assim como a esteira, onde um bocado de roupa estava pendurada para secar. Pelo menos lá embaixo não dava para sentir o perfume enjoativo do Nikki. O ar cheirava a sabão em pó.

Um dos cantos do porão tinha sido transformado num centro de informática, com aparelhos de todos os tipos.

Monitores de computador que pareciam ter sido pegos das latas de lixo de outras pessoas estavam suspensos pelo teto, aparentemente por cordas de aço. Alguns também estavam em cima de caixas de leite ou perigosamente apoiados em aparelhos de videogames (da Stark, claro).

Sentado no meio dessa estrutura havia uma figura magra e curvada. Ele usava calça jeans larga, camisa verde de veludo e várias correntes douradas, e estava jogando um jogo online, usando um controle de videogame.

— Morra — ele dizia para um dos muitos monitores de computador que havia a sua frente. — Morra, morra, morra, morra, morra!

Atrás de mim, Steven ficou imóvel. Lulu deu um encontrão nele.

— Ai — disse ela. — Licença! — Mas Steven não reagiu. Ele estava muito atordoado.

Não dava para culpá-los.

A figura que estava na frente dos monitores virou a cabeça. Reconheci Felix do outro dia, e ele sorriu. Eu esperava que um dos seus dentes fosse encapado de ouro. Mas não era. Ele só usava aparelho.

— Christopher! — falou ele. — Meu garoto! E você trouxe visitas... — Ele ficou sem voz quando viu *quem* eram as visitas.

Achei que havia uma grande possibilidade de os olhos de Felix saltarem para fora do rosto quando eles se arregalaram completamente... principalmente quando ele viu Lulu. Mas, no último minuto, ele se recompôs.

Então ele disse:

— Moças! Olá. Sejam bem-vindas à caverna dos homens. Que bom tê-las aqui. Que maravilha que vocês vieram. A matriarca da família ofereceu brownie?

— Vocês devem estar brincando comigo. — A voz de Steven, atrás de mim, soou bem grosseira.

— Apenas dê uma chance — falei baixinho.

— Não vou dar chance nenhuma. — Steven soou como se estivesse sufocando. — Ele é uma *criança*.

— *Au contraire, mon frère.* — Felix, escutando-o, evidentemente, puxou uma das pernas da calça, revelando um dispositivo de plástico preto horrível, preso a um de seus tornozelos surpreendentemente peludo. — Isso parece infantil? Posso assegurar que não é. É um sistema de rastreamento de prisão domiciliar ultramoderno. Inviolável. Comunica por WiFi à estação instalada lá em cima na cozinha conectada a um transformador e uma linha telefônica. Ela avisa a polícia no exato segundo que eu colocar os pés para fora de casa. É uma coisa que você dificilmente verá um garoto de 14 anos usando, não é? — Felix acrescentou com um olhar que apontava na minha direção. — Sou extremamente maduro para a minha idade, o que as garotas podem notar, tenho certeza.

Steven ficou tenso, e parecia que ia esmagar o garoto. Mas Lulu colocou a mão com delicadeza no braço dele e sussurrou, tentando tranquilizá-lo.

— Vamos, Steven. Escute a Nikki. Apenas dê uma chance.

Enquanto isso, Christopher estava escorado num pilar de sustentação com um leve sorriso nos lábios.

— Todo mundo — começou. — Este é meu primo, Felix. Felix, todo mundo.

— E esse — falei, apontando — é Steven...

207

Christopher levantou uma das mãos.

— Acho que é melhor nos mantermos no anonimato — disse ele. — Assim, manter no anonimato o que for possível, considerando que existem celebridades entre a gente.

— Não ache que só porque são famosas, Srta. Howard e Srta. Collins — avisou Felix —, que eu irei tratá-las de maneira diferente do que trataria qualquer outra mulher bonita. Na verdade, conheço algumas celebridades. Alguns dos meus melhores amigos são celebridades, embora eu não possa mencionar seus nomes, claro, pois sou superdiscreto. Eu sei o quanto eles ficam aborrecidos quando as pessoas começam a fazer um estardalhaço por causa da fama que eles têm. Então vocês não precisam se preocupar. Sou tranquilo em relação a esse negócio de celebridade.

Lulu e eu trocamos olhares. Então respondi a única coisa que podíamos dizer na atual circunstância, que era:

— Hum... ótimo. Obrigada.

Na verdade, as pessoas dizem esse tipo de coisa para mim o tempo todo. Elas sempre querem que eu saiba que não são o tipo de pessoa que se impressiona com celebridades e que iriam me tratar como uma "pessoa normal".

Só que, ao me dizerem isso, já não estavam mais me tratando como uma pessoa normal.

Christopher — que devia saber que seu primo era meio bobo, mas que mantinha o olhar distante como se quisesse evitar toda aquela situação e escapar para dentro do seu próprio mundinho — perguntou:

— Nikki, você tem aquela informação que pedimos?

— Ah. — Levei um susto. Christopher era o único que nunca havia me tratado como uma celebridade. Chegava, inclusive, ao ponto de não me tratar como um ser humano, às vezes. — Sim...

Eu ainda não tinha certeza de como me sentia sobre entregar a Stark para Christopher e Felix. Por um lado, eu honestamente não achava que o plano deles fosse funcionar. Quero dizer, estávamos falando da Stark, que, de acordo com Christopher, era a maior corporação do mundo todo. Dois adolescentes seriam capazes de derrubá-la com seus pequenos conhecimentos de informática?

É. Acho que não.

Mas, por outro lado, eles certamente seriam pegos. Um deles já estava usando uma tornozeleira e, pelo que se podia notar, morando num porão, jogando videogame e comendo brownies servidos pela mãe o dia todo... Aparentemente, o sonho de vida de qualquer criança, mas, na realidade, era bem horrível, com seus relacionamentos com celebridades obviamente inventados e seus delírios de grandeza. Esse era realmente o tipo de futuro que eu queria para Christopher?

Não, claro que não.

Mas, se isso fosse verdade, eu teria ido para a escola essa manhã, tirado ele da aula durante as semanas de provas finais e o arrastado até a casa do primo dele, no Brooklyn?

Não tinha certeza. Mas precisava fazer alguma coisa. Porque os dias que eu não fiquei fazendo nada além de correr por aí com um detector de grampos no meu bolso tinham acabado.

— É Dra. Louise Higgins — acabei dizendo. — Esse é o login.

DEZESSETE

Felix não perdeu tempo. Ele virou-se e foi direto para a cadeira em frente ao computador, no meio de todos os monitores, um diferente do outro.

— E a senha dela... — falei, lembrando o movimento dos dedos da Dra. Higgins no teclado. — É Srta. Gatinha, tudo junto, em letra minúscula.

— Que meigo — disse Felix enquanto digitava.

— O que... — disse Steven, avançando alguns passos para que pudesse ver o que estava aparecendo nas telas dos computadores a nossa frente — isso tem a ver com a minha mãe estar desaparecida?

— É só... — falei — o que eu tive que dar em troca para que eles procurassem por ela.

— E nós somos homens de palavra — Felix disse. — Aqui. — Ele pegou um monte de papéis que estavam saindo de uma das várias impressoras, enquanto estávamos ali de

210

pé, então os sacudiu no ar. — Os últimos paradeiros de Dolores Howard, também conhecida como Dee Dee, também conhecida como sua mãe.

Steven arrancou as páginas da mão de Felix enquanto Christopher se aproximava para assistir ao que o primo fazia, que não estava mais nem um pouco interessado na gente e digitava as informações que eu tinha lhe dado.

— Funciona? — perguntou Christopher para Felix. — Estamos dentro?

— Ah, sim — disse Felix, parecendo satisfeito. — Estamos dentro.

— Espere um minuto — Steven estava olhando para as folhas em suas mãos, passando de uma para a outra, observando cada uma atentamente. — Aqui não diz onde ela está. Só diz que seu número da previdência social não foi usado para registrar nenhum novo emprego, novos cartões de crédito ou aluguéis desde que ela desapareceu.

— É isso aí, amigo — os dedos de Felix voavam sobre o teclado na sua frente, enquanto vários monitores mostravam informações que, a meu ver, pareciam uma confusão de números e dados incompreensíveis.

— Mas — eu senti meu sangue gelar nas veias por causa de Steven —, Christopher, você disse que Felix podia encontrá-la.

— A não ser que ela estivesse morta. — Christopher nem se incomodou em olhar para mim. Apontou para um dos monitores e disse para Felix: — Olha, olha aquilo.

— Eu sei — respondeu Felix.

211

Lulu atravessou a sala com seus saltos altos batendo no chão de cimento e ficou bem perto de Steven. Então, pegou uma das mãos dele, a que não estava segurando os papéis sobre a mãe. Não falou nada. Apenas segurou a mão dele e a apertou.

Ele não pareceu notar.

— Então você acha que a mãe dele está morta? — perguntei. Não tive a intenção de soar tão raivosa, mas eu estava irritada. Não tanto com Felix, que, apesar do cérebro desenvolvido, era somente uma criança que se achava um gângster e não sabia o que estava fazendo. Mas fiquei com raiva de Christopher. Eu tinha certeza de que ele sabia o que estava fazendo e por isso deveria ter demonstrado maior consideração com Steven.

Mas toda a sua atenção estava voltada para aquelas telas de computador idiotas. Eu não tinha nenhuma dúvida de que ele estava ansioso para começar seu plano diabólico de derrubar a Stark Enterprises e vingar a morte injusta de Em Watts... Uma garota que ele nunca fez questão de beijar enquanto estava legalmente viva.

Mas ele podia, pelo menos, ter olhado para nós. Podia, pelo menos, ter pedido desculpas. A mãe de alguém estava morta!

— O quê? — Christopher provavelmente sentiu a intensidade do meu olhar, quando finalmente se virou em nossa direção. — Do que você está falando?

Felix nos olhou também.

— Morta? — repetiu ele. — Eu não disse que ela estava morta. Disse que ela estava morta? Não. Não foi encontra-

212

do nenhum corpo não identificado que combinasse com a idade de Dee Dee Howard, descrição ou registro da arcada dentária em nenhum dos bancos de dados em que entrei nas últimas semanas... que foram todos, aliás. — Felix deu de ombros e virou-se para os teclados, e recomeçou a digitar na velocidade da luz. — É possível, claro, que alguém a tenha silenciado e jogado num lago em algum lugar. Os corpos não costumam aparecer na superfície até a primavera, quando a temperatura sobe e os gases dos corpos começam o processo de decomposição.

— Ei, cara — disse Christopher, cutucando o ombro do primo. — Isso não é legal.

Felix balançou a cabeça.

— Desculpa. A gente sabe que não foi isso que aconteceu.

Eu olhei para ele, sem ter certeza se eu devia começar a me sentir aliviada.

— Sabemos?

— Sabemos — disse Felix. — Dê uma olhada na página quatro.

Steven folheou rapidamente as páginas que estava segurando até encontrar a certa.

— Esses são os registros bancários da minha mãe — ele disse, parecendo um pouco incrédulo. — Como você...?

Mas Felix o interrompeu antes que Steven pudesse terminar a pergunta.

— Dá uma olhada no saque que ela fez logo antes de fazer as últimas ligações pelo celular.

— O registro das ligações está aqui? Como... — Steven perdeu a fala. Então, seus olhos se arregalaram quando ele leu a página. Steven olhou para Felix e perguntou, chocado:

— Nove mil dólares? Ela sacou nove mil dólares da poupança antes de desaparecer? E a polícia nem se preocupou em me dizer isso antes?

Mas Felix já tinha voltado para o seu teclado.

— Quando não existem indícios de que houve um crime — disse Christopher, com os olhos tão fixos nos monitores quanto os do primo —, não há motivos para a polícia fazer uma investigação formal mais aprofundada, mesmo que eles tivessem recursos para isso, o que normalmente não têm.

— E é um comportamento bem comum — acrescentou Felix — para alguém que quer desaparecer fazer saques em valor alto. Se você quer se esconder, não pode ficar usando cartão de crédito por aí, ou o caixa eletrônico. Eles te achariam em um segundo. Seja lá de quem sua mãe esteja fugindo, ela não quer ser encontrada. Está pagando tudo com dinheiro vivo.

Steven voltou a olhar para as folhas que estava segurando.

— Ela é dona de uma pet shop, pelo amor de Deus. Nunca teve problemas com a polícia na vida, nem mesmo com o imposto de renda, se quer saber. De quem ela estaria fugindo?

— Da Stark — disse Christopher. Ele disse a palavra com tanta frieza quanto alguém diria a palavra "morte".

— Da Stark? — Steven olhou para ele incrédulo. — Mas por quê?

— Nos dê 48 horas — Christopher fez um sinal com a cabeça para a bagunça de monitores a sua frente — e nós descobriremos.

— E nós vamos acabar com eles! — Felix deixou escapar um grito, não muito diferente do que uma criança na idade dele gritaria após uma queda bem íngreme numa montanha-russa.

Só que isso não era uma montanha-russa. Provavelmente nunca Felix brincou numa montanha-russa de verdade na vida. Simplesmente não parecia o tipo de criança que frequentasse parques de diversão.

Felix levantou a mão para bater na de Christopher, mas ele o ignorou. Felix abaixou a mão, envergonhado.

— Então é isso o que está acontecendo aqui — disse Steven. Ele não parecia contente. Na verdade, parecia bem aborrecido. — Vocês dois vão entrar no sistema e derrubar a Stark Enterprises? — Ele olhou para mim. — Você sabia disso?

— Era isso o que eles queriam — falei. Por que ele queria que eu me sentisse mal com a decisão que tomei? Eu o estava ajudando. Não era isso o que ele queria? — Em troca da informação sobre a sua mãe. O login e a senha de um funcionário da Stark.

— Ótimo — disse Steven. Ele olhou para os papéis na sua mão. — E nós ainda não temos a menor ideia de onde ela está. — Ele olhou para Christopher e Felix. — Como eles podem ter tanta certeza de que ela ao menos está viva? Alguém pode ter apontado uma arma para a sua cabeça e a obrigado a sacar nove mil, e então jogaram seu corpo no fundo de um lago, como o garoto disse.

— Não — falei com a voz calma. — Você disse que ela levou os cachorros junto. Se alguém a levasse à força, os teria deixado. Christopher está certo. Ela está fugindo. Tem que estar.

Olhei novamente para Christopher e Felix, que não estavam mais prestando a mínima atenção em nós, completamente presos aos seus mundos de destruição e — no caso do Christopher, pelo menos — vingança. Não existíamos mais para eles. Talvez nunca tenhamos existido, a não ser para que eles conseguissem o que queriam.

— Vamos embora — falei.

Começamos a nos dirigir para a escada, até vermos uma imitação das botas Uggs feita pela Stark aparecer. Um segundo depois, ouvimos a voz da tia Jackie, que descia os degraus.

— Iu-huuu! Trouxe brownies para vocês! Saídos do forno! E olhem quem encontrei lá fora, é amiguinha de vocês. Ela disse que vocês saíram com tanta pressa que esqueceram dela.

Logo atrás da tia Jackie, segurando uma bandeja cheia de canecas com chocolate quente, estava minha irmãzinha, Frida.

DEZOITO

— Não fique brava comigo — disse Frida.

Eu estava sentada na cadeira de maquiagem do estúdio de som da Stark. Confiante de que as provas de roupas e o ensaio dessa noite fossem ser bem melhores do que os da noite passada.

Claro que arrastar minha irmã mais nova comigo não tinha sido exatamente parte do plano.

— Eu só estou preocupada com você — disse ela.

A maquiadora estava colocando o último cílio artificial em mim. Eu estava tentando não me mexer, com medo de ter o olho perfurado por uma pinça.

— Eu não sabia quem era aquele garoto — disse Frida, referindo-se a Steven. — Achei que ele talvez tivesse te sequestrado ou algo assim.

— Essa realmente... — falei — não é uma boa hora para falarmos sobre isso.

— Mas quando *podemos* falar sobre isso? — perguntou Frida. — Você não quis falar sobre isso no táxi de volta para Manhattan. Por que não podemos falar sobre isso aqui também?

Porque, era o que eu queria lhe dizer, aqui é a central da Stark. E mesmo que a sala não estivesse grampeada (eu chequei), todo mundo — no caso, a Jerri — estava ouvindo.

Da mesma forma que o motorista do táxi no caminho de volta para Manhattan estava ouvindo.

Além disso, quanto menos Frida soubesse, mais segura estaria. Claro que ela não sabia disso. E, se soubesse, não concordaria.

Ela estava afundada na cadeira atrás da minha, agarrada à mochila da Dolce&Gabbana que eu tinha pegado para ela no desfile deles que eu tinha participado. Ela parecia bem triste. Tinha ficado assim a tarde toda, embora eu não entendesse a razão para estar tão deprimida. Perdera até um dia de aula — ainda por cima na semana de provas finais.

E então, enquanto eu gritava com ela lá no porão de Felix, o celular da Nikki tocou. Era Rebecca, dizendo que eu estava atrasada para o ensaio — de novo.

Eu tinha duas escolhas. Uma era deixar Frida no Brooklyn sem ter como voltar para casa (ela não tinha mais nenhum dinheiro depois de pagar o táxi para nos seguir até a casa de Felix) e a outra era trazê-la comigo. Eu tinha tentado deixá-la de volta no colégio, mas ela não saiu do táxi. Não, Frida estava grudada em mim que nem cola.

Só que cola seria mais agradável.

— É claro que peguei um táxi e disse para o motorista seguir o de vocês, depois que vocês saíram correndo do colégio daquele jeito — tagarelava ela. — Ele achou que eu estivesse brincando. Mas eu disse que era uma questão de vida ou morte. Se aquela senhora que estava assando os brownies não tivesse me prendido na cozinha, enchendo meus ouvidos contando que Nikki Howard estava no porão dela visitando seu filho, eu teria descido muito antes para resgatar você.

— Frida — falei, olhando nervosa para Jerri, a maquiadora. — Eu não estava...

— Bem — disse ela, asperamente. — Não é minha culpa se você não precisava ser resgatada. E isso é o que você diz.

— Você *perdeu*... — disse eu para o reflexo dela no espelho enorme de maquiagem na minha frente, querendo mudar de assunto — as provas finais.

— E você? — perguntou Frida. — Você também perdeu as provas. Fugiu para o Brooklyn com um completo estranho. Admito que ele era gato, mas...

— Ele não é um completo estranho — falei. — Ele é o irmão da Nikki... Quer dizer, *meu* irmão.

Frida ficou me olhando com a boca aberta durante um minuto inteiro até começar a falar:

— Seu irmão? Mas o que você estava fazendo num porão com Christopher, Lulu Collins e o *irmão* da Nikki? — Ela disse tudo isso bem na hora que Gabriel Luna entrou no camarim.

No momento certo. Claro.

— Desculpe? — disse ele. — Estou interrompendo alguma coisa?

— Oh, oi, Gabriel — disse Jerri com um enorme sorriso no rosto. Era possível notar que ela estava curtindo cada momento daquela situação, mesmo que não tivesse a mínima ideia do que estava acontecendo, ou quem era Frida e por que conhecia Nikki Howard. Estava apenas apreciando a discussão. — Você veio retocar? Sente-se.

— Não, obrigado — disse Gabriel olhando de soslaio para todas as escovas e esponjas de pó. — É apenas um ensaio de figurino.

— Gabriel Luna — suspirou Frida. Suas bochechas ficaram vermelhas imediatamente. — Hum, oi!

Gabriel olhou para ela atentamente. Era óbvio que ele a reconheceu. Eles tinham se conhecido no instituto, quando Gabriel fora me visitar — ou melhor, visitar a Nikki — depois do acidente. Só que ele nunca soube que tipo de relação nós tínhamos, pois nunca falamos sobre isso.

— Como você está? —perguntou Frida para Gabriel antes que ele pudesse retribuir o cumprimento. A sua preocupação fraterna com o meu bem-estar se perdeu momentaneamente quando ela cumprimentou o garoto por quem era obcecada. O quarto dela tinha tantos pôsteres do Gabriel Luna quanto o porão de Felix tinha do Al Pacino. Ela vivia no Google pesquisando sobre ele. — Quanto tempo...

— Eu estou bem — disse Gabriel. Ele voltou sua atenção para mim, na cadeira de maquiagem. — Brooklyn? Sério?

— É uma longa história — falei, lançando um olhar para Frida. Mas ela não percebeu, pois sua atenção estava inteiramente voltada para Gabriel Luna e o fato de ele estar na mesma sala e respirando o mesmo oxigênio que ela.

220

Eu não a culpava. Provavelmente *era* difícil para ela se concentrar em outra coisa, ainda mais levando em consideração o fato de que Gabriel estava usando as roupas do dia do desfile que a Stark tinha pedido para ele usar, uma calça social preta bem justa, que combinava com o terno do smoking e uma camisa de botão branca aberta até a metade do peito, com as mangas dobradas. Esse visual podia ser realmente muito perturbador...

Mas somente se disposto em alguém atraente como Gabriel, como pude comprovar um segundo depois, quando Robert Stark entrou no camarim usando uma roupa muito parecida. Talvez porque a camisa do Robert Stark estivesse abotoada até o pescoço e sua gravata-borboleta realmente apertada. Ou talvez porque ele estivesse acompanhado do filho, que também vestia um smoking... mas que parecia muito agitado, como se o camarim com o pai antes do ensaio do desfile da Stark Angel fosse o último lugar no mundo onde Brandon Stark gostaria de estar.

Principalmente quando me viu. Não nos falávamos desde aquele estranho voo para casa na manhã depois do beijo que demos no hotel em St. John.

Quando Brandon viu que eu estava ali no camarim, franziu ainda mais as sobrancelhas.

Bom saber que causo esse efeito nos garotos. Quer dizer, Christopher nem sabe que eu existo e Brandon Stark praticamente vomita quando me vê. Ter meu cérebro transplantado para o corpo de uma supermodelo estava fazendo maravilhas para minha vida amorosa, com certeza.

De qualquer forma, ninguém parecia estar suspirando por causa da beleza de Robert Stark ou de seu filho como Frida tinha estado por Gabriel, alguns segundos antes, embora os dois também estivessem usando smoking.

— Nikki! — gritou Robert Stark. Ele abriu os braços para me cumprimentar. Fiquei tão surpresa que não soube o que fazer. Era a primeira vez que Robert Stark tinha manifestado algum apreço por mim publicamente. Quer dizer, desde a última vez que nos encontramos na sessão de fotos da *Vanity Fair*. — Que bom te ver! Você está linda!

Levei um segundo, mas logo entendi por que ele estava sendo tão efusivo. Uma fila de fotógrafos vinha atrás dos dois homens da Stark. Flashes piscaram quando o CEO da Stark abraçou a representante-mor da Stark. Nossas fotos iriam aparecer em inúmeros jornais na manhã seguinte.

— Hum — falei. — Obrigada.

— E Gabriel Luna. — Depois de me abraçar, Robert Stark virou-se e estendeu a mão para Gabriel, que a apertou. Os fotógrafos tiraram essa foto também. Robert fez questão de se virar para as câmeras, sorridente. — Que bom tê-lo aqui na gravadora da Stark. Espero que tudo corra bem hoje à noite. É somente um ensaio, eu sei, mas teremos os investidores da Stark na plateia para assistir ao ensaio antes do jantar que será servido em comemoração às festas de fim de ano. Eles com certeza estão animados.

— Obrigado, senhor — disse Gabriel. Ele parecia totalmente confuso com tudo aquilo. O presidente da empresa que era dona da sua marca o cumprimentando pessoalmente? Isso obviamente nunca tinha acontecido antes em toda a sua carreira. — Espero que eles gostem.

— Só queria agradecer pessoalmente — disse Robert Stark. — Queria dizer às minhas duas maiores estrelas como elas são importantes para mim. E ter certeza de que vocês sabem disso.

Ele estalou seus dedos, e Brandon, em pé atrás dele com a cara emburrada de novo, falou com uma voz aborrecida:

— O quê?

— A sacola, Bran — falou Robert Stark, sem vacilar o sorriso. — A *sacola*.

Brandon revirou os olhos e então ergueu uma sacola vermelha de veludo enorme que ele parecia estar carregando sem nenhuma boa vontade. Robert Stark colocou a mão dentro da sacola e retirou uma caixa comprida do Stark Quark vermelho — que ele entregou para Gabriel.

— Feliz Natal! — disse Robert. — Você foi o primeiro a ganhar. Espero que goste.

Gabriel olhou para o computador. Seu rosto estava impassível.

— Obrigado, senhor — repetiu. Era difícil imaginar o que ele estava pensando. *Mas por que diabos esse cara está me dando isso?* teria sido o meu primeiro chute.

— E aqui tem um para você — disse Robert Stark, colocando a mão dentro da sacola e pegando um Quark cor-de-rosa para mim. Porque, você sabe, cor-de-rosa = garotas.

— Oh, Deus — falei, olhando para o computador que fingi gostar tanto quando fiz o comercial do Stark Quark (só que o do comercial era apenas uma casca vazia, não o computador de verdade, pois naquela época eles só tinham o protótipo). Meu MacBook Air era mil vezes mais fácil de usar e menos propenso a quebrar a longo prazo.

Mas ele também custava cinco vezes mais. E não vinha com o Realms, o novo jogo do *JourneyQuest*.

— Eu sempre quis um assim — menti. — Como você adivinhou?

Atrás do pai, Brandon evitava olhar para mim. Eu não conseguia ver se ele sabia que eu estava mentindo ou não.

— Papai Noel sabe de tudo — disse o pai de Brandon com uma risada alta, e alguns repórteres também riram.

Brandon resmungou algo sobre distribuir laptops de graça para celebridades em vez de dá-los aos pobres. Ergui as sobrancelhas quando seu pai perguntou, com a mesma voz calorosa:

— O que você está falando, Bran?

— Nada, senhor — murmurou Brandon. Olhei para ele e quando, por um momento, nossos olhares se cruzaram, alguma coisa pareceu se passar entre nós. Eu não sei o quê, exatamente. Estava tão surpresa com o que Brandon tinha dito que eu nem sabia o que pensar, para ser honesta.

Então sumiu, e Brandon continuou olhando para a frente sem expressão, de novo.

— E quem é essa? — perguntou Robert Stark quando percebeu a presença da Frida.

— Ah — disse Frida, cheia de vergonha. — Eu não sou ninguém. Só uma... amiga da Nikki.

Uma A.D.N.! Frida tinha acabado de se chamar de A.D.N.!

— Bem, essa noite, mocinha... — disse Robert Stark, colocando a mão na sacola vermelha de veludo — quem é amiga da Nikki Howard é minha amiga. — Ele tirou um Quark laranja brilhante e entregou a ela.

Embora alguns segundos atrás Frida estivesse agindo como uma suicida e como se não tivesse o mínimo interesse em ter um Quark na vida, ela soltou um grito de felicidade e começou a pular no mesmo lugar.

— Ah, esses eram os únicos que não estavam em liquidação antes do Natal! Obrigada, obrigada, senhor! — gritou ela, jogando o braço que não estava segurando o presente no pescoço dele e dando um beijo na sua bochecha. — Oh, obrigada!

Os repórteres tiraram inúmeras fotos desse momento. Adolescente feliz abraça um dos homens mais ricos do mundo? Estaria no *Fox Business News* em cinco minutos.

E não era também só porque era uma foto bonitinha. Realmente era repugnante o jeito que a Stark agia... dando uma coisa de graça, uma coisa que a pessoa nem sabia se queria e assim, incorporando nela um bom sentimento em relação a ele e a empresa... e garantindo que Frida iria usar só o Quark de agora em diante, querendo produtos que ela só conseguiria comprar na Stark Megastore.

Era por isso que o homem era um gênio. E um bilionário.

— Bem — disse o pai de Brandon. — Feliz Natal para todos vocês. Tenham um ótimo desfile. Tenho que ir. Não posso deixar os investidores esperando.

Ele deu um grande aceno e se virou para ir embora. Brandon o seguiu carregando a sacola com a cara amarrada.

Fiquei imaginando o que aconteceria se eu pigarreasse e dissesse:

— Dá licença, Sr. Stark? Você não vai falar sobre o Instituto de Neurologia e Neurocirurgia da Stark e sobre o que vocês fazem lá? Tipo, o negócio do transplante de cérebro. Você tem algum comentário a fazer a respeito disso?

A verdade era que provavelmente nada iria acontecer. Robert Stark iria apenas me olhar com aqueles olhos inexpressivos e dizer que não sabia do que eu estava falando. E depois, eu seria enviada de volta para o instituto e receberia outro sermão da Dra. Higgins. Ou talvez eles mandassem o Dr. Holcombe dessa vez ou, se eles realmente quisessem me assustar, algum advogado da Stark que iria ameaçar a minha família.

Eu não devia falar sobre o que aconteceu comigo, claro.

Mas ninguém nunca disse que não podia falar sobre...

— Dá licença, Sr. Stark? — falei.

Robert Stark se virou no vão da porta e olhou para trás, ainda sorrindo satisfeito por causa da reação da minha irmã.

— Sim, Nikki? — perguntou ele.

— Eu estava pensando — falei. Meu coração estava na garganta, mas não me importava. Sabia que eu tinha que continuar. Não conseguia parar de pensar na expressão do Steven lá no porão e sabia que tinha que fazer alguma coisa.

E essa era a minha chance. Talvez minha única chance.

— O senhor sabe onde minha mãe está?

Passaram-se alguns segundos de silêncio depois da minha pergunta, como se minhas palavras estivessem sendo assimiladas. Depois todos começaram a sussurrar entre si. A mãe dela? Ela acabou de falar da mãe?

— Como? — disse Robert Stark com as sobrancelhas arqueadas.

— Minha mãe — falei. Eu percebi que os repórteres estavam escrevendo minhas palavras freneticamente, alguns segurando minigravadores na minha direção. Tentei falar mais claramente. — Ela está desaparecida. Pensei que o senhor talvez tivesse alguma ideia sobre isso.

— Como eu poderia saber alguma coisa sobre sua mãe, querida? — Robert Stark estava com um sorriso irônico, como se eu tivesse falado algo engraçado.

— Bem — falei. — Porque ela desapareceu logo depois do meu *acidente*. — Eu enfatizei a palavra "acidente". Algo que somente ele e eu, e Frida, é claro, que estava me olhando assustada, iríamos entender. — E ninguém a viu ou ouviu falar dela desde então. Pensei que talvez o senhor pudesse nos dar alguma luz de onde ela possa estar.

— Não — disse Robert Stark, balançando a cabeça. Seu sorriso tinha desaparecido. — Desculpe, garota. Não tenho como te ajudar. Realmente não posso ajudá-la.

Ele saiu de lá o mais rápido possível depois disso. Brandon o seguiu, olhando para mim com curiosidade.

Depois que Robert Stark saiu, o nível de tensão na sala diminuiu um milhão de vezes, pelo menos para mim. O que era estranho porque os repórteres, em vez de o seguirem, continuaram por lá. Eles enfiaram microfones e câmeras na minha cara e perguntaram:

— Nikki Howard, é verdade que sua mãe está desaparecida? Você se incomodaria de falar mais sobre isso?

Era estranho, mas... Eu *realmente* queria falar mais sobre isso... Pelo menos, sobre o que eu sabia, deixando de lado a parte da história que revela o transplante de cérebro, e que realmente não tinha nada a ver com a mãe de Nikki — pelo menos até onde eu podia provar. Logo eu tinha conseguido os nomes dos repórteres e das emissoras e dado entrevistas exclusivas (Gabriel me emprestou o paletó do terno para vestir por cima do sutiã antes disso, o que achei bastante gentil da parte dele), e tinha prometido que Steven enviaria uma foto da mãe para os repórteres mostrarem nos programas.

A mãe de Nikki Howard ter desaparecido virou notícia. Uma notícia bombástica.

Isso era algo em que eu devia ter pensado antes. Afinal, ser uma supermodelo não se resumia somente a desfilar por aí usando um sutiã de dez milhões de dólares. As pessoas se interessavam por você. E se sua mãe estava desaparecida — principalmente na época das festas de fim de ano —, isso era primeira página garantida.

Ou, pelo menos, poderia ser, se você fizesse direito. Talvez eu devesse contactar o meu assessor de imprensa.

— Por que você não me falou que sua mãe estava desaparecida, *Nikki*? — perguntou Frida com a voz embargada, depois de os últimos repórteres deixarem o camarim com o seu grande furo de reportagem. — Eu achei que éramos próximas o suficiente para você me contar *qualquer coisa.*

Do que ela estava falando? Claro que eu não podia contar nada disso para a Frida. Ela era muito nova, e esse assunto era muito perigoso.

A verdade era que eu tinha até esquecido que Frida estava lá. O que provavelmente era a razão de ela estar me olhando com os olhos cheios de lágrimas.

— Não fique triste — disse Gabriel para Frida de forma inconsequente. — Eu jantei com Nikki ontem à noite e ela também não me contou uma palavra sobre isso.

— Ontem à noite? — sobressaltou-se Frida. — Você dois jantaram juntos ontem à noite? — Ela não soaria tão magoada nem se uma de suas buscas no Google mostrasse imagens de mim e Gabriel trocando uns beijos.

Ótimo. Maravilha.

— Sim — falei rapidamente. — Nós jantamos juntos. Porque estávamos ensaiando juntos e resolvemos comer algo depois. Como dois bons amigos.

Mas já era tarde demais. Havia ainda mais lágrimas nos olhos dela.

— Eu vi fotos de vocês dois na limusine no site do TMZ — disse ela. Ai, não. — Mas eu não pensei... Tipo, você *gosta* dele? — perguntou. — Ele é seu namorado agora? E o Christopher?

— Claro que ele não é meu namorado — falei. Por que minha irmã era assim? — Frida, pare...

— O que está acontecendo? — perguntou Gabriel, parecendo confuso. — Quem é Christopher?

— Ninguém — falei. — Gabriel, você se importaria de nos deixar a sós por um tempo?

— Claro que não — disse Gabriel saindo da sala enquanto olhava desconfiado para Frida, que parecia que explodiria a qualquer momento. — Nos vemos no palco, certo, Nikki?

— Ótimo — falei para ele. Assim que ele saiu, eu me virei em direção a Frida, que estava me olhando como se eu tivesse acabado de postar alguma ofensa no seu Facebook, e disse: — Frida, esquece isso. Ele é muito mais velho que você. E não tem nada acontecendo entre a gente, de qualquer forma. Só trabalhamos juntos.

A verdade era que eu estava aliviada por ela ter se distraído com outra coisa em vez de me perguntar o que eu estava fazendo no Brooklyn. Era melhor ela ficar chateada comigo por ter saído com o Gabriel Luna — mesmo que inocentemente — do que ficar querendo saber mais sobre o que eu estava fazendo a manhã inteira com Christopher.

Até eu entender que esse não era o motivo de ela estar com raiva. Pelo menos não o único motivo.

— Quem é você? — perguntou ela.

Eu pisquei.

— O que você quer dizer com isso? Você sabe quem eu sou.

— Não, não sei — respondeu Frida. — Você está fazendo tudo isso para encontrar a mãe de outra pessoa e, enquanto isso, não está nem aí para a sua verdadeira família.

— Frida — falei com a voz embargada. — Você sabe que isso não é verdade.

— É sim — disse Frida. — Nós mudamos todos os nossos planos por sua causa. Eu não vou para o acampamento das líderes de torcida por sua causa. E você não está nem aí. Você está gastando todo o seu tempo se preocupando com a família da Nikki. Porque você está se tornando a Nikki!

Senti meu corpo gelar.

— Você sabe que isso não é verdade — disse, com os lábios dormentes, como se tivesse passado aquele batom que faz sua boca inchar para parecer mais carnuda.

— Você é a pior irmã do mundo — exclamou Frida. — Você nem liga mais para mim! Só para a sua nova família!

Tinha que admitir que ouvir aquilo doía. Depois de tudo o que eu tinha feito para protegê-la. Bem, talvez não a parte em que fiquei com Gabriel Luna sem querer. Mas eu só tinha feito isso porque estava magoada e me sentindo muito sozinha por causa do Christopher.

Mas e o fato de eu continuar com todo esse negócio de ser modelo para que mamãe e papai não violassem os contratos que assinaram? Eu também tinha feito isso pela Frida. Caso contrário, de que jeito ela continuaria se divertindo com a família na falência, sem internet ou sem as roupas da Juicy Couture?

E Frida tinha coragem de dizer que eu era a pior irmã do mundo?

— Pega a minha bolsa — falei com uma voz fria. — Pegue algum dinheiro, chame um táxi e vá para casa.

— Ótimo — disse Frida friamente também. — Não acredito que decidimos ficar aqui no Natal por sua causa. Queria que tivéssemos ido para a Flórida!

E assim, ela pegou seu computador novo e um chumaço de dinheiro da minha carteira e deixou o estúdio de som da Stark.

Ela estava chorando quando saiu, mas eu não me importava.

Ou tentei convencer a mim mesma que não. Ela era só uma criança, de qualquer maneira. Uma criança ciumenta. O que sabia sobre as coisas? Frida estava apenas zangada com o lance do Gabriel e o fato de eu não a deixar ir à festa da

231

Lulu. Ela vai superar. Tinha que superar. Nós éramos irmãs. Brigávamos o tempo todo. E sempre fazíamos as pazes.

Eu não estava me tornando Nikki Howard. Claro, por fora parecia ser ela. Mas, por dentro, eu ainda era a Em.

Não era? Eu só queria ir para casa e ficar no meu novo Stark Quark jogando Realms. Certo?

Se bem que...

Se bem que não seria tão divertido se eu não pudesse jogar contra o Christopher.

Frida foi embora no mesmo instante em que uma das assistentes de figurino entrou segurando as minhas asas. Ela as prendeu nas minhas costas e caminhamos pelos longos corredores até o backstage. As outras meninas estavam lá, girando ao meu redor. Kelley acenou quando me viu e correu na minha direção.

— Ai, meu Deus! — disse ela. Apesar de estar gritando, era difícil ouvir por causa do burburinho das conversas dos investidores da Stark. — Você acredita nisso? Eles têm direito a uma apresentação particular. Só porque têm ações da empresa ou algo parecido. Isso é ridículo. Alguém deveria reclamar.

— Com certeza — concordei, mas estava pouco ligando. A verdade era que não existia um instrumento conhecido pelo homem que fosse pequeno o suficiente para medir o quão pouco eu me importava.

Talvez Frida estivesse certa. Talvez eu *estivesse* me tornando a Nikki. Talvez fosse isso que costumava acontecer com mulheres incrivelmente bonitas. Elas chegavam a um ponto em que ficavam tão cansadas de tudo que nada mais importava. O coração delas acabava endurecido como uma pedra. O meu estava assim, com certeza.

Alessandro assoviou:

— Moças! Está na hora!

Então nos enfileiramos para começar. A música techno estava reverberando com tanta força que parecia ter atingido meu coração, agarrado e se apoderado dele — tum-tum-tum — e, de repente, Verônica se virou e me beliscou. Com força.

— Ai! — gritei enquanto massageava o braço. Desculpe, mas ninguém com um coração duro como pedra seria sensível à dor como eu. — Por que você fez isso?

— Você sabe. — Ela me encarou com um olhar penetrante e cheio de ódio. — Por que não parou de mandar e-mails para o Justin? Ele não gosta mais de você como gostava antes. Ele é meu.

— Mandar e-mails para ele? — Também a fuzilei com os olhos. Tive que gritar para garantir que ela me ouvisse apesar da música. — Eu não mandei e-mail para ninguém.

— Você é uma mentirosa. — Verônica balançou a cabeça, fazendo os cabelos loiros e sedosos cintilarem sob as luzes do palco. — Ele me mostrou as coisas que você escreveu. Você é patética. Está *sentindo falta* dele? Ele é meu agora.

— Juro — insisti. — Não estou mandando e-mails para o seu namorado. É outra pessoa...

— Como pode mentir de forma tão descarada? — quis saber Verônica. — Justin me disse que terminou com você e está tentando se livrar da sua influência, mas você não deixa.

Eu olhei para ela com raiva.

— Eu já disse. Não sei do que você está falando. Não estou mandando e-mails para o Justin. É outra garota usando o meu nome. Isso não é problema meu. Agora é melhor prestar atenção no que está fazendo ou vai entrar atrasada na passarela. E não deixe essas penas caírem de novo ou dessa vez vou falar com o Sr. Stark e ele vai colocar você para fora daqui a pontapés. Eu garanto.

Algo muito parecido com medo cintilou no rosto de Verônica, e percebi que finalmente tinha o controle daquela situação. Era triste ter que evocar o nome do pai de Brandon para tanto, mas que escolha eu tinha, sério? A garota estava tentando me matar, e por algo que eu nem tinha feito. Alguma maluca estava tentando roubar o namorado dela usando o meu nome para fazer isso. Qual era a minha culpa?

Assustada — até sua expressão de passarela surgir como uma máscara —, Verônica partiu para o palco. Fiquei esperando alguns segundos, esperando a minha deixa — a música "Nikki" — e pensando em como tudo tinha ficado tão complicado. Minha vida antes do acidente não era maravilhosa, é verdade... Eu era apaixonada por um cara que nem notava que eu estava viva. Esse cara tinha finalmente descoberto que me amava, o problema era que agora ele achava que eu estava morta, e eu não podia lhe dizer que não estava. E ele não ia gostar de mim como era agora, de qualquer forma, porque eu representava praticamente tudo aquilo que ele odiava.

E várias outras pessoas também me odiavam.

Era difícil ser uma supermodelo adolescente no século XXI.

Então eu ouvi.

— *A questão é que, garota... apesar de tudo... eu realmente acho que... eu te amo.*

Só que obviamente, mais uma vez, era o cara errado que dizia isso.

E, enquanto eu me movia em direção à passarela, colocando cuidadosamente um salto de 20 centímetros na frente do outro, fazendo o meu melhor passo ousado de modelo, uma tentativa de sorriso malicioso fixou-se no meu rosto. Os investidores da Stark aplaudiram — eu sabia que meu coração ainda não tinha virado uma pedra.

Porque doía.

Doía muito.

DEZENOVE

Steven não estava a fim de festa.

Na verdade, nem eu. Quero dizer, Steven não tinha passado a noite anterior no ensaio do desfile da Stark Angel e nem no jantar dos investidores dando autógrafos e posando para fotos com os executivos da Stark Enterprises, fingindo estar *superfeliz* de estar lá.

Nem tinha acordado no dia seguinte e se arrastado para a escola para fazer as últimas provas finais, ou tinha corrido atrás dos professores cujas provas tinha perdido no dia anterior, implorando para que fizessem uma segunda chamada.

Eu era a única que parecia me preocupar por ter perdido as provas. Christopher nem se preocupou em aparecer na escola no dia seguinte. Eu não tinha ideia de onde ele estava. Provavelmente ainda com o Felix no porão, armando seu plano de vingança maligna contra a Stark.

E que não parecia estar funcionando, porque até onde eu sabia, a Stark Enterprises ainda mostrava sinais de poder.

Frida, com quem eu cruzei no corredor, empinou o nariz para mim e continuou andando. Então eu não tinha a mínima ideia se seus professores haviam permitido que fizesse uma segunda chamada das provas finais que tinha perdido por ter me seguido até o Brooklyn. Os meus não se entusiasmaram muito com a ideia. Escutei um monte de "Srta. Howard, você viu quantas aulas já perdeu esse semestre? Aqui no Tribeca Alternative costumamos ser flexíveis com estudantes que têm uma agenda especial, mas você vai ter que se decidir. Quer seguir carreira de modelo ou quer terminar o colégio?".

Hum... Que tal os dois?

Mas eu entendia. Acabei tirando um F nas matérias que o professor não estava muito disposto a ceder me deixando fazer um trabalho extra para compensar o fato de ter pedido a prova ou o projeto final.

Como na aula de oratória, por exemplo. Bem, o Sr. Greer sempre se achou muito superior para um cara que dormia durante as aulas todo dia.

Em alguns casos, a nota F não afetaria tanto minha média final. Eu ainda acabaria com um C ou um B. Mas em outros...

Bom, vamos apenas dizer que era bom ter uma carreira de modelo para recorrer caso não conseguisse entrar numa faculdade.

Eu sabia que nem todo mundo acharia isso uma coisa boa. Meus pais, por exemplo, não ficariam muito felizes quando soubessem disso... Se eu lhes contasse, claro. Afinal, eles não tinham como descobrir quais eram as notas de Nikki Howard, já que não eram seus pais — e nem a escola ia notificá-los por ter matado a aula no dia anterior.

Mas Frida era outra questão. Tinha arrumado um grande problema ao fugir da escola e perder as provas. O Tribeca Alternative notificou a mamãe a respeito da falta. Descobri isso quando liguei para o papai e a mamãe e falei para eles checarem — um pouco porque estava magoada com Frida por ela ter me dito que eu me importava mais com a minha "nova família" do que com a antiga.

Mamãe ficou furiosa com a fuga da Frida... até eu contar que ela estava comigo no ensaio do desfile da Stark Angel.

— O quê? — Mamãe parecia desorientada. — Com *você*?

— Ela só estava preocupada comigo — falei. — Nós tivemos uma pequena briga. Ela me viu saindo do colégio e, como não sabia o motivo, me seguiu. Eu estava a caminho de um ensaio no estúdio da Stark. Frida ficou comigo o tempo todo. — Essa parte, pelo menos, não era totalmente mentira.

— Então você também faltou a aula? — disse mamãe, agora parecendo mais brava do que desorientada.

— Era trabalho, mãe — falei. Tecnicamente, também não era mentira. — Não seja tão dura com a Frida. Ela realmente achou que estivesse fazendo a coisa certa.

Mamãe suspirou.

— Vocês duas estão colocando fogo nas meias de Natal desse ano — disse ela. Não parecia estar brincando.

Então Frida não havia contado para a mamãe que tinha me seguido até o Brooklyn. No que Frida estava pensando? Por que não contou para a mamãe e o papai onde esteve? O que estava acontecendo? Por que ficara tão brava comigo? Claro que ela não acreditava mesmo que eu estava me tornando a pessoa a quem meu corpo pertencia e colocando minha verdadeira família em segundo plano, pensando só na família de Nikki. Não de verdade. Embora fosse verdade que às vezes — principalmente quando um garoto estava me beijando —, eu sentisse como se perdesse o controle para Nikki.

Mas abandonar Frida, mamãe e papai pela família de Nikki? Não. Era só porque eles precisavam de mim agora, e eu tinha como ajudá-los.

Além do mais, eu devia isso a eles. Certo? Quem mais iria ajudá-los se não eu?

Quando cheguei em casa depois da escola esse dia, encontrei Steven — ainda sem ânimo para festas — parecendo satisfeito consigo mesmo.

— Venha comigo — disse ele, me guiando em direção ao armário onde ficava o aparelho de som.

— O que é? — perguntei, desenrolando minha echarpe enquanto Cosabella pulava animada nas minhas pernas. — Você não comprou um presente para a gente, comprou? Você não tem que... — Fiquei sem fala quando vi o que Steven queria me mostrar ao abrir as portas do armário onde ficava o som. Estava perto do aparelho de CD. Era uma caixa preta com um monte de botões.

— Ah — falei. — É tão gentil. Mas acho que nós já temos um. — Eu não sabia o que era, mas nós já tínhamos tudo. — Mas tenho certeza de que esse é melhor — falei para ele não se sentir mal.

— Você não tem um desse — garantiu Steven com um sorriso. — É um gerador de ruído acústico. E não me pergunte onde consegui porque é melhor que você não saiba. Ele funciona injetando ruído em todas as frequências que podem estar sendo grampeadas. No seu caso... — Ele apontou para cima.

Balancei a cabeça.

— Mas... eu não estou ouvindo nada.

— Certo — disse Steven. — Esse é o objetivo. Não dá para você saber que isso está aqui. E nem eles. Tudo o que vão saber é que não podem mais ouvir você. Provavelmente vão enviar alguém para descobrir por quê. Mas eles não conseguirão entender, porque nunca viram um desses antes. É exclusivo para uso militar.

Olhei para ele.

— Por isso não devo perguntar onde você conseguiu isso. Certo?

— Certo — concordou ele. — Nem me perguntar onde consegui esse também. — Ele me entregou um pequeno dispositivo preto, não muito maior que o meu detector de grampos.

— É um Jammer de áudio portátil — disse ele, respondendo ao meu olhar curioso. — Ele opera somente em duas frequências, mas vai impedir que qualquer microfone espião que estiver operando a uma distância de até 45 metros de você capte uma conversa normal. E sem fazer barulho.

Olhei para o dispositivo preto e polido na minha mão. Eu estava comovida.

— É tão gentil da sua parte, Steven — falei, sentindo meus olhos ficarem marejados. Passei tanto tempo paranoica porque a Stark estava ouvindo cada palavra minha. E agora, de repente, não precisava mais. E tudo aconteceu tão rápido.

— Mas eu... eu não dei nada para você.

— O quê? — Steven me olhou incrédulo. — Sim, você me deu um presentão. Isso era o mínimo que eu podia fazer.

Balancei a cabeça. Não podia acreditar que eu estava ficando com os olhos marejados. Que bobona! Acho que isso provou que o que Frida disse não era verdade — eu *não* estava me tornando Nikki Howard, no final das contas. Tenho certeza de que ela não teria ficado comovida ao ganhar presentes como um gerador de ruído acústico e um transmissor de áudio portátil.

— O que você quer dizer com isso?

— As emissoras de televisão que exibiram as entrevistas com você avisaram que receberam centenas de ligações — disse Steven. — Várias pessoas acham que viram a mamãe.

— Alguma delas era digna de crédito? — Lulu, usando um de seus jargões de *Law & Order*, entrou no apartamento de repente. Ela estava ajudando Katerina com as encomendas, que começaram a chegar com antecedência para a festa.

— Não — Steven fechou o armário do som rapidamente. — Ainda não. Mas tenho a sensação de que estamos chegando perto.

— Maravilha! — Lulu deu um sorriso brilhante para ele, e depois apontou um dedo autoritário para o cara que estava carregando uma escultura de abóbora na qual alguma bebida seria derramada. — Não! Katerina, onde isso vai ficar?

— Aqui! — Katerina assumiu o controle, parecendo fisicamente pronta para mover o cara que estava segurando a abóbora, se não carregar a escultura ela mesma.

— Então tudo bem por você? — perguntei, olhando nervosa para o irmão da Nikki. — Eu ter dado todas aquelas entrevistas?

— Tudo bem? — Steven balançou a cabeça. — Nós deveríamos ter pensado nisso antes. Mas isso vai te causar problemas com a...?

Ele levantou os olhos para o teto, onde as trapezistas do Cirque du Soleil, que usavam nada mais que um sutiã, uma calcinha cor de pele e uma longa echarpe vermelha, testavam seus pesos nos trapézios recém-instalados. Não muito longe dos trapézios, estavam os buracos que eu tinha descoberto havia algumas semanas. Steven não estava evitando a palavra "Stark" por medo de ser ouvido por eles... não mais, graças aos seus presentes. Só não queria falar na frente da Lulu quando ela estava nesse clima de festa.

— Não sei — falei encolhendo os ombros. — Acho que descobriremos logo.

— Não acredito que ela esteja fazendo tanto estardalhaço por causa de uma festa — disse Steven, observando Lulu enquanto ela ia de uma mesa para a outra promovendo ajustes de última hora. Ela já estava com seu figurino de festa, um vestido esporte fino preto com a saia rodada. Parecia uma de suas personagens favoritas, Holly Golightly, do filme *Bonequinha de luxo*. Só faltava uma longa piteira.

— É importante para ela — expliquei. — Ela não tem família. Seus amigos são sua família — olhei para ele. — Você agora também é parte dessa família.

— Sou? — Ele pareceu um pouco assustado. Eu tinha quase certeza de que ele não tinha compreendido totalmente as indiretas. Pelo menos a parte que tinha a ver com Lulu ter uma enorme queda por ele. Eu duvidava muito que tivesse ocorrido a Steven que Lulu Collins o achava sexy, ele simplesmente não se achava tudo isso. E a briga que os dois tiveram por causa da roupa que ele deveria usar na festa? Ele queria usar roupas normais — jeans e camiseta — enquanto Lulu queria que ele usasse um conjunto que ela tinha lhe comprado no Barneys. Lulu tinha vencido no final, fazendo beicinho.

Mas Steven estava tão desconfortável quanto um atleta numa festa de nerds. Não que ele estivesse feio — pelo contrário. Só não estava acostumada a vê-lo como um típico nova-iorquino, de camisa de botão listrada, calça jeans preta desbotada e jaqueta com a costura desgastada que eu sabia que devia ter custado pelo menos uns mil dólares.

Embora eu duvidasse que Steven soubesse disso.

— Nikki, as pessoas vão chegar daqui a pouco — gritou Lulu quando me viu sentada no sofá acariciando Cosy e conversando com Steven. — Você vai se trocar ou não? Tipo, você não vai ficar vestida assim, vai?

Eu ainda estava com as roupas da escola, cansada demais para colocar outra coisa.

— Vou me trocar — falei. — Vou me trocar. — Fui para o quarto procurar alguma coisa para vestir, aliviada por estar fora do caminho de Katerina e dos entregadores. Cosabella parecia aliviada também, e pulou para sua caminha, se enrolou e dormiu.

O armário de Nikki era uma fonte infinita de alta-costura, a maioria ainda com a etiqueta. Nunca tive que ir ao shopping porque os estilistas davam a Nikki direto do cabide quando eu ia fazer as fotos. Achei um vestido justo preto de noite, feito de algum tipo de material brilhante, que amarrava no pescoço como uma corda. Estava frio lá fora, mas dentro do apartamento estava quente porque Lulu tinha colocado o fogo a todo vapor na lareira. Depois, ligaria o ar-condicionado e abriria todas as janelas para aliviar o calor dos convidados... Sabia disso por causa das festas anteriores. Eu tirei as minhas roupas e coloquei o vestido, que era do tipo que não dava para colocar calcinha, ou ficaria marcado. Depois levei uma meia hora me maquiando. Nunca fui do tipo que ligava para maquiagem, mas tinha um efeito tranquilizador se você estivesse triste por causa de um garoto, por exemplo — digo, um garoto como o Christopher —, pois você podia se contorcer em frente ao espelho, tentando fazer um olho esfumado, enquanto o esperava ligar e dizia para si mesma que seria realmente uma péssima ideia ligar para ele.

Afinal de contas, Christopher preferia uma garota morta. Para que eu ia querer sair com um cara assim? Certo?

Aposto que a chance desse relacionamento algum dia dar certo era nula... O que era até bom, acho. Nenhum cara precisava se envolver com alguém tão confusa quanto eu. Christopher estava melhor sem mim. Talvez eu devesse me afastar e deixar McKayla Donofrio ficar com ele, aquela pequena vaca intolerante à lactose, vencedora do mérito nacional, fundadora do clube de negócios, que usa uma tiara de casco de tartaruga na cabeça.

Acabou que meus olhos pareciam mais sombrios do que esfumaçados. Percebi que tinha passado muito delineador e que teria que começar tudo de novo. Quando saí do quarto, já era tarde, e os primeiros convidados, aqueles adiantados, que Lulu me garantiu que seriam todos fracassados e perdedores, já tinham chegado. Aproveitei a oportunidade para comer alguma coisa; não que fosse necessário me preocupar em comer enquanto ainda estivesse quente. Afinal, Katerina estava na cozinha supervisionando os garçons para garantir que tudo estaria na temperatura ideal a noite toda. Portanto, não iria desmaiar de fome mais tarde quando a festa já estivesse rolando.

Enquanto isso, o DJ Drama já tinha chegado e estava se organizando. Fui conversar com ele. Ele parecia tímido, ou talvez só não estivesse interessado em nada do que uma garota de 17 anos, enchendo a cara de sushi, tinha a dizer. Pairando do teto, enquanto conversávamos, a trapezista do Cirque du Soleil estava fazendo contorções inacreditáveis com um olhar distante. Fiquei imaginando como seria ser assim. Melhor, fiquei imaginando que eu deveria estar lá. O apartamento estava cada vez mais cheio, algumas pessoas eu reconhecia das páginas das edições da *Vogue* da Lulu, algumas das edições da *Us Weekly* da Frida e outras, eu nunca tinha visto antes. O DJ Drama começou a tocar e logo ficou ocupado demais para conversar comigo, mas tudo bem, porque os amigos da Nikki começaram a se juntar ao meu redor, me dizendo como eu estava bonita e me levando para o bar, onde todos começaram a pedir alguns dos drinques exóticos que os barmen estavam preparando.

Não conseguia evitar. Comecei a me divertir. Certo, minha vida estava em ruínas. O garoto que eu amava não retribuía meus sentimentos. A mãe do corpo para onde meu cérebro foi transplantado estava desaparecida. E fui reprovada em metade das provas finais porque tinha faltado.

Mas era difícil não se divertir com tanta música boa, comida gostosa e tanta gente divertida ao redor.

Até Steven, eu vi, não estava achando chato. Eu o flagrei dançando com a Lulu, se é que se podia chamar aquilo que ele estava fazendo de dança. Principalmente porque ficava parado enquanto Lulu pulava ao redor dele como uma mulher louca e selvagem.

Nesse momento, nossos olhares se encontraram. Ele percebeu que eu o estava observando e depois olhou em direção ao teto. Não para ver a trapezista do Cirque du Soleil. Mas como se estivesse dizendo *Você acredita nisso?* Mas ele também estava sorrindo. Então esse olhar para o teto também queria dizer *Eu sei, tá. Isso tudo é muito louco... mas também é bem divertido.*

Foi quando percebi que talvez as coisas não estivessem assim tão ruins. Pelo menos eu tinha ligação com alguém que pensava como eu.

E era bem inusitado que fosse justamente o irmão da Nikki, Steven.

Talvez, e pensei comigo mesma, Frida estivesse certa. Só um pouquinho. Não em relação à parte na qual me acusava de estar me tornando Nikki Howard, mas à parte na qual insinuava que eu tinha encontrado uma nova família. Eu estava construindo uma nova família... uma que incluía a antiga também.

Mas isso não foi tão surpreendente quanto o que aconteceu depois: a multidão se dispersou um pouco e vi algo que não esperava ver nem em um milhão de anos.

Um membro da minha antiga família — minha irmã. Frida — dançando com Brandon Stark.

Eu não tinha ideia do que ela estava fazendo ali. Obviamente tinha se convidado, pois eu com toda a certeza não a chamara.

Pior, estava usando um vestido minúsculo — não maior do que dois lenços costurados (posso estar exagerando, mas não muito) — e rebolando como se fosse Myles Cyrus ou alguém do tipo. Isso não era legal. Tanto não era legal que comecei a andar em sua direção para ter uma conversa com ela quando ouvi uma voz familiar dizer meu nome, e me virei.

Não existia ninguém no mundo que fosse capaz de me distrair naquele momento e me impedir de matar a minha irmã. Ninguém. Com exceção da segunda última pessoa que eu esperava ver na festa, depois da minha irmã caçula...

Christopher.

O que *ele* estava fazendo aqui? Eu não tinha convidado ele. Por que eu faria isso, se agora ele se voltara para o lado negro da força?

E eu já tinha lhe dado tudo o que havia pedido. O que mais poderia querer de mim?

Então olhei para o seu rosto, e o choque deu lugar à preocupação... Christopher estava branco como um lençol. Qual era o problema?

Então entendi. Ai, meu Deus. Felix havia sido preso. Eu sabia. Simplesmente sabia. Eles nos ouviram no apartamento de Christopher. Claro que ouviram. Eu ainda não tinha nenhum jammer de áudio portátil quando estive lá.

E eles viriam atrás de Christopher depois. Ele estava fugindo. E veio atrás de mim para pedir ajuda.

Naquele momento eu soube... por mais que tivesse dito para mim mesma que não ligava para o Christopher, por mais que tivesse dito para mim mesma que McKayla Donofrio poderia ficar com ele, eu estava mentindo. Eu o amava. Sempre o amaria. Eu faria o possível para escondê-lo da polícia. Mesmo que ele nunca desse a mínima para mim.

Porque é isso que fazemos pelas pessoas que amamos. Mesmo que esse amor não seja recíproco.

— Posso falar com você um minuto? — perguntou Christopher. Ele praticamente teve que gritar para ser ouvido em meio à batida forte da música.

— O que está acontecendo? — perguntei com o medo apertando minha garganta. Era um medo diferente daquele que senti quando vi a Frida usando aquele vestido que parecia um lenço, dançando com Brandon. Isso tinha sido só meio irritante, na verdade. Eu sabia que ela não se meteria em encrenca, afinal Lauren Conrad estava dançando ao lado dela se exibindo para uma equipe de filmagem. — Está...

Christopher parecia ter lido meus pensamentos. Ele balançou a cabeça.

— Está tudo bem — respondeu. — Bem, mais ou menos. Eu provavelmente vou ser reprovado no colégio. Mas fora isso, sim. E desculpe invadir sua festa desse jeito. Eu preciso mesmo falar com você. Olha, a gente pode ir para um lugar mais silencioso? Onde é o seu quarto?

— É logo ali — falei, apontando.

— Ótimo. — Christopher esticou o braço e me segurou pelo pulso. E quando dei por mim ele estava me puxando no meio da multidão em direção à porta do meu quarto.

Ele não parecia ligar para quantas pessoas ele esbarrava no caminho, garçons servindo drinques, modelos do desfile da Stark Angel, cujos números de telefone Brandon tinha evidentemente pegado e depois as chamado para a festa, estilistas, Karl, o porteiro, dançando com Katerina, ambos parecendo ter bebido um pouco demais. Ele, evidentemente, só queria ir para um lugar mais calmo, e chegar lá o mais rápido possível.

E, quando estávamos no meu quarto vazio, ele largou minha mão e se virou para olhar para mim. Ele nem se incomodou em acender a luz, se contentando somente com as luzes da cidade que iluminavam o quarto através das janelas que iam do teto ao chão.

Fiquei ali olhando para ele, um pouco sem ar por causa da rapidez com que ele me puxou. Estava bem mais silencioso no meu quarto. A música ainda parecia inacreditavelmente alta lá fora, mas pelo menos no quarto dava para ouvir os próprios pensamentos. O prédio já tinha sido uma delegacia de polícia, por isso tinha um bom revestimento acústico nos quartos. Acho que os policiais daquela época não queriam ouvir os gritos dos prisioneiros sendo torturados nas celas.

— Então, o que é tão importante assim... — perguntei a ele — que você não podia me dizer lá fora?

E, quando dei por mim, sem dizer uma palavra sequer, Christopher levantou as mãos, segurou meu rosto e se inclinou em direção a ele, até ficarmos a poucos centímetros um do outro.

E então, ele me beijou.

Christopher Maloney me beijou.

E não era um beijo possessivo ou voraz. Ele não esmagou os meus lábios como alguns garotos faziam — tudo bem, do jeito que Brandon fazia — quando tinham a chance de beijar Nikki Howard, como se quisessem possuí-la ou pular em cima dela ou algo do tipo.

Era um beijo doce. Era quase... bem, se eu não soubesse das circunstâncias, diria que era um beijo apaixonado.

Mas Christopher não amava Nikki Howard. Christopher amava Em Watts.

Ainda assim, senti seu beijo ir dos meus lábios até os meus dedos dos pés — que latejavam nos meus sapatos Jimmy Choo apertados. Meus lábios formigavam como se tivessem sido picados por milhares de abelhinhas. Ou estivessem usando uma tonelada de Lip Venom.

Meu Deus, era tudo o que eu conseguia pensar. Christopher estava me beijando. Christopher Maloney estava me beijando.

E mesmo que as pessoas digam que os sonhos nunca se tornam realidade, esse certamente se tornou. O que senti com o beijo de Christopher foi exatamente como imaginei que seria... tão quente, perfeito e elétrico como sonhei — quando era idiota o suficiente para sonhar com o beijo de Christopher Maloney, antes do acidente, antes de desistir de todos os meus sonhos. Porque, depois do acidente, claro, não tinha mais razão para sonhar... nenhum desses sonhos tinha alguma chance de se tornar realidade.

Mas agora... Agora o sonho, aquele com que fantasiei mais que todos os outros enquanto assistia à aula de oratória, estava se tornando realidade. Christopher não estava apenas me beijando, estava também me carregando, pois minhas pernas pareciam ter desistido de segurar meu peso por causa do susto. Não, sério, ele tinha passado um braço por debaixo dos meus joelhos bambos e estava me *carregando*. E me levando em direção à cama.

Espera. Isso estava realmente acontecendo?

Tinha que estar. Porque eu podia sentir os botões de metal da sua jaqueta de couro batendo na minha pele através do tecido fino do meu vestido. Com certeza eu não estava sonhando com *isso*.

Podia sentir a maciez do edredom nas minhas costas enquanto ele me colocava gentilmente sobre a cama.

E então senti o peso do seu corpo quando ele se deitou sobre mim. Claro que todas essas coisas tinham que estar acontecendo. Eu não poderia estar imaginado tudo isso, ou o *tum-tum-tum* constante da música que vinha de fora, que parecia estar exatamente sincronizada com o *tum-tum-tum* do meu coração...

Ou o jeito como seus lábios, tão perto dos meus, murmuraram a palavra *Em* antes de ele me beijar de novo, um beijo tão longo e tão ávido que realmente não poderia descrevê-lo como doce. Não dessa vez. Não quando cada centímetro de pele do meu corpo estava formigando e consciente de cada lugar em contato com o corpo dele... Não quando de repente percebi que ele estava deitado em cima de mim, com uma perna se insinuando entre as minhas.

Não quando tudo o que nos separava era um pouco de tecido e couro.

E foi quando entendi a palavra que ele tinha dito, aquela única sílaba finalmente entrando na minha cabeça de vento que só pensava em beijar.

— Do que você me chamou? — perguntei, afastando meus lábios dos dele.

— Eu sei... — disse ele. Como eu tinha me afastado, ele não conseguiu alcançar minha boca, então resolveu beijar meu pescoço. Não preciso nem dizer que isso era totalmente fantástico. E muito, muito bom. Melhor até do que receber uma massagem no pescoço.

A voz dele, quando falou novamente, era um sussurro gutural cheio de emoção.

— Eu sei que é você, Em.

— Você *o quê*? — Eu estava certa. Estava em algum tipo de sonho agora, e iria acordar a qualquer minuto, como sempre. Talvez dessa vez eu estivesse no fundo do mar em St. John. Talvez eu nunca tenha saído de lá, no final das contas e tudo o que tinha acontecido depois era apenas um grande pesadelo, repleto de McKayla Donofrio.

— Seu arquivo — sussurrou Christopher no meu pescoço. — Eu li tudo. O Instituto de Neurologia e Neurocirurgia da Stark não fez um bom trabalho quando escolheu uma empresa de consultoria de TI de fora do país.

Está certo. Aquilo não soava como parte do sonho... ou com qualquer coisa que eu tivesse imaginado.

— O quê? — falei.

— A Stark quis economizar dinheiro — disse Christopher. Seus lábios ainda estavam no meu pescoço. — Não é uma atitude inteligente quando se trata do seu banco de dados.

Espera um minuto.

— Fico admirado de ninguém ter descoberto até agora sobre toda essa história de transplante de corpo que eles têm feito. — A voz de Christopher ainda estava baixa e rouca. — É realmente só uma questão de tempo até a imprensa descobrir o que eles estão armando.

Espera. Christopher sabia? Ele *sabia*?

— Não é... eu não sei do que você está falando — falei. Ao mesmo tempo que dizia isso, pensei, confusa, *Não, espere... o gerador de ruído acústico. A Stark não pode mais me ouvir. Eu posso contar para ele. Agora eu posso contar a verdade para ele.*

Mas hábitos são hábitos.

— Em. — Os lábios de Cristopher foram do meu pescoço até a minha boca novamente. — Está tudo bem agora. Eu sei que você não podia me contar. Eu sei que você tentou. Mas estou aqui agora. Tudo vai ficar bem. Você sabe que eu sempre amei você.

Era maravilhoso, o que a sua boca estava fazendo comigo. Ouvir as coisas que ele estava dizendo era mais maravilhoso ainda. Era tudo o que eu sempre quis. Era simplesmente inacreditável.

— Você sempre me amou? — repeti.

— Claro que sim. — Christopher olhou para mim. A sua expressão, que há alguns minutos era basicamente confiante, agora parecia confusa. — Você sabe disso. Quero dizer, você viu como fiquei arrasado depois do seu funeral. Em, quando você morreu... isso quase me destruiu. Quando descobri que você estava viva, não sei nem como descrever para você...

Não sei por que eu não podia simplesmente ficar ali e curtir o que estava acontecendo. Não sei por que não podia simplesmente aceitar o que ele estava dizendo e esquecer que Christopher nunca disse que me amava quando eu tinha o dente torto e não era a deusa que sou agora. Quero dizer, eu ainda era a mesma pessoa por dentro. Então por que isso importava?

Mas...

Importava.

Eu o empurrei para longe de mim. Ele se mexeu, parecendo confuso com o que eu estava fazendo, e então ficou olhando quando me desvencilhei dele e saí da cama — com cuidado para não pisar em Cosabella, que se aproximou para ver o que estava acontecendo — e fui em direção a uma das janelas e a abri, deixando entrar o som do tráfego da rua, e uma corrente de ar fresco de inverno.

Eu sabia que não corríamos o risco de sermos ouvidos pela Stark. Não mais. Só precisava de um pouco de ar para me ajudar a pensar.

— Então, se você me amava tanto assim — me virei para perguntar — *por que nunca tentou me beijar quando eu estava no meu antigo corpo?*

— Ai, meu Deus — disse Christopher, com uma voz diferente, mais parecida com sua voz normal, não muito profunda ou grave, olhando para mim, sentado na cama. Ele não conseguia acreditar no que estava acontecendo. — Você realmente vai querer falar nesse assunto? *Agora?*

— Sim — falei. — Vou. Quero dizer, você nunca nem notou que eu existia até eu morrer. Só me via como alguém que jogava *JourneyQuest* com você. Você nunca me enxergou como uma *garota*. Acho bem razoável pedir uma explicação para isso. E o que exatamente você quer dizer com *tudo vai ficar bem*? Como vai ficar tudo bem? Você vai resolver e cuidar de tudo porque você é machão e eu sou somente uma menininha delicada que não consegue lidar com a situação? Eu te garanto, Christopher, eu sei lidar com a situação.

— Ah, sim — disse Christopher sentando na cama. — Primeiro você quebra a sua cabeça numa TV de plasma. Depois, seu cérebro é transplantado para o corpo de uma supermodelo. Você tem feito um ótimo trabalho até agora, Em.

Ao mesmo tempo em que era maravilhoso ouvi-lo me chamando de Em de novo, eu queria dar um soco na cara dele pelo sarcasmo.

— Ah — falei. — Olha quem está falando! Aquele que teve uma ideia estúpida de hackear a Stark Enterprises, como se isso fosse funcionar.

— Para o seu governo, está funcionando. Eu descobri a verdade sobre você, não descobri? E pelo menos tive alguma ideia — disse Christopher. — Qual é o seu plano? Dar uma festa e convidar Lauren Conrad e o DJ Drama?

Fui em direção à cama até ficar de frente para ele.

— Isso não foi ideia minha. E eu ando bem preocupada tentando encontrar a mãe desaparecida de Nikki Howard.

— Já ocorreu a você que essas duas coisas podem estar conectadas? — perguntou Christopher, me ignorando.

Eu olhei para ele, assustada.

— Do que está falando?

— Do desaparecimento da mãe de Nikki — disse Christopher. — E do que aconteceu com você.

Isso era algo que eu já havia considerado também. Mas nunca pensei que alguém além de mim levaria essa ideia a sério. Bem, além do Steven.

— Como? — falei. — Acho que andou bebendo demais.

— Eu não bebi nada — disse Christopher, com cara de quem estava mentindo. A mesma cara de quando éramos novinhos e tentávamos juntar nosso dinheiro e comprar jogos de adultos na loja Kim's Vídeo em St. Mark's Place. — E talvez a mãe de Nikki tenha descoberto algo de que ela não deveria saber. Você já parou para pensar que talvez isso tenha acontecido com a Nikki também?

— Nikki? — Virei a cabeça para olhar para ele na penumbra da luz que entrava pelas janelas enormes. — Você acha que a Nikki... do que você está falando, Christopher?

— Estou dizendo que não existem acidentes, Em. — Seus olhos azuis olhavam para o meu rosto atentamente. — Alguém sabe o que realmente aconteceu com a Nikki naquele dia? Ela caiu e nunca mais levantou. A Stark diz que foi um aneurisma... mas como podemos saber? Felix e eu procuramos em todo lugar, mas não encontramos nenhum arquivo médico dela... apenas o seu.

Minha boca se abriu. Era tão estranho ter essa conversa no meu quarto, logo com Christopher. Eu senti tanto a falta dele, e agora ele estava aqui, e finalmente o que nunca pensei que fosse acontecer aconteceu...

... e nós estávamos brigando.

— Claro, nós não sabemos o que aconteceu com a Nikki naquele dia — continuou Christopher antes que eu tivesse chance de falar. — Talvez a gente nunca saiba. Temos que aceitar o que a Stark diz.

Eu balancei a cabeça.

— O que você está dizendo? Que ela não teve um aneurisma? Christopher, isso é loucura.

Apesar de Steven ter dito exatamente a mesma coisa.

Christopher deu de ombros.

— Não existem acidentes. Nikki era a garota-propaganda da Stark. Eles investiram milhões nela. Ela era importante demais para ser perdida, como você sabe muito bem. Ainda mais com esse lançamento gigantesco de PCs com o novo software e a nova versão de *JourneyQuest*. Mas eles não a contrataram pela sua inteligência, certo?

Eu fiquei arrepiada.

— Ser modelo não é tão fácil quanto as pessoas pensam — disse eu irritada. — É um trabalho duro. Você tenta fingir que está confortável usando uma calça de couro mega-apertada embaixo de luzes superquentes por horas e...

— Olha, a Stark Enterprises... toda a organização está fora de controle. — Christopher me olhava sem compaixão. Acho que qualquer um olharia. Pagarem milhões de dólares para você usar uma calça de couro embaixo de algumas luzes por poucas horas não era assim um grande sacrifício. Temos a tendência a perder a noção muito rápido depois de um tempo.

— Sistemas inseguros de internet sem fio e uma rede totalmente mal-configurada. Isso faz a gente parar para pensar.

Eu me lembrei do computador que encontrei no quarto da Nikki quando entrei lá pela primeira vez. Estava infectado com um programa de rastreamento. E quando fui checar o da Lulu, ele também estava. Eu nem tinha tirado da caixa o novo computador que Robert Stark tinha acabado de me dar; quem sabia o que podia ter de errado com ele?

— Você não acha que... — Eu mal podia respirar.

— Não sei o que pensar — disse Christopher. — Mas sei que tem alguma coisa acontecendo. Alguma coisa que eles não querem que ninguém saiba. Alguma coisa que eu acho que a Nikki, e agora talvez a sua mãe, descobriu. E a Stark tentou calar a boca das duas. E você estava no lugar certo... na hora errada.

— Espere um minuto. — Eu senti frio, e não só porque o vento estava entrando pela janela aberta. — Você acha que a Stark *matou* a Nikki? Porque ela sabia de algo que não deveria?

— Eles não mataram a Nikki, mataram? — Christopher deu um sorriso cruel. — Porque ela está aqui bem na minha frente.

Eu senti um calafrio.

— Você sabe o que estou querendo dizer.

— Sei exatamente o que você está querendo dizer — disse ele. — E, respondendo à sua pergunta, acho que é possível... até bem provável que eles tenham removido o cérebro dela porque era conveniente.

— Meu Deus — suspirei.

Era tão estranho falar com Christopher de novo. Não que eu não tivesse falado com ele recentemente. Isso tinha acontecido, obviamente. Mas ele não sabia quem eu era. Agora sabia. Tinha inclusive tocado em mim, sabendo quem eu era. E ele queria fazer isso de novo. Eu sabia, pelo jeito que sua mão ficava levantando e então, no último minuto, ele passava os dedos nos cabelos ou mexia no edredom da cama.

Eu sabia como ele se sentia, mas eu não queria apressar nada. Eu tinha muitas perguntas e a primeira delas ele ainda não tinha respondido.

— Mas você acha que a mãe de Nikki está viva — falei.

— Foi isso o que Felix disse para Steven.

— Não há nenhuma razão para acharmos que ela está morta — disse Christopher.

— Então onde ela está? — perguntei.

— Por aí — disse ele, fazendo um gesto para as luzes da cidade que brilharam pela janela aberta do meu quarto. — Ninguém pode simplesmente desaparecer para sempre. É muito difícil. Mesmo quando dão novas identidades para pessoas que estão nos programas de proteção à testemunha, elas acabam querendo encontrar com os seus amigos de antes, mesmo correndo risco de vida. É a força do hábito. Todo mundo pisa na bola de vez em quando. Você fez isso, com os adesivos de dinossauros, mas eu fui muito burro para perceber.

Percebi que estava ficando vermelha. Eu ainda não podia acreditar que tinha feito aquilo.

E agora aquelas palavras mexeram numa memória no fundo do meu cérebro. *É a força do hábito. Todo mundo pisa na bola de vez em quando.*

O quê? Do que eu estava lembrando?

— Você está certa — disse Christopher pegando minha mão. — Eu fui um idiota por não perceber o que sentíamos um pelo outro. E acho que eu não sabia disso até você morrer. E então... sério, Em, parte de mim morreu também. Depois disso, eu só conseguia pensar em me vingar da Stark...

— Mas agora que você sabe a verdade — falei, puxando minha mão gentilmente da dele —, sabe que não pode fazer nada contra eles, Christopher. Porque eles têm minha família nas mãos e, se o que aconteceu vier a público, a Stark vai descontar nos meus pais.

— Nós vamos pensar em alguma coisa — disse Christopher. Ele se levantou e colocou as mãos nos meus ombros nus. — Eu já disse. Vou cuidar de tudo.

Eu queria tanto acreditar nele. Seria uma bênção me permitir relaxar e deixá-lo tomar conta de tudo. Enquanto ele me puxava em sua direção e me dava um beijo doce na testa, eu senti o cheiro de sua jaqueta de couro e o calor que irradiava do seu corpo forte. Era tão bom ter seus braços em mim, sentir seu coração batendo junto com o meu. Pela primeira vez em muito tempo, eu sabia que estava protegida e acolhida, que não estava sozinha.

Então um vento gelado soprou da janela aberta, fazendo meu corpo todo se arrepiar.

Um segundo depois, a porta do meu quarto se escancarou e uma voz muito masculina e muito surpresa falou:

— Nikki?

Eu me virei e vi Brandon parado nos olhando, na penumbra.

VINTE

— Brandon — gritei, me afastando de Christopher como se o abraço dele estivesse me queimando.

Não me pergunte que instinto me levou a fazer isso. Mas alguma coisa me disse que ser vista nos braços de outro homem não pegaria bem com o ex de Nikki.

Mas eu não precisava me preocupar. Brandon estava meio perdido. Ficou parado à porta, balançando um pouco, olhando para o meu quarto escuro como se não pudesse enxergar muito bem. Não podia estar mais agradecida por Christopher e eu não termos acendido as luzes.

— Hã — disse Brandon. — Nikki? É melhor você vir aqui.

— Por quê? — perguntei, ajeitando meu vestido que tinha saído um pouco do lugar por razões que é melhor não mencionar.

— Uma garota pediu para eu vir buscar você — Brandon estava olhando para Christopher agora, tentando reconhecê-lo sob a luz que vinha da janela. Mas como Christopher nunca tinha dado o ar da graça no TMZ.com, Brandon com certeza não o reconheceria. — Uma garota chamada Frida. Ela está enjoada ou alguma coisa assim.

No segundo seguinte eu já estava fora do quarto.

— Onde? — perguntei com a voz embargada. — Onde ela está?

Mas Brandon apenas deu de ombros. Ele parecia totalmente desorientado, não tinha ideia de onde estava.

Na parte principal do apartamento, a festa continuava bombando — tudo corria como Lulu esperava. Havia muitos corpos dançando — e transpirando — no ritmo da música, mal se podia ver onde começava uma sala e terminava a outra. No alto, a garota do trapézio tinha desenrolado a longa echarpe vermelha e estava fazendo a coreografia quase nua. A música estava tão alta que pulsava através do meu peito. Fiquei pensando se os outros moradores do prédio não chamariam a polícia — então lembrei que Lulu tinha previsto que isso poderia acontecer e convidado os vizinhos também, para acabar com esse problema... podia jurar que tinha visto o cara que morava no andar de cima dançando com alguém que parecia muito com Perez Hilton. Lulu, obviamente, era um gênio. Eu não ficaria surpresa se os próprios policiais estivessem em algum lugar por aqui, dançando.

Mas eu não conseguia encontrar Frida. Era um pesadelo procurar por ela naquela sala cheia de corpos suados. Tive que sair empurrando cada convidado em seus Moschino, sussurrando "me desculpe" toda hora. E, claro, a metade deles — a metade masculina, no caso — agarrava meu braço e gritava:

— Nikki! Fique aqui e dance com a gente! Vai, não seja estraga prazeres.

— Não posso — eu dizia, lamentando. — Estou procurando alguém.

— Espero que seja eu! — respondeu um dos garotos de forma sugestiva.

— Ah, há-há — falei. — Desculpa. Volto daqui a pouco.

— Acho bom!

Isso não foi divertido.

A verdade era que eu me sentia culpada. Em primeiro lugar, eu nunca deveria ter perdido Frida de vista. E, se fosse outra pessoa me chamando em vez de Christopher, isso não teria acontecido. Sim, eu tinha proibido explicitamente Frida de vir a essa festa, mas deveria ter previsto que ela apareceria de qualquer forma. Frida sempre fazia exatamente o que eu — ou a mamãe e o papai — pedíamos para ela não fazer. Não era sempre assim, as irmãs mais novas querendo provar que são tão "boas" quanto as mais velhas? Não era de admirar que ela tivesse arrumado encrenca em algum lugar.

E, quando eu a encontrasse, também sabia qual seria a sua desculpa: "Você está aqui, Em. Por que eu também não posso estar? Só porque você é mais velha? Isso não é justo!"

Esbarrei em Lulu antes de encontrar Frida. Ela estava dançando com Steven, e parecia usufruir o melhor dia da sua vida. Steven também não parecia desgostoso, mas era o rosto de Lulu que estava tomado de alegria, e brilhou ainda mais quando me viu. Os olhos escuros, com o rímel borrado por causa do suor, se arregalaram quando ela largou Steven e correu para segurar meu braço. Ela ficou na ponta dos pés e sussurrou no meu ouvido:

— Nikki! Você acredita? Todo mundo apareceu! Todo mundo! Essa é a melhor festa de todas! E você não sabe! O Steven, seu irmão? Ele é libriano!

Eu fiquei olhando para ela.

— Isso... Isso é incrível — falei.

— Não, você não entendeu — disse ela, me sacudindo de leve. — Meu astrólogo. Ele disse que eu deveria ficar com alguém de *libra*!

— Ah! — falei. — Isso é ótimo! Você viu a Frida?

O sorriso de Lulu desapareceu imediatamente.

— Frida está aqui? Eu pensei que você tivesse dito que ela não podia vir. — O olhar dela passou para alguém atrás de mim. — Ah! Oi, Christopher!

Eu me virei. Ele tinha me seguido, claro. Todos aqueles garotos que eu achei que tivesse dispensado com meus argumentos audaciosos na verdade tinham fugido do olhar ameaçador do supervilão. Ótimo.

— Ei — disse ele. Então apontou: — Não é ela, ali, com aquele garoto, o tal Gabriel Luna?

Eu virei meu rosto e vi Frida — ou alguém que parecia a Frida, no seu vestido do tamanho de um lenço — se encostando perigosamente perto das janelas abertas, com os braços de Gabriel Luna nos seus ombros. O que ele estava *fazendo*? Sabendo do quanto Frida gostava dele, vi na hora que devia ser algo inapropriado.

— Só um segundo — falei, e comecei a ir na direção deles, pronta para empurrar Gabriel pela janela, se fosse necessário, de tão grande que era a minha fúria assassina por ele estar se aproveitando da minha irmãzinha.

Mas, quando cheguei mais perto, vi o que realmente estava acontecendo: Frida vomitando para fora da janela, dentro da jardineira — felizmente vazia nessa época do ano — e Gabriel a segurando enquanto espasmos convulsivos sacudiam seu corpo. Ele olhou para mim quando me aproximei e disse, tentando falar alto para que eu pudesse ouvi-lo apesar da música.

— Acho que ela é um pouco nova demais para saber se comportar numa festa com bebidas liberadas.

Frida levantou a mão trêmula para limpar a boca. Vi um garçom passando com uma bandeja de canapés e peguei alguns guardanapos para ela. Agradecida, Frida aceitou.

— Ele disse que era uma batida de frutas — reclamou com a voz fraca enquanto se agachava, apoiada nos calcanhares e nos olhava com olhos grandes chorosos.

— Quem disse que era batida de fruta? — lhe perguntei, pegando mais alguns guardanapos que sobraram e passando no seu rosto nos lugares que ela tinha deixado de limpar.

— Ele. — Ela apontou um dedo indignado para um grupo de pessoas que dançava ali perto. — Justin Bay.

Eu me virei e olhei para onde ela estava apontando. Justin Bay, estrela do filme *JourneyQuest* (que é péssimo) estava ali perto, balançando os quadris com algumas meninas que pareciam modelos (e que não eram a sua namorada, Verônica). Todas vestiam roupas menores do que a de Frida, e usavam saltos maiores.

Lulu, que estava atrás de mim, seguiu a direção do meu olhar e bufou.

— Quem *o* convidou? — ela perguntou, furiosa.

— Metade das pessoas aqui — disse Steven — pegou seus convites na internet e imprimiu, de acordo com os seguran-

265

ças da portaria. Eles fizeram o possível para barrá-los, mas depois de um tempo ficou difícil diferenciar os convites falsos dos verdadeiros. Tem paparazzi na rua inteira também. — continuou. — Sua festa talvez entre para a história... não somente por violar todas as normas de segurança contra incêndios de Manhattan.

— Com certeza não era batida de frutas — disse Frida com tristeza. — Era?

Eu não conseguia tirar meus olhos de Justin. Tinha alguma coisa nele — que não era a blusa de seda preta apertada ou as várias correntes de ouro que usava no pescoço — que não me deixava pensar em outra coisa.

Ninguém pode simplesmente desaparecer para sempre. É muito difícil. Mesmo quando dão novas identidades para pessoas que estão nos programas de proteção à testemunha, elas acabam querendo encontrar com os seus amigos de antes, mesmo correndo risco de vida. É a força do hábito. Todo mundo pisa na bola de vez em quando. Você fez isso com os adesivos de dinossauros, mas eu fui muito burro para perceber.

Ai, meu Deus. *Claro.*

Não era possível. Isso era ridículo. Beirava a insanidade.

Mas isso não se aplicava a tudo que tinha acontecido comigo até agora?

Eu fui acotovelando todo mundo até chegar onde Justin estava dançando, e coloquei a mão no seu braço. Ele abriu seus olhos pela metade, como uma cobra, e diminuiu o ritmo quando me reconheceu.

— Ah — disse ele, com um sorriso preguiçoso. — Oi, Nik.

— Justin — falei, sem sorrir. — Preciso ver o seu celular.

— Essa é boa. — Ele virou a cabeça para trás, deu uma olhada para as modelos com quem estava dançando, e começou a rir. Elas estavam todas tão bêbadas quanto ele, e começaram a rir também, sem parar de dançar. — Eu já ouvi algumas coisas muito loucas hoje, mas "preciso ver o seu celular" é a campeã.

Rapidamente, Christopher apareceu por trás do meu ombro esquerdo.

— Passe o celular para ela.

— Agora — falou Gabriel, ao surgir por trás do meu ombro direito.

Justin, percebendo que algo sério estava acontecendo, finalmente parou de dançar. Seus olhos se abriram completamente.

— Opa — disse ele. — Qual é? Estou só dançando.

— Vou deixar você deitado numa banheira cheia com o seu próprio sangue se não entregar o celular para a minha irmã — o advertiu Steven.

Nem Christopher, Gabriel ou Steven tinham a menor ideia do motivo de eu estar tão ansiosa para ver o celular de Justin. Mas o fato de eles estarem dispostos a limpar o chão com o corpo de Justin, caso eu dissesse que era preciso, me deixava realmente emocionada.

— Tudo bem — Justin colocou a mão no bolso da calça social listrada e tirou um celular prateado, que jogou na minha mão. — Não sei por que você quer isso. Você já me envia e-mails demais.

Eu assenti com a cabeça, sentindo-me triunfante.

— Foi o que pensei — falei procurando as mensagens no celular de Justin.

— Você ainda envia e-mails para ele? — Lulu me olhou.
— Ai, meu Deus, achei que você tivesse desistido desse idiota
há meses.

— Que nada — disse Justin, zombando. — Ela continua
implorando por mais. Chega a ser desagradável.

Christopher deu um passo à frente e fez um movimento
suave, envolvendo Justin numa chave de braço. Foi algo tão
surpreendente que Frida ficou de boca aberta. Eu tenho que
admitir que eu mesma fiquei chocada. Christopher nunca
tinha sido um cara de briga antes de se tornar um supervilão.

Mas agora acho que as forças malignas o estavam im-
pulsionando.

— Jesus! — reclamou Justin. As modelos que estavam
dançando com ele, tão magras quanto fatias de carpaccio,
chegaram um pouco para trás, preocupadas em saírem da
zona de perigo no caso de haver derramamento de sangue.
Não queriam que seus vestidos Dolce&Gabbana manchas-
sem. — Me larga, cara! Você sabe quem é meu pai?

— Peça desculpas — disse Christopher. Ele com certeza
o apertou mais, pois Justin começou a fazer uns barulhos
de quem tava sufocando.

— Desculpa — disse Justin, engasgando. — Não ma-
chuque meu rosto, cara. Vou começar um filme do Ang Lee
depois do ano-novo.

Fiquei passando as mensagens até encontrar uma cujo
destinatário era NikkiH, e então li o texto todo floreado
que havia ali.

Não fazia sentido nenhum.

Mas os adesivos de dinossauro também não faziam.

— Felix consegue rastrear um e-mail? — perguntei a Christopher.

— Claro — disse Christopher.

— Me fala para que e-mail envio essa mensagem para que ele possa descobrir de onde veio.

Christopher me falou. Eu apertei ENCAMINHAR e enviei a mensagem de NikkiH para Felix, avisando-o para rastrear a mensagem original.

— Ah — falei, depois de encaminhar a mensagem. — Pode soltá-lo agora.

Christopher largou Justin, que cambaleou um pouco, massageando o pescoço.

— Cristo — disse ele. — Vocês estão malucos? O que foi isso?

— Não sei. — Gabriel parecia calmo. — Mas isso é por você ter mentido para aquela menina sobre a bebida.

E então ele bateu com o punho no estômago de Justin — bem forte, pelo visto, pois Justin se dobrou e caiu no chão, ofegante como um peixe-dourado que acabou de pular do aquário.

Steven, que estava ao lado de Lulu, olhou para Justin, e depois para Gabriel e Christopher. Depois olhou para Justin de novo. Então disse com um sorriso irônico:

— Sabe, eu tive dúvidas no início, mas essa festa está ficando realmente boa.

— Não entendi nada — disse Frida, parecendo chateada, enquanto olhava para Justin, que estava começando a se recuperar com a ajuda das modelos que vieram correndo para resgatá-lo. — O que está acontecendo? O que você precisava ver no celular de Justin Bay? O que Christopher está fazendo aqui?

— Eu devia perguntar isso para *você* — falei, olhando para ela bem séria. — E o que é isso que está usando? Onde conseguiu esse vestido? Se é que isso pode ser chamado de vestido.

— Vim para apoiar Lulu — disse Frida, fazendo beicinho. — Sabia o quanto essa festa significava para ela. Eu não queria decepcioná-la...

Lulu parecia emocionada.

— Ah — suspirou. — Ela não é um doce? Sério, Nikki, você não pode ficar brava com ela por causa disso.

— Ah, posso, sim — falei. — Eu disse que ela não estava convidada e você estava lá quando falei isso, lembra, Lulu? Não acho que tenha nada de doçura nisso.

— Acho que você está sendo um pouco severa — disse Gabriel. Para o meu total espanto, ele tirou a jaqueta extremamente cara, com a costura desgastada, igual à de Steven, e a colocou sobre os ombros nus de Frida, que tremia um pouco com a brisa que vinha da janela aberta à sua frente.

— Ela aprendeu a lição, não acha?

— Sim — disse Frida, segurando a gola da jaqueta, fechando-a e olhando para Gabriel com o que pareciam, literalmente, estrelas nos olhos. Mas então percebi que seus olhos refletiam as lâmpadas de halogênio que Lulu tinha mandado colocar especialmente para a festa. — Aprendi a minha lição.

Lulu me cutucou com o cotovelo, rindo, mas não via nada de engraçado naquilo. Minha irmãzinha sentia-se atraída por Gabriel Luna — havia meses — e isso não era apropriado. Ele era velho demais para ela e tudo o que ele fazia era encorajá-la a ter esse tipo de comportamento, dando socos em cretinos como Justin Bay.

Está bem, aquilo tinha sido ótimo. Mas isso não queria dizer que ele podia sair por aí emprestando o casaco para a minha irmã. Minha *irmãzinha*, que não devia nem estar lá, muito menos namorando, nessa idade.

— Deve ser o Felix — disse Christopher, pegando o celular no bolso da jaqueta de couro, que tinha acabado de tocar com a música da Batalha do Dragão. Quando olhou para a tela do celular, ele assentiu e atendeu. — Descobriu alguma coisa? — perguntou.

Christopher balançou a cabeça mais algumas vezes. E então olhou para mim. Seus olhos azuis me atravessaram como um raio laser. Eu podia senti-los no meu coração.

Mas não de um jeito bom.

Eu não podia ler seus pensamentos através do olhar, mas eu sentia cheiro de problema.

Christopher desligou e guardou o celular. Então, ainda me olhando daquele jeito, ele perguntou:

— Posso falar com você... a sós?

Mas, dessa vez, Steven se manteve firme.

— Não — interrompeu. Ele não disse com raiva. Estava até bastante calmo, na verdade.

Mas aquele "não" saiu poderoso como o "não" de um rei.

— Qualquer coisa que você tenha a dizer a ela e que tenha a ver com tudo isso, pode dizer na minha frente — disse Steven. — Eu sou o irmão dela, lembra?

Christopher olhou para ele. Não sei o que passou pela cabeça dele nesse momento (*Você não é o irmão dela de verdade*). O que todos nós sabíamos que era verdade (bem, talvez não o Gabriel). Inclusive Steven.

Mas, mesmo assim, nesses poucos segundos, isso parecia ser mais verdade do que se Steven fosse meu irmão verdadeiro, e Christopher não pareceu questionar isso.

— Certo — disse ele para Steven. — Bem, foi isso que Felix descobriu. Ele rastreou o e-mail, que pertence a um computador cujo endereço de IP é de Westchester.

Eu olhei para ele de boca aberta.

— Westchester? Mas fica a apenas uns 30 quilômetros daqui.

— Certo. E pertence a um médico. Seu nome é Jonathan Fong.

Lulu fez uma careta.

— Por que um médico iria mandar e-mails para Justin Bay fingindo ser Nikki Howard? Que tipo de pervertido doente ele é?

— Essa não é a pergunta certa — respondeu Christopher. — A pergunta certa é: para quem o Dr. Jonathan Fong trabalha?

Eu olhei para ele. Mesmo que a festa ainda estivesse a pleno vapor atrás de nós e o apartamento estivesse fervilhando de calor, com exceção dos poucos lugares onde as janelas estavam abertas, eu senti um frio repentino.

— *Não* — foi tudo o que eu disse.

VINTE E UM

O TRISTE DISSO TUDO FOI QUE, NO FINAL, NÓS CINCO — sem contar Cosabella — acabamos indo para Westchester. E um de nós estava inconsciente.

Não era legal nem justo usar Brandon Stark daquele jeito. Mas precisávamos da sua limusine. De que outro jeito chegaríamos à casa do Dr. Fong? Nenhum táxi nos levaria até um lugar tão longe, e o trem só voltaria a funcionar na manhã seguinte. Christopher disse que a sua tia Jackie provavelmente nos emprestaria a minivan, mas isso significava ir até o Brooklyn buscá-la primeiro, sem mencionar o fato de termos que explicar por que precisaríamos dela.

E Brandon estava lá, desmaiado no meu sofá, depois de beber um pouco demais.

Pelo menos o levamos conosco, mesmo que tenhamos dito para Tom, o motorista, para comprar um remédio de ressaca para Brandon numa farmácia e, quando ele levantou, Steven tenha sentado atrás do volante e fugido, levando todos nós.

A parte mais difícil de explicar — pelo menos para Gabriel — era o porquê de ele não poder ir. Ele não tinha ideia para onde estávamos indo (só sabia que era em Westchester) e nem por quê. Mas queria ir. Quando eu o agradeci por ajudar Frida e disse "bem, nós temos uma missão para cumprir agora. Acho que a gente se vê depois", ele respondeu "Ótimo. Eu ajudo vocês", e segurou as portas para Christopher e Steven colocarem um Brandon semi-inconsciente dentro do carro.

E como ele não ia embora, e nem Frida, eu o puxei pelo braço e sussurrei:

— Por favor, você faria um grande favor para mim e a levaria para casa? Ela é muito nova para estar na rua até essa hora e fico com medo de algo acontecer caso eu a mande para casa sozinha. Você viu o que rolou na festa... Faça com que ela chegue à casa dos pais sã e salva? Fica só a alguns quarteirões daqui.

Gabriel concordou, mas só quando eu disse que esperaríamos por ele. E, claro, quando Frida descobriu que pegaria um táxi sozinha com Gabriel Luna, ficou mais do que disposta a ir com ele. Ela sussurrou no meu ouvido quando nos despedimos com um abraço:

— Me desculpa por ter dito aquelas coisas horríveis para você naquele dia. Não foi minha intenção. Na verdade, você é uma irmã maravilhosa. E obrigada por isso. — Ela apontou para as orelhas, onde tinha colocado os brincos de diamante que eu havia lhe dado.

— Era para você ter esperado e aberto só na noite de Natal — falei, desanimada. — Agora você vai ficar aguardando ansiosamente pelo quê?

— Por você — disse ela, me deu um beijo de tchau, pegou o braço de Gabriel e desapareceu com ele pela Centre Street.

Mas claro que não tínhamos a intenção de esperar Gabriel. Steven arrancou com o carro e foi logo em direção à estrada, ansioso para chegar à casa do Dr. Fong o mais rápido possível. Não que ele, ou qualquer um de nós, tivesse alguma ideia do que esperar quando chegássemos lá, mas acho que eu era a única que ficava pensando em *adesivos de dinossauros*. Aqueles e-mails ainda não faziam sentido...

... nem aqueles adesivos de dinossauros que eu tinha dado para Christopher — pelo menos, não faziam sentido para ele, naquela época. Fora de contexto, eles eram totalmente aleatórios, como os e-mails que Justin estava recebendo, supostamente de mim.

As palavras de Christopher continuavam reverberando na minha cabeça: *"Ninguém pode simplesmente desaparecer para sempre... Elas acabam querendo encontrar com os seus amigos de antes... É a força do hábito. Todo mundo pisa na bola de vez em quando."*

Mas quem estava pisando na bola mandando aquelas mensagens? Talvez fosse apenas uma brincadeira de mau gosto (mas como uma criança qualquer conseguiria o celular de Justin Bay?). Talvez não fosse nada. Talvez tudo isso fosse só uma busca sem sentido.

Ou talvez não.

Assim que saímos de Manhattan e chegamos a Westchester, Steven queria usar o GPS da limusine para acharmos o endereço que estávamos procurando, mas Christopher não ia deixar.

— Você está de sacanagem? — disse ele. — A Stark vai apontar cada satélite em nossa direção. A polícia vai nos parar em cinco segundos.

Lulu parecia empolgada ouvindo tudo aquilo.

— A gente realmente vai fazer alguma coisa que é *contra a lei*? — quis saber ela.

Christopher olhou para ela cheio de sarcasmo.

— A gente só roubou uma limusine — disse ele.

— Bem — interrompi. — Tecnicamente apenas a pegamos emprestada. — Olhei para Brandon adormecido, esticado no assento lateral, cochilando como um anjo de smoking. Ele estava usando um gorro vermelho de Papai Noel. — O dono está aqui, certo?

— Achei — disse Christopher, encontrando um mapa no seu iPhone e mostrando para Steven. — Mais uns 30 quilômetros à frente, nessa mesma estrada.

— Obrigado — falou Steven do assento do motorista. A estrada, sinuosa e com enormes mansões uma atrás da outra, estava praticamente deserta a essa hora da noite. A neve começou a cair em pequenos flocos fofos. Não nevava o suficiente para atolar o carro, mas o suficiente para ser lindo. Eu estava muito feliz por ter trocado minhas sandálias de salto alto por um par de botas Marc Jacobs.

Steven tinha ligado o aquecimento da limusine, mas mesmo assim minha jaqueta de couro não parecia ser suficiente para me esquentar quando saíssemos do carro, talvez porque eu ainda estivesse usando o vestido da festa. Pelo menos Cosabella ainda estava ali para aquecer as minhas coxas.

— Ainda não entendi para onde estamos indo — disse Lulu, do banco ao lado de Steven. Ela estava usando o quepe de motorista de Tom, que tinha sido esquecido no carro. Lulu ficou com um visual bem arrojado, que combinava com seu cabelo loiro curtinho, que ela sempre usava com algum acessório... mas que não foi o caso esta noite. — Mas aí é que está a aventura disso tudo! É como se fosse uma gincana! Não é fantástico, Nikki? Ela sempre sabe a melhor maneira de deixar uma festa mais divertida!

Eu não conseguiria dizer se Lulu estava apenas tentando fazer com que se sentisse melhor ou se ela realmente não tinha entendido que havia algo sério acontecendo. Parecia ainda estar nas nuvens por ter descoberto que ela e Steven eram compatíveis, segundo o seu astrólogo.

E então Christopher disse:

— Deve ser na próxima curva.

Steven dobrou numa longa entrada com muros dos dois lados, feitos de pequenas pedras redondas empilhadas uma sobre a outra, com um quintal inclinado e belas árvores quase nuas nessa época do ano. O céu estava começando a ficar num tom avermelhado mais para o leste, e como as nuvens carregadas de neve estavam em baixa altitude, as luzes da cidade refletiam nelas, então não foi difícil enxergar a casa, mesmo tarde da noite. Era uma casa colonial com tijolos vermelhos e um estilo antigo, venezianas pretas e uma vela falsa em cada janela.

Eu me lembro de ter lido em algum lugar que as mulheres colocavam essas velas nas janelas durante a guerra, para guiar seus amados de volta para casa. Pelo visto, agora as pessoas estavam fazendo isso durante as férias também. Quem o Dr. Fong queria guiar em direção a sua casa?, fiquei pensando.

277

Steven percorreu todo o caminho até ele dar a volta em frente à entrada da casa. Então parou o carro e desligou o motor.

— Bem — disse Lulu, se virando no banco da frente para nos olhar com o chapéu do motorista vistosamente torto. — E agora?

Olhei para a casa através das janelas escurecidas da limusine. Não era uma mansão gigante e intimidadora como algumas pelas quais havíamos passado. Mas não era pequena também. Parecia quase ousadamente normal — o tipo da casa pela qual você passa e nunca pensa a respeito, nunca se pergunta quem poderia morar lá, nunca pensa consigo mesmo *Nossa, esse é o tipo de casa que eu gostaria de ter um dia.* Ela apenas... está lá.

Estava silencioso no carro, a não ser pelo ronco suave de Brandon.

Carreguei Cosabella, que ainda continuava desmaiada no meu colo, e pulei as pernas de Christopher para chegar à porta do carro.

— O que... — falou Christopher, preocupado. — Espere por mim.

— E por mim — disse Steven, saindo também.

— Eu também — disse Lulu.

Logo eu liderava uma pequena tropa até a frente da porta do Dr. Fong, incluindo todo mundo que estava dentro da limusine, com exceção de Brandon, que não tinha nem se mexido. Estava incrivelmente frio do lado de fora. Tão frio que parecia que minhas narinas congelariam se eu respirasse profundamente. O ar tinha um cheiro agradável de lenha queimada. A vizinhança do Dr. Fong estava silenciosa, totalmente calma, com exceção do som dos nossos passos enquanto andávamos pelo caminho congelado até a porta da frente.

Quando chegamos, levantei a pesada aldrava de metal e a deixei balançar duas ou três vezes. O barulho que fez soou tão alto no silêncio da madrugada que fiquei com medo de acordar algum vizinho.

Depois de um minuto em que nada aconteceu, Lulu disse:

— N-Não tem ninguém em casa. — Seus dentes batiam por causa do frio. — Vamos v-voltar para o carro. Pelo menos l-lá está quente.

Eu a ignorei, levantei a aldrava e a larguei novamente.

Nesse momento, uma luz se acendeu sobre nós. Ouvi passos dentro da casa, e então a porta se abriu e revelou um homem de meia-idade vestindo um roupão, que nos olhava sonolento. Quando ele viu meu rosto, seus olhos se arregalaram.

— Oi — falei.

O Dr. Fong começou a balançar a cabeça.

— Não — disse ele. E foi tudo. Apenas uma única palavra. Mas foi carregada de medo.

E ele começou a fechar a porta.

Mas Steven era rápido demais para ele. Colocou o pé entre a porta e o batente impedindo o Dr. Fong de fechá-la.

Aí disse:

— Nós viemos de tão longe. Só queremos entrar e conversar um pouco com você.

— Não — disse o Dr. Fong novamente. Ele ainda parecia muito assustado. — Acho que devem ter confundido a casa. Eu não conheço vocês...

— Hum — disse Christopher, se colocando atrás de Steven. — Na verdade, acho que você conhece Nikki Howard muito bem. Ou devo dizer Em Watts? Ou você não foi um dos cirurgiões que fez o transplante de cérebro no Instituto de Neurologia e Neurocirurgia da Stark há alguns meses? Eu li o relatório médico e sei de tudo. Então, a não ser que queira que eu entregue esse relatório à imprensa, sugiro que nos deixe entrar.

Era como se alguém tivesse colocado uma faca no pescoço do Dr. Fong — o que, de certa forma, era o que estávamos fazendo. Ele pensou por um minuto, e então finalmente deu um passo para trás e nos deixou entrar. Passamos pelo hall de entrada, decorado no estilo New England chique, com madeiras escuras e retratos de cães caçadores. Cosabella farejou o lugar educadamente, mas com curiosidade.

— Vocês sabem que isso não é um jogo — disse o Dr. Fong com raiva quando estávamos todos do lado de dentro e ele fechou a porta. — Eles vão matá-los se descobrirem que estão aqui. Já mataram antes. Como vocês acham que me meti nessa confusão?

Ouvir essas palavras de um médico com uma aparência serena, vestindo um roupão de lã vermelho, na calmaria e escuridão do seu hall em estilo antigo, me arrepiou de um jeito que o frio lá fora nunca conseguiria.

Se eu tinha ficado arrepiada, o efeito tinha sido muito pior em Lulu, que não tinha a menor ideia de onde estava se metendo ao entrar na limusine de Brandon na Centre Street, em Manhattan. Ela ficou em silêncio, muito assustada. Ouvir que poderiam matá-la definitivamente acabava com qualquer ânimo para festa. Disso não há dúvida.

— Por que não nos sentamos para que você possa falar mais sobre isso? — sugeriu Steven, com a mesma voz calma que ele tinha usado antes. Pelo visto, ele estava acostumado a lidar com cirurgiões histéricos.

O Dr. Fong fez o que Steven pediu, mas era óbvio que estava fazendo isso por estar encurralado e não por vontade própria. Ele caminhou arrastando os chinelos até a sala de estar, uma sala retangular também decorada com raridades no estilo New England, onde parecia que um fogo tinha sido aceso mais cedo. O fogo já tinha se apagado, mas o cheiro agradável de lenha queimada permanecia no ar. Ele acendeu uma única lâmpada numa mesa perto da janela, somente depois de fechar todas as cortinas da sala, olhando por cada uma de um jeito paranoico para se certificar de que não havia outros carros lá fora além do nosso.

— Vocês têm certeza de que não foram seguidos?

Christopher e eu trocamos olhares. Eu realmente tinha prestado atenção nisso. Estava tão paranoica quanto parecia.

— Tenho certeza — falei. — E não, não fomos seguidos.

— Vocês não podiam ter escolhido um carro mais discreto? — perguntou o Dr. Fong. — Acham que as pessoas não vão notar que tem uma limusine aqui?

— Não tivemos escolha — falei, confusa.

O Dr. Fong olhou ao redor: para Lulu, ainda usando o chapéu do motorista e o seu vestido de festa com a saia rodada, sentada na beirada da cadeira Chippendale; para Steven, que permanecia em pé, tenso e atento à porta da frente, como se esperasse que a Stark invadisse a propriedade a qualquer momento; para Christopher e para mim ao lado da lareira apagada e Cosabella deitada aos nossos pés, olhando para ele, que parecia completamente confuso de pijama e roupão, os pelos negros aparecendo um pouco no meio. Estava claro, pela sua expressão, que o Dr. Fong não se mostrava muito impressionado com o que estava vendo.

— Existe uma Sra. Fong? — perguntei, pois esse pensamento tinha acabado de me ocorrer.

O Dr. Fong respondeu, irônico:

— Não. Minha mãe não mora comigo.

Eu queria saber se ele tinha uma esposa, mas acho que o Dr. Fong acabou respondendo a minha pergunta de qualquer jeito.

— Por que — começou Christopher, indo direto ao ponto — um ex-namorado da Nikki Howard está recebendo e-mails de um computador dessa casa?

O Dr. Fong de repente enterrou o rosto nas mãos. Então se virou e andou até um pequeno armário, o abriu, tirou uma garrafa de uísque e, com as mãos trêmulas, encheu um copo.

Em seguida, engoliu todo o líquido do copo em um só gole. E se serviu de mais uma dose.

Levou o uísque até o sofá, no qual se sentou perto de Cosabella, que se permitiu ficar no lugar mais confortável da casa. Quando ele se virou para nos olhar, fiquei chocada ao ver que havia ficado branco como as velas do barco do quadro pendurado na parede acima da sua cabeça.

— Quem mais sabe sobre isso? — perguntou ele.

— Ninguém — falei, olhando para Steven. — Quer dizer, a não ser todo mundo nessa sala. E a pessoa que rastreou o e-mail e descobriu que vinha daqui.

282

— Essa pessoa vai contar para alguém? — perguntou o Dr. Fong, levando o copo à boca com dedos trêmulos.

— Não — falei. Atravessei a sala e me sentei numa poltrona em frente ao sofá onde estava o Dr. Fong. — Dr. Fong, o que está acontecendo?

O Dr. Fong não disse nada por um momento. Só ficou olhando para o líquido cor de âmbar no fundo do copo. Quando finalmente falou, foi para perguntar:

— Você sabe o que é o juramento hipocrático?

Lulu estava pálida. Steven ainda parecia desejar que alguém entrasse pela porta para que ele pudesse dar um golpe de caratê, ou algo parecido.

Christopher finalmente disse:

— Sim. É o juramento que todos os médicos têm que fazer antes que possam praticar a medicina.

— O primeiro é não causar dano ou mal a ninguém — falei.

— Isso mesmo — disse o Dr. Fong. — É disso que tentamos nos convencer no instituto da Stark. Que não estamos fazendo mal a ninguém. Nós transplantamos cérebros de corpos horrivelmente deformados, que não sobreviveriam caso não fossem removidos para corpos saudáveis de doadores que tenham tido morte cerebral, assim nossos pacientes têm uma segunda chance de viver. Foi isso o que aconteceu com você. — Ele me olhou. — Eu trabalho no instituto da Stark há dez anos e nunca tinha questionado nem por um minuto a moralidade do que fazíamos lá. Até o dia do seu acidente.

Seu olhar movimentou-se pela sala, ele olhou para Christopher, depois para Steven e, então, para mim.

283

— O que aconteceu naquele dia? — perguntei, com a voz rouca. Soltei um pigarro para limpar a garganta.

— Eu estava apenas auxiliando — disse o Dr. Fong com o olhar distante. — O Dr. Holcombe estava no comando do seu caso. Nikki Howard era muito importante para ficar nas mãos de outra pessoa além dele. Normalmente, eu cuido da ala de ensino do instituto...

— Ala de ensino? — interrompi.

— Sim, claro — disse o Dr. Fong. — A demanda por transplantes é tão alta que temos lista de espera. Mas isso pode levar anos e alguns pacientes não podem ou não querem esperar. Então, mediante o pagamento de uma taxa, cirurgiões do mundo inteiro podem vir ao nosso instituto e nós os treinamos para que eles mesmos realizem as cirurgias. Nós permitimos que eles pratiquem nos doadores de corpos.

— Doadores de *corpos*? — Eu estava horrorizada. Christopher me lançou um olhar irritado por eu estar interrompendo novamente, mas não conseguia me controlar. *Doadores de corpos*?

— Ah, existem muitos — explicou o Dr. Fong. — Todo tipo de indivíduo que teve morte cerebral legalmente declarada e que doou seu corpo para a ciência. Infelizmente, o que não falta são indivíduos em estado vegetativo graças a acidentes e muitas vezes também por causa de overdoses de álcool e drogas. O que não temos, claro, são *cérebros* em boas condições para colocar dentro deles, e é isso o que pacientes como você nos fornece...

Eu levantei uma das mãos, me sentindo muito enjoada para continuar ouvindo.

— Esqueça — falei. — Pode continuar..

— Bem — disse o Dr. Fong. — Como eu estava dizendo, obviamente o Dr. Holcombe e a Dra. Higgins eram os principais cirurgiões do seu caso. Mas tinha alguma coisa... estranha na sua cirurgia. O Dr. Holcombe havia explicado que Nikki Howard tinha um histórico familiar de deficiências genéticas no cérebro e que isso a tinha matado.

Eu vi que Lulu parecia mais confusa do que nunca. Quando mais ninguém reagiu quando Dr. Fong mencionou o fato de que eu estava morta, apesar de estar ali, claramente viva, ela não disse nada.

— Depois que ele suturou a cirurgia, fiz uma coisa que eu nunca fazia em circunstâncias normais — continuou o Dr. Fong. — Fui examinar o corpo exumado. Eu sempre me interessei por anomalias no cérebro e queria ver qual era o problema de Nikki Howard.

Ouvi uma porta se abrir e fechar em algum lugar no andar de cima, e depois alguns sons de passos. Alguém estava andando sobre nós. Mas o Dr. Fong parecia não ter notado.

— Mas Nikki Howard não tinha nenhuma anomalia no cérebro. O cérebro dela estava em perfeito estado. Não tinha nenhum problema. Onde estava o aneurisma sobre o qual o Dr. Holcombe havia comentado? A razão da sua morte e da urgência do transplante? Não tinha acontecido. Ela estava completamente saudável.

Eu olhei para Christopher. Ele tinha dito que não existiam acidentes. *Alguém sabe o que realmente aconteceu com a Nikki aquele dia?*, ele tinha perguntado. *Ela caiu e nunca mais se levantou. A Stark diz que foi um aneurisma... mas como podemos saber?*

E agora tínhamos a nossa resposta. Não tinha sido um acidente. Ele olhou de volta para mim, presunçosamente satisfeito por estar certo desde o início.

— Mas então... o que fizeram com ela? — perguntei para ele. — Para que Nikki desmaiasse daquele jeito?

— Talvez nunca saibamos — disse o Dr. Fong. — Depois que a cirurgia acabou, não me permitiram mais chegar perto do corpo... do corpo de Nikki. Fui encarregado somente de cuidar dos restos.

Lulu respirou fundo, horrorizada.

— Do cérebro... da Nikki?

Ele lançou-lhe um olhar apreciativo, como se de repente ela se mostrasse muito mais inteligente do que ele tinha acreditado.

— Isso — disse ele. — Eu estava encarregado de eliminá-lo.

— Mas — disse Steven — você fez um juramento.

— De não causar mal a ninguém — sussurrei.

— Por quê? — perguntou Steven. Ele estava tão horrorizado quanto Lulu. — Por que alguém removeria o cérebro saudável do corpo de uma garota?

— Acho que posso lhe explicar por quê — disse Christopher.

Mas, nesse momento, ouvimos barulhos de passos vindos da escada. Um som familiar que fez Cosabella levantar as orelhas, em alerta.

Quando dei por mim, Cosy tinha começado a latir. E os seus latidos tiveram latidos como resposta de dois poodles toy exatamente iguais a ela, só que um preto e o outro, marrom, que invadiram a sala. Eles correram em direção à Cosy, que desceu do sofá e foi em direção a eles, com seu rabo sacudindo de um lado para o outro com entusiasmo como se estivesse cumprimentando dois velhos amigos.

— Harry! Winston! — Uma mulher mais velha usando um roupão atoalhado entrou apressada na sala atrás dos cachorros, batendo palmas. — Sentados! Sentados!

Mesmo com o cabelo todo bagunçado de quem estava dormindo e sem maquiagem nenhuma, eu a reconheci. Antes que Steven saísse da sua atual posição perto da porta e gritasse surpreso: "Mãe!" eu sabia quem ela era.

Dee Dee Howard. A mãe de Nikki Howard estava morando na casa do Dr. Fong.

A verdade era que eu meio que já desconfiava disso. Desde que juntei as peças e entendi o que aqueles e-mails dos quais Verônica tinha falado a respeito realmente queriam dizer. Por que outro motivo ela teria largado a pet shop e todo o resto se não fosse para estar com alguma coisa — ou alguém — que ela amava bilhões de vezes mais?

— Steven! — gritou ela ao vê-lo. Ela foi até ele com alegria. Ele era tão mais alto do que ela que teve que se abaixar para que ela pudesse abraçá-lo. A expressão em seu rosto era de quem não acreditava no que estava acontecendo.

— Eu não sabia que você estava aqui!

Ele continuava confuso.

— Mãe — disse ele enquanto a abraçava. — Eu procurei muito por você. Todo mundo ficou preocupado. Leanne, Mary Beth. Você não viu as reportagens na televisão? Nós achávamos que você estava morta.

— Ah — disse a Sra. Howard. — Me desculpe, querido. Sim, nós vimos as reportagens. Mas achamos que era a Stark

287

tentando armar uma armadilha para cima de mim. Eu nunca achei que realmente pudesse ser você. — Ela olhou para mim. E ficou imóvel. — Ai, ai, meu Deus. — Seus olhos se encheram de lágrimas. Seu olhar na minha direção era uma mistura de terror e fascinação. — Eu... Eu não sei o que dizer. Você... você é igualzinha...

Ela não conseguiu continuar, e nem precisava. Eu sabia com quem era parecida.

Mas eu sabia que não era somente parecida com essa pessoa. Eu *era* essa pessoa. Quero dizer, em parte.

Christopher veio até a mim e colocou a mão no meu ombro. Era um gesto de apoio e eu não poderia estar mais agradecida por isso.

— Isso deve ser muito difícil para você — disse Christopher gentilmente para a Sra. Howard.

— E é... — A mãe de Steven assentiu com a cabeça. Seu sotaque sulista era bem mais forte que o do filho, mas era agradável, assim como sua aparência, embora um pouco sem brilho. — Me desculpe. Não queria ser grossa. É que você é muito parecida com ela.

Porque eu *sou* ela, quis dizer. Ou pelo menos, estou habitando o seu corpo.

— Tudo bem — falei em vez disso. Cosabella ainda estava tendo uma reunião feliz com seus primos. Ou irmãos, sei lá. Harry e Winston brincavam no tapete do Dr. Fong. Eu decidi mudar de assunto. — Então você estava aqui o tempo todo?

— Ah, sim — falou a Sra. Howard. Ela tinha levado a mão em direção à de Steven e estava segurando seu braço alegremente. — O Dr. Fong me chamou e me explicou a situação. Ele me disse como era importante que eu não deixasse nenhuma pista que a Stark pudesse rastrear. Eu vim assim que pude. Me desculpe por ter deixado você preocupado, querido — disse para Steven. — Mas eu nem ousei falar com a Leanne, afinal você sabe como ela é fofoqueira. E a Mary Beth é pior ainda. Mas você está aqui agora e isso é tudo o que importa. Ah! Eu tenho tantas coisas para contar! Como você está? Fico tão feliz por tê-lo em casa!

Steven parecia querer rir e chorar ao mesmo tempo. Eu conhecia esse sentimento. De estar em casa. Apesar de o mais longe possível da sua verdadeira casa.

Mas agora em seus braços. Isso era estar em casa de verdade.

Ouvi um barulho da cadeira onde Lulu estava sentada. Quando olhei para ela, vi que estava agitada enrolando um de seus cachos loiros. Quando percebeu que quase todo mundo na sala estava olhando para ela, deu um pulo e disse, nervosa:

— Me desculpem! Eu simplesmente... — Ela parecia abatida e confusa na luz escura da sala de estar do Dr. Fong. — Eu não entendi. O que nós estamos fazendo aqui?

— Nós viemos até aqui para encontrá-la — falei, apontando a cabeça na direção da Sra. Howard. — Mas o que nós queremos saber é por que ela está aqui. Certo, doutor?

O Dr. Fong suspirou. Ele não queria falar sobre isso. Ele realmente não queria falar sobre isso.

— Eu precisava da ajuda dela. Fiz um juramento — disse ele, cansado. — Eles disseram para eu jogar o cérebro da Nikki fora. Mas fazer isso quando não havia nada de errado com ele... seria assassinato. Eu devia muito para a Stark Enterprises, mas não faria parte do assassinato de uma mulher inocente.

— Então, se você não se livrou do cérebro da Nikki — disse Steven, confuso —, o que você fez com ele?

Como se estivesse aproveitando a deixa, uma porta dentro da casa se abriu e uma mulher jovem que eu nunca tinha visto antes, com peso e altura medianos e um cabelo ruivo que não era nem liso nem enrolado, veio em direção à sala, piscando como se tivesse acabado de acordar, mesmo que a luz não estivesse muito forte.

— Deus — reclamou ela. — Será que vocês não poderiam fazer menos barulho? Tem gente que não precisa acordar cedo assim e ainda está tentando dormir, sabe?

Então ela percebeu que tinha mais gente na sala além do Dr. Fong e da Sra. Howard, e seus olhos se arregalaram um pouco.

Mas foi somente quando ela olhou para mim que reagiu de verdade. Seu rosto levemente arredondado ficou completamente vermelho e seus olhos verdes se estreitaram.

Em um segundo, ela levantou a mão e a levou até o meu rosto com o máximo de força que conseguia.

É isso aí. Ela me deu um tapa.

— Sua vaca — disse Nikki Howard.

VINTE E DOIS

A Sra. Howard e Steven correram para separar nós duas antes que a coisa ficasse realmente bem feia. Quero dizer, Nikki tentou acabar comigo, ou melhor, com seu antigo corpo. Ela começou a me bater, me beliscar e puxar meu cabelo. O Dr. Fong gritou para eu não revidar, depois que tentei fazer isso em completa legítima defesa, porque a recuperação dela não tinha sido tão rápida quanto a minha. Nikki não tinha tido a tecnologia incrível do Instituto de Neurologia e Neurocirurgia da Stark para ajudá-la na reabilitação como eu, somente os cuidados da mãe e a ajuda do Dr. Fong quando ele chegava do trabalho. Aparentemente, Nikki ainda não estava cem por cento.

— Mas ela já está bem o suficiente para mandar e-mails para o ex-namorado — falei, irritada. Desculpe, mas aquele tapa doeu mesmo. E os beliscões também não foram nada agradáveis.

A Sra. Howard lançou um olhar acusador para Nikki. Ela tinha ficado bem chateada quando Nikki me bateu e depois me atacou e gritou:

— Nicolette Elizabeth Howard! Pare de bater na moça agora mesmo, entendeu? — Era a primeira vez que alguém me chamava pelo meu nome todo.

Só que o grito não tinha sido dirigido a mim.

— Olha para ela, mãe! — gritou Nikki de volta, enquanto a Sra. Howard arrastava a filha para longe de mim. — Olha para ela! Esse vestido é *meu*! E minhas botas Marc Jacobs novas. E olha como ela maquiou os meus olhos. Está horrível!

A Sra. Howard não estava disposta a aturar nenhuma das besteiras da filha, apesar do seu estado de saúde delicado.

— Nikki, peça desculpas — ela disse. — Você sabe que isso não é maneira de se comportar. Principalmente na casa de outra pessoa.

Nikki, com um jeito agressivo, projetou para a frente seu lábio inferior e falou com desdém:

— Desculpa.

E, aparentemente, isso seria tudo o que eu ouviria pelo meu pescoço dolorido.

Mas a Sra. Howard veio até a mim, colocou um braço sobre os meus ombros e disse:

— Me desculpe, querida. — "Querida". Era o mesmo que ela dizia para Steven. Seu abraço era suave e reconfortante. Quando ela me olhou, vi que não tinha nenhuma vacilação no olhar, diferente do que eu via no da minha própria mãe. O olhar da Sra. Howard era forte, firme e cheio de compaixão. — Tem sido muito difícil para ela. Mas eu queria te agradecer. Obrigada... por me trazer o meu filho.

Então, ela me beijou na bochecha em que Nikki tinha batido. E, embora eu soubesse que era apenas uma reação do corpo da Nikki, me senti reconfortada de um jeito que eu não sentia com a minha mãe havia tempos.

Isso era estranho, eu sei.

A mãe de Nikki se virou, olhou indignada para a filha e exclamou:

— O que você pensa que está fazendo enviando e-mails para as pessoas? Eu falei para você. Você pode entrar na internet, mas não pode mandar e-mails!

Sentada no sofá em que Steven a havia colocado, franzindo as sobrancelhas, Nikki fez cara feia:

— O que mais eu deveria fazer o dia todo? Não aguentava mais assistir a tantos episódios de *The Hills*. Estou tão entediada.

— Claro que está, querida — disse Lulu, indo se sentar no sofá ao lado dela e acariciando seu braço. Ela estava tentando acalmar sua antiga amiga, não que estivesse funcionando. Nikki parecia tão animada ao ver Lulu quanto ao me ver.

— Não acredito que estão mantendo você presa aqui. Mas tenho certeza de que vão deixar você sair logo.

— Para fazer o quê? — perguntou Nikki grosseiramente. — Trabalhar na Gap? Olhe para mim. Eu sou feia e meu cabelo é ridículo. Aliás, o que você está usando? Você tá esquisita.

Lulu tocou no quepe de motorista.

— Eu acho bonitinho — disse ela de maneira defensiva.

— Eu também achei *você* bonitinha. O cabelo ruivo ficou bem em seu *novo* rosto. E tem várias coisas que você pode fazer. Esse homem a salvou da morte. Não está feliz de não estar morta?

— Não — disse Nikki. Ela voltou sua atenção para Cosabella. — Cosy! — Estalou os dedos para a cadelinha que ainda estava brincando com os outros. — Cosy! — Ela se encostou de volta no sofá, frustrada. — Deus! Isso é um saco. Até meu próprio cachorro gosta mais dessa daí. — Ela me olhou com desdém. Aparentemente eu era "essa daí".

— Querida, eu já disse. Nós vamos adotar um outro cachorrinho — disse a Sra. Howard, parecendo cansada. E não era só porque o dia estava quase raiando. Parecia que ela já tinha tido essa conversa inúmeras vezes antes. — O mais importante é que a gente não deixe que a Stark descubra que ainda está viva. Você tem que parar de mandar e-mails para as pessoas. O Dr. Fong enfrentou muita coisa por sua causa.

— Sim — falei. Desviei meu olhar da Nikki para o Dr. Fong. — Por que eu não o vi quando estava na enfermaria do instituto me recuperando?

O Dr. Fong parecia ainda mais cansado que a Sra. Howard.

— Para salvar a vida da Nikki — ele explicou —, fui obrigado a usar de subterfúgios. Enquanto estavam fazendo a sua cirurgia, usei o cérebro da Nikki numa das nossas cirurgias demonstrativas para alguns cirurgiões estrangeiros, com a assistência de alguns dos meus colegas. Eles não sabiam, obviamente, de onde vinha o cérebro saudável que estávamos usando. O doador de corpo que usamos, esse que é da Nikki agora, era uma jovem que tinha entrado em estado vegetativo devido a um acidente de carro provocado por uma motorista bêbada, no caso, a própria doadora em questão. Infelizmente.

Nikki revirou os olhos.

— Certo — disse ela quando eu a olhei. — Você ficou com o corpo de uma supermodelo e eu fiquei com o de uma motorista bêbada.

— Pelo menos você está viva, Nikki — disse seu irmão.

Nikki fez uma careta.

— Fica fora disso, Steven.

— Uma vez que a cirurgia foi realizada com sucesso — continuou o Dr. Fong — para que a Nikki não fizesse nenhuma pergunta suspeita quando acordasse, foi necessário que a transferíssemos imediatamente do instituto, enquanto ela ainda estava em coma. Eu falsifiquei os documentos que atestavam que ela deveria ser transportada para outro hospital perto do instituto, mas na verdade fiz com que ela fosse transportada para cá e subornei os assistentes da ambulância para não dizerem nada a ninguém. A mãe dela fez o papel de enfermeira.

— Mas eu não entendo por que a Stark tentou matá-la — disse Christopher.

— Pois é — disse Nikki, olhando para Christopher de forma crítica. Ela com certeza gostou do que viu, pois jogou um pouco do cabelo vermelho para trás, fazendo charme. Bem, que garota não gostaria de Christopher? Principalmente uma que estivesse presa em casa por tanto tempo quanto ela.

Mas, se ela tentasse alguma coisa com ele, eu seria obrigada a quebrar seu nariz. — Porque a Stark iria querer me matar depois de tudo o que fiz por eles? Quer dizer, só porque eu os ouvi falando sobre aquele jogo idiota?

O interesse de Christopher aumentou.

— Que jogo?

— Aquele jogo de computador — disse Nikki. — O novo. Travelquest ou algo assim.

— *JourneyQuest* — a corrigi. — Você está falando da nova versão, o *Realms*?

— Isso — disse Nikki. Ela trocou aquele olhar de flerte por um de mistério. — Assim, eu *talvez* tenha ouvido alguma coisa sobre isso... Algo que Robert Stark não queria que ninguém soubesse. Pelo menos, foi isso o que ele disse quando comentei a respeito.

Eu e Christopher trocamos olhares. Ops.

Até Lulu percebeu que saber disso não era bom. Ela tirou a mão do braço da Nikki.

— Nikki — disse ela, com um suspiro. — Você *comentou* com o Sr. Stark que você sabia desse segredo?

— Claro — disse Nikki, dando de ombros. — Eu queria saber quanto custaria me manter calada a respeito desse assunto. E acabou que custou um bocado — ela riu, se deliciando com a lembrança. Então quando sua expressão se entristeceu olhou para mim. — Tirando que é você que está aproveitando o dinheiro agora, não é? Com o que você tem gastado? Tomara que seja em algo bom.

— Que dinheiro? — perguntei, verdadeiramente confusa. — Eu não sei do que você está falando...

Mas eu estava com um mau pressentimento sobre isso... pelo que eu podia ver, todos os outros também, se as expressões preocupadas diziam alguma coisa.

— O *dinheiro*! — continuou Nikki. — Que a Stark prometeu pagar para manter a minha boca fechada sobre o Stark Quark! Eu nunca cheguei a ver um centavo dele. O acidente foi logo depois.

O Dr. Fong, que claramente não tinha ouvido nada a respeito disso antes, afundou a cabeça nas mãos e gemeu.

Eu olhei para Christopher, que disse, com um sorriso sagaz:

— Eu disse. Não existem acidentes.

Eu engoli em seco. Ele *tinha* dito isso, mas não precisava ficar tão convencido. Estávamos falando da vida de uma garota. Uma garota que costumava andar por aí no corpo que eu estava habitando no momento... uma garota cuja cachorrinha não a reconhecia mais.

Isso era tão triste. Eu queria chorar só de olhar para ela, sentada lá no sofá, tão orgulhosa de si mesma por uma coisa que tinha, no final das contas, arruinado a sua vida.

Não, *acabado* com a sua vida.

— Ai, Nikki — disse a Sra. Howard com um gemido, cobrindo a boca com as duas mãos.

Mas seu filho tinha muito mais a dizer sobre isso do que apenas o nome da irmã.

— Passou pela sua cabeça, Nikki — perguntou Steven rispidamente —, que a Stark talvez tentasse matar você em vez de pagar? O que você fez foi chantagem!

Nikki revirou os olhos.

— Ai, Steven, você é sempre tão dramático. Era só um videogame idiota.

— Essa é uma linha de software que custa bilhões de dólares — corrigiu Christopher. — E mesmo que você fosse o rosto da Stark, era substituível. — Ele apontou com a cabeça para mim. — Viu? Eles substituíram você... por ela.

Nikki me encarou. Quando me viu, seu lábio de baixo começou a tremer, só um pouquinho. A ficha estava finalmente caindo. Finalmente.

— Eles escolheram o software em vez de você — continuou Christopher duramente. Ele estava sendo tão mau que eu queria gritar para parar. Simplesmente parar. Era muita coisa. Eu estava tão cansada. Queria me arrastar para a cama, dormir e que tudo isso acabasse. Mas era impossível, claro. — Ou, pelo menos, tentaram. Mas o Dr. Fong salvou a sua vida.

Pela primeira vez, Nikki parecia assustada. Ela me olhou e depois olhou para Christopher. E, finalmente, olhou para Lulu.

— Vocês me encontraram — disse ela. — Por causa de um e-mail? Um e-mail que enviei para Justin?

— Sim, querida — disse Lulu gentilmente, pegando sua mão. — Sua mãe está certa. Você precisa ser mais cuidadosa.

— Sim — disse Christopher. — E nós precisamos saber se... você mandou mais algum e-mail para mais alguém? Porque, caso você não tenha entendido, sua localização pode ser rastreada desse jeito.

Nikki mordeu o lábio inferior.

— Só um ou outro — disse ela, com a voz baixinha. Ela parecia realmente assustada agora. — Mas não era ninguém que importasse.

— Quem, Nikki? — perguntou a Sra. Howard. Ela parecia tão assustada quanto a filha. — Só nos diga quem.

— Só para... para... Brandon Stark — disse Nikki.

Meu coração apertou. Óbvio. Era óbvio que Nikki tinha mandado um e-mail para Brandon. Eles eram namorados antes do acidente. Por que, meu Deus, por que nós tínhamos trazido Brandon com a gente? Pareceu tão inocente na hora. Ele estava desmaiado. Na verdade, Brandon quase sempre desmaiava.

A não ser quando ele acordava e vagava por aí, implorando para que eu voltasse para ele.

Quando eu me lembrei disso, meu coração, que estava apertado, acelerou de repente. Não me admira que Brandon tivesse ideias tão confusas a meu respeito. Ele estava recebendo e-mails de alguém chamado NikkiH lhe dizendo o quanto sentia saudades. E depois ele me via, em carne e osso... e não ajudava muito o fato de às vezes eu flertar com ele, um pouquinho...

Tudo bem, muito.

Ótimo. E ele estava lá fora, na limusine. A última coisa da qual precisávamos era que Brandon entrasse aqui e soubesse que Nikki Howard — a *verdadeira* Nikki Howard, aquela a qual seu pai pensa que matou — ainda está viva.

— Vou ver se ele está bem — falei com uma voz embargada, pois eu não era a única que estava nervosa porque tínhamos levado o filho do homem responsável por toda aquela confusão até lá.

Levantei da cadeira onde eu estava sentada, me apressei para sair da sala e cheguei ao hall. Eu estava quase alcançando a maçaneta da porta da frente quando alguém forte envolveu meu pescoço e, de repente, eu me vi imprensada contra a parede e sem ar com o impacto.

E bem na minha frente estava Brandon Stark, com a luz das cinco horas da manhã destacando nitidamente seu queixo. Com o braço direito, ele me empurrou pelo pescoço contra um dos porta-retratos do Dr. Fong.

— Não diga uma palavra — sussurrou Brandon. — Porque se você gritar ou fizer algum barulho, juro que conto para o meu pai exatamente onde ele pode encontrar a verdadeira Nikki.

VINTE E TRÊS

FIQUEI COM A BOCA FECHADA. A VERDADE ERA QUE eu estava prestes a soltar um grito de estourar os tímpanos. Mas o aviso de Brandon me fez pensar duas vezes antes de fazer isso. E também o fato de ele estar apertando tão forte o meu pescoço que eu não conseguiria emitir nenhum som, mesmo se tentasse. Além do mais, eu não tinha certeza se ele queria manter um diálogo.

— Então — continuou ele —, transplante de cérebro? Foi isso o que aconteceu com você? E não essa história de amnésia que você ficava contando para mim e para todo mundo?

Eu me lembrei de como, em St. John, seus dedos tocaram na cicatriz atrás da minha cabeça. Esta deve ter sido sua primeira pista de que nem tudo era como eu vinha falando para ele.

Eu assenti, sem pronunciar nenhuma palavra, pensando em como poderia sair daquela situação. Eu sabia que Christopher não deveria ter a mínima ideia de que algo estava errado. Nenhum deles pensaria nisso. Não até eu levar um certo tempo para voltar. Eu *voltaria*?, pensei. Esse era um lado de Brandon que nunca tinha visto antes. E era um lado que me apavorava.

— É. Isso realmente explica muita coisa — continuou ele, passando o polegar pela linha do meu maxilar. *Aterrorizante* não é uma palavra forte o suficiente para descrever a sensação. Eu sempre achei que Brandon fosse um idiota. Mas eu percebi que estava errada. Esse tempo todo ele estava tramando alguma coisa e eu nunca me toquei de nada.

Até agora.

— Você mudou — continuou ele. — Mas eu nunca entendi exatamente por quê. Até hoje. Quer dizer, obviamente tinha essa baboseira de você dizer que a Stark é uma droga. Mas a antiga Nikki... — A antiga Nikki. Eu me perguntei como ela se sentiria ao ser chamada assim. — Ela ficava o tempo todo dizendo que sabia alguma coisa sobre o Stark Quark havia anos. Só que eu nunca parei para ouvi-la. Agora sei que deveria ter feito isso.

Meu coração estava acelerado. Ai, Deus. Nós estávamos fritos. Brandon ia contar. Ele ia contar tudo para o pai. Tinha que haver um jeito de sair dessa situação, simplesmente tinha que haver. O que Brandon queria? O que eu podia lhe dar para fazer com que ele ficasse calado?

— O problema é que ela era uma amadora — continuou Brandon. — Vocês todos são. Não conhecem meu pai. Ele não liga para nada nem para ninguém... a não ser para a Stark. O único jeito de atingi-lo é através da empresa. O que quer que seja que ela saiba sobre o computador, o que quer que tenha feito valer a pena matar Nikki Howard, e fazer um transplante de cérebro para manter sua imagem viva, vale a pena saber. Acredite em mim. E eu estou dentro.

Abri a boca. Eu estava tão chocada que esqueci de ficar quieta conforme ele havia me pedido. Essa era a última coisa que eu esperava que ele dissesse — que ele estava *dentro*.

— Mas... — falei com a voz rouca.

— Não — disse Brandon, colocando a mão sobre os meus lábios. — Shhh. Eu sei que era isso o que ela estava fazendo. Estava tentando chantagear. Mas, obviamente, ela não estava fazendo do jeito certo. Ela não sabia como a informação que tinha era poderosa. Eu vou fazer do jeito certo. Vou fazer ela me contar o que sabe. E ela vai contar, porque, obviamente, ainda é a fim de mim, afinal, continua me enviando e-mails. Aí, vocês vão fazer com que seu pelotão particular de nerds me explique do que diabos ela está falando, e descobrir o que podemos fazer com essa informação para atingir meu pai. E aí eu mesmo irei chantageá-lo.

Olhei para ele como se tivesse ficado maluco. Só que nem por um minuto eu realmente acreditei que ele estivesse. Não mesmo.

E isso era o mais assustador.

— Por que eu deveria te ajudar? — perguntei.

— Porque... — disse ele simplesmente — se você não fizer isso vou contar para o meu pai onde a verdadeira Nikki Howard está. E vou contar também sobre o médico. — Ele passou uma mecha do meu longo cabelo loiro pelos seus dedos, como se estivesse verificando sua maciez. — Tudo bem? Agora nós vamos entrar lá e dizer a eles que você me encontrou acordado e me contou a história toda, porque sou um cara maravilhoso e que estou do seu lado.

Meu queixo caiu. Ele sorriu enquanto puxava o cacho do cabelo que estava segurando.

— E se você disser a eles que te obriguei a fazer isso, vou contar ao meu pai sobre a garota. E uma última coisa — disse ele, mexendo o braço que deixou de apertar o meu pescoço para colocar nos meus ombros. — Nada de ficar andando com aquele cara, aquele que vi com você no seu quarto. Você e eu estamos juntos agora. Entendeu?

Eu senti que estava corando. Então ele *tinha* me visto com Christopher...

— Estou cansado desse seu joguinho de gato e rato, me mandando e-mails e me evitando — continuou ele.

— Não era eu que estava mandando e-mails para você — falei, me sentindo enjoada. Afinal, tinha sido *eu* que o tinha beijado em St. John... ai, como eu agora queria nunca ter escutado a Lulu. — Era a Nikki. A verdadeira Nikki.

— Certo — disse Brandon, parecendo entediado com essa conversa. — Qual o seu nome mesmo? Seu nome de verdade?

— Em — falei. Minha voz ainda estava rouca por causa da pressão anterior contra a minha laringe. — Emerson.

— Tá — disse Brandon. — Emerson. — Então ele riu. — A verdade é que eu não estou nem aí para o seu nome. Você consegue ser boazinha quando quer, ao contrário da antiga Nikki. Só que você não é burra, então se lembre do que eu disse. Você é minha agora. — Ele apertou os meus ombros. Com força. — Chega daquele outro cara, aquele da jaqueta de couro, que parece tão a fim de você. Entendeu?

304

Assenti com a cabeça. Que escolha eu tinha?

Ele soltou o meu braço e pude movê-lo novamente. Mas ele manteve ainda por algum tempo uma das mãos segurando firmemente o meu pulso.

Mas mesmo que eu pudesse me mexer fisicamente, me sentia mental e emocionalmente paralisada. O que era isso que tinha acabado de acontecer? Aquele era o mesmo Brandon, o cara que tinha pulado na água em St. John para me salvar do afogamento? Ele tinha colocado o braço no meu pescoço lá também, mas para me carregar para o barco e me salvar, não para me pressionar contra a parede e me ameaçar. Como ele podia ter ficado tão drasticamente diferente do que eu me lembrava? O Brandon que reclamou comigo inúmeras vezes sobre a distância entre ele e seu pai era realmente o mesmo que agora se preparava para participar de uma chantagem — sem mencionar o fato de que estava me forçando a ficar com ele contra a minha vontade?

Eu tinha achado que Christopher tinha se tornado um supervilão, mas parece que eu nem sabia o que era um supervilão. Brandon era o supervilão dos supervilões. Ele foi tomado pela maldade de um jeito que Christopher, eu tinha certeza, nunca seria.

Paralisada, eu me afastei dele, deixando o hall e voltando para a sala de estar, na mesma hora em que Christopher estava dizendo para a Sra. Howard, com a voz tão calma e calculada que eu senti arrepios na espinha, e não só porque eu estava lidando com uma cobra havia alguns segundos:

— O fato é que este não é mais um lugar seguro para vocês ficarem. Você e Nikki têm que ir embora.

— Sem mim elas não vão — falou Steven.

A Sra. Howard parecia nervosa:

— Ah, Steven... Mas você acha realmente que estamos correndo tanto perigo de sermos descobertas?

Eu queria gritar *Vocês já foram descobertas!*, mas fiquei calada.

— Se nós conseguimos rastrear esses e-mails, é bem possível que alguém na Stark também consiga, se descobrirem que eles existem — disse Christopher. — É mais seguro se todos vocês saírem daqui.

— Mas para onde iremos? — foi Lulu quem perguntou.

— Não dá para se esconder da Stark para sempre. Eles estão em todos os lugares.

É. Ela não tinha nem ideia.

Foi nesse momento que Brandon me empurrou com força para a frente. E entrei na sala de estar sem olhar para trás para ninguém perceber que eu estava sendo seguida.

— Brandon estava dormindo feito um bebê? — quis saber Lulu.

— Hum... — falei. — Não exatamente.

Aí Brandon avançou para dentro da sala atrás de mim, deixando todos alarmados antes de perceberem quem era.

— Relaxem — falou Brandon, com um sorriso grande e um gesto largo com as mãos. — Nikki, ou Em, como acho que é seu verdadeiro nome, inteirou-me de tudo o que está acontecendo.

Percebi que as pessoas, incluindo Christopher e Steven, me lançaram olhares assustados, completamente surpresos, e até me censurando.

Mas o que eu podia fazer? Eu sabia que os dois garotos podiam derrubar Brandon, fisicamente falando.

Mas, a não ser que o matassem, como poderiam impedi-lo de contar ao pai o que ele ouviu depois de acordar? Ele sabia onde o Dr. Fong morava e provavelmente também sabia o sobrenome do Christopher. Eu não podia deixar Brandon falar com o pai sobre tudo aquilo. Não podia! Ele concordou em participar... contanto que eu concordasse com as condições.

Eu só queria não ter sido tão idiota a ponto de tê-lo beijado, em primeiro lugar. Obviamente, eu tinha brincado com fogo. Como eu podia tê-lo confundido com um mero playboy bêbado por tanto tempo? Eu devia saber que, assim como o pai, havia um homem de negócios cheio de ambições por baixo daquela fachada bonita, que faria qualquer coisa para conseguir o que queria... e que, no caso de Brandon, era vingar-se da Stark.

O que não era muito diferente de Christopher. Só que Brandon queria se vingar de um membro específico da Stark, e não da empresa inteira.

— Eu não quero que nenhum de vocês se preocupe com nada — falou Brandon com um tom calmo. — As coisas estão sob meu controle. Antes de tudo, como vocês sabem, eu não sou amigo do meu pai. Segundo, Nikki, Sra. Howard e Steven... Quero que vocês saibam que eu já tenho tudo planejado. Minha limusine vai levá-los até um jatinho particular que os estará esperando numa pista do aeroporto Teterboro. Ele poderá levá-los para a minha casa de veraneio, na Carolina do Sul. Vocês ficarão completamente seguros lá.

Nikki, que estava sentada no sofá olhando de boca aberta para Brandon, como se um anjo tivesse acabado de entrar na sala, parecia que ia transbordar de felicidade. Seu rosto estava radiante. Ela levantou do sofá e o abraçou.

— Ah, Brandon! — gritou ela. — Eu *sabia* que poderíamos contar com você! Eu *sabia*!

Brandon retribuiu o abraço relutante. Atrás dele, Steven me olhou como se estivesse dizendo *Quem é esse cara? O que está acontecendo?*

Eu dei um sorriso sem graça para ele, que pretendia ser tranquilizador. Mas não acho que tenha funcionado.

— Bem, Sr. Stark — disse a Sra. Howard, olhando para mim do mesmo jeito desconfortável que seu filho. — Isso é muito... gentil. Mas você tem certeza de que seu pai não irá nos encontrar?

— Robert? — riu Brandon, sem humor. — De jeito nenhum. Ele está muito ocupado com o lançamento do Start Quark para ter a menor ideia do que está acontecendo. Além do mais, como eu disse, a casa é minha. Meu pai nem sabe que ela existe. Vocês vão adorar. Seis quartos, seis banheiros, espaço suficiente para todos, inclusive para os cachorros. — Ele olhou para os cachorros com ternura. Nenhum cara que goste de animais pode ser tão mau, certo? Não, errado. — E nós estamos com sorte, pois Em concordou em vir com a gente. — Ele colocou um braço na minha cintura e me puxou em sua direção, me ancorando do seu lado com um aperto que posso dizer que foi bem mais forte do que pareceu. — Para passar as férias.

Eu não podia nem olhar para Christopher. Sabia que a mágoa e o desapontamento nos seus olhos seriam muito mais do que eu poderia suportar. Meu coração já estava doendo o suficiente.

— Bem — disse Brandon para Nikki. — Vão arrumar as malas. Não temos muito tempo. O avião está abastecendo nesse momento. — Nikki soltou um grito e correu da sala para pegar suas coisas. — Sra. Howard — continuou Brandon —, e a senhora? Poderá ficar pronta logo?

Ela parecia confusa. Tinha passado por muita coisa nos últimos meses, e tinha passado por muita coisa nas últimas *horas*. Mas tudo o que disse foi:

— Sim, acho que sim.

A Sra. Howard chamou os cães e começou a subir as escadas. Steven foi o primeiro a se virar em direção a Brandon depois que as duas tinham saído.

— Desculpe — começou ele, indo direto ao assunto. — Mas nós devemos *confiar* em você? Seu pai é Robert Stark. É por causa dele que estamos nessa situação, em primeiro lugar.

— Entendo totalmente por que você pensa isso — disse Brandon. — Mas lembre-se: eu odeio o meu pai.

— É verdade — disse Lulu, com uma voz aguda, sentada no sofá. — Ele odeia o pai. Diz isso o tempo todo. Até mesmo quando não está bêbado.

— E eu não consigo acreditar — continuou Brandon, sem se ofender com o comentário da Lulu — que ele tenha feito isso. Estou feliz de contribuir no que puder para ajudá-los a consertar as coisas. Eu pedi um táxi para você, Lulu e seu amigo... — Ele apontou com a cabeça para Christopher —, para levá-los de volta à Manhattan. Deve chegar a qualquer minuto. Eu peço desculpas por toda essa confusão. Se tiver mais alguma coisa que eu possa fazer... bem, é só pedir.

— Confusão? — Christopher deu um passo a frente. Eu tive que olhar para ele agora, mesmo que não quisesse. Ele estava com uma expressão de fúria assassina, o mesmo olhar magoado que eu havia visto nos seus olhos antes. — Você chama isso de *confusão*? Seu pai matou uma garota, ou pelo menos tentou, e transferiu o cérebro de outra para o seu corpo e você chama isso de *confusão*?

Brandon mal olhou para ele.

— Olha, amigo — disse ele, de canto de boca. — Estou fazendo o melhor que posso, tá? Estou tentando deixá-los a salvo e impedir o médico de perder o emprego... e a vida. Um passo de cada vez, tá? Tente crescer tendo um cara como Rober Stark como pai. Não é fácil.

Christopher estava respirando com força, como se lhe faltasse ar. Ele olhou para mim, grudada na cintura de Brandon.

— Você não vai embora realmente com esse palhaço, vai, Em?

— Hum... — falei. Isso era algo com o que eu não me sentia emocionalmente capaz de lidar naquele momento. Além do mais, enquanto meu coração estava ocupado se partindo ao meio, minha mente estava a mil. Devia ter — tinha que ter — uma forma de sair dessa situação se todo mundo cooperasse, incluindo Christopher. — Nós temos que discutir isso agora?

— Sim — o tom de voz de Christopher era frio como o ar do lado de fora. — Agora seria ótimo, na verdade.

— Acho que você ouviu a moça. — O tom de Brandon era tão frio quanto o de Christopher. — Ela disse: "agora não".

Lulu, parecendo nervosa, levantou-se.

— E as coisas do Steven e da Nikki, quer dizer, da Em? Ainda estão na nossa casa, em Manhattan.

— Tudo bem — disse Steven. — Eu posso comprar coisas novas.

— Posso mandar para vocês — disse Lulu. O olhar que ela lançou estava cheio de emoção, mas Steven não pareceu notar. Ele ainda estava com suspeitas em relação a Brandon.

— Não me importo de fazer isso.

— Eles podem rastrear o pacote — disse Christopher. Ele parecia estar mal-humorado. E isso era minimizar. — Em — continuou ele —, eu *realmente* preciso falar com você.

— Vai ter muito tempo para conversas — disse Brandon, me soltando, indo em direção a uma das janelas e puxando a cortina para olhar para fora — depois que deixarmos os Howard a salvo. O que nós realmente não queremos agora é que meu pai ou o seu pessoal chegue aqui antes de eles irem embora.

Lulu ficou agitada.

— Isso pode acontecer? Eles sabem que estamos aqui?

— Tem um sistema de rastreamento de veículos em todas as limusines da Stark — disse Brandon. — Se o meu motorista avisar que a limusine foi roubada..., eu imagino que ele provavelmente tenha feito isso...

Steven deixou escapar um palavrão. Eu coloquei minhas duas mãos no rosto. Não acreditei que nenhum de nós tenha pensado nisso.

— Ah, não se preocupem — disse Brandon, vendo nossas expressões. — Eu já liguei para avisá-los que estou bem. Mas sei que, se algum deles estava prestando atenção, deve estar se perguntando o que estou fazendo na casa de um cirurgião do Instituto de Neurologia e Neurocirurgia da Stark.

O Dr. Fong estava mais arrasado que nunca, e parecia que estava encolhendo. Fiquei angustiada por ele. No final das contas ele estava somente tentando fazer a coisa certa.

Mas não era o que todos nós estávamos tentando fazer?

— Ah — disse Brandon, ainda olhando através da janela. — Aí vem o táxi.

Eu vi Lulu se virar e, como se não estivesse mais conseguindo se segurar, se jogar em Steven envolvendo os braços no pescoço dele no abraço mas apaixonado que eu já tinha visto... tão apaixonado que o chapéu de motorista caiu no chão.

Dizer que Steven parecia surpreso é pouco, mas não de um jeito ruim. Seus braços até a envolveram antes que se desse conta do que estava fazendo. Então ele interrompeu o abraço dizendo:

— Tenho que ir agora, Lulu. — Os dois pareciam contentes e confusos ao mesmo tempo.

— Eu não consigo me controlar. — Eu estava perto o suficiente para ouvir Lulu sussurrar. — Vou sentir sua falta. Prometa que vai dar um jeito de me ligar. Mas só se for seguro.

— Vou tentar — respondeu Steven. Ele secou uma das suas lágrimas com o dedo. — Cuide-se. Não gaste todo o seu tempo praticando o *coq au vin*.

Lulu riu, chorosa, e o deixou ir.

Um minuto depois, eu me virei e a vi me olhando, com os olhos grandes tão cheios de lágrimas como eu nunca tinha visto.

— Nikki — disse ela —, tem certeza de que você está bem?

— Estou bem — menti.

— Então... — Ela estava confusa. — No final da contas, acho que não era uma transferência espiritual, né?

— Não — falei com um pequeno sorriso.

— Mas... você vai com eles? Por quê? — quis saber Lulu.

— E a Frida?

— Eu não posso dizer por quê — falei, com minha pulsação aumentando de repente. Eu não podia contar para ela, obviamente, que o filho de um psicopata bilionário achava que estava apaixonado por mim e estava me chantageando para eu fazer isso. — Você não pode contar isso para Frida, tá? Você sabe que ninguém fora dessa sala pode saber de nada. É sério. Vidas estão em perigo. Vou dizer a Frida simplesmente que saí de férias com... — Eu olhei para Brandon, que fechou a cortina da janela e estava nos observando com um pequeno sorriso nos lábios. Senti um calafrio na espinha que não tinha nada a ver com o fato de o fogo da lareira estar apagado havia algum tempo — o meu namorado.

As lágrimas dos olhos da Lulu transbordaram.

— Seu *namorado*? Mas e o... — Ela olhou na direção de Christopher.

Eu me aproximei e a abracei. Seu corpo parecia tão delicado.

— Eu sei — sussurrei com tristeza. Sobre o seu ombro, olhei para Christopher, cuja expressão eu não conseguia compreender.

— Tome conta dela — falei para ele, indicando Lulu.

Para meu alívio, ele assentiu com a cabeça.

Havia barulho vindo das escadas, e logo os cães apareceram, seguidos de Nikki e sua mãe, cada uma segurando uma mala.

— Acho que estamos prontas — anunciou a Sra. Howard. Ela havia se trocado e colocado roupas de sair, um pouco de maquiagem e feito alguma coisa no cabelo. Ela agora estava mais parecida com a mulher bonita das fotos que Steven tinha enviado por e-mail aos programas de TV. Era óbvio de onde Nikki tinha herdado a sua beleza.

Nikki, por outro lado, ainda estava se maquiando. Seu cabelo também estava mais ou menos arrumado, meio liso e meio ondulado. Ela parecia irritada por ter sido apressada e ainda usava as roupas de dormir.

— Ótimo — disse Brandon, ignorando os latidos dos cachorros aos seus pés e o rímel na mão de Nikki. Ele caminhou em direção à porta da frente, deixando um vento frio de doer invadir a casa. — Vamos então.

Mantive a cabeça baixa e o cabelo caído no rosto, tanto para me proteger do frio cortante quanto para não ver o que estava acontecendo ao meu redor quando pisei na neve fofa, que ainda caía sem parar na luz brilhante da manhã. Eu não queria ter que olhar para o rosto de Christopher... Não queria ter que responder suas perguntas... Não com as mentiras que eu seria obrigada a contar, porque Brandon estaria por perto, ouvindo.

E, principalmente, eu não queria ter que me despedir. Não quando finalmente tinha conseguido tê-lo de volta depois de tanto tempo.

Mas eu não tive escolha. Porque quando eu estava prestes a entrar na limusine logo depois de Nikki, sua mão forte segurou meu braço e ouvi a voz de Christopher — que eu reconheceria em qualquer lugar — dizer:

— Em.

Fechei os olhos antes de me virar. Fechei os olhos e rezei para ter forças. Quando os abri de novo, vi Brandon em pé do outro lado da limusine, olhando diretamente para mim. Ele estava sorrindo e disse:

— Acho que o seu amiguinho quer falar com você.

Eu o odiava. Nunca senti tanto ódio por alguém quanto senti por ele naquele momento.

E jurei para mim mesma que, quando tudo isso estivesse acabado — se é que iria acabar algum dia —, eu daria um jeito de me vingar dele, do mesmo jeito que ele estava tentando se vingar do pai.

Eu virei o rosto, tirando meu cabelo loiro do caminho para que eu pudesse enxergar.

E lá estava Christopher, olhando para mim, com a respiração saindo em uma nuvem de fumaça branca no ar gelado. Suas bochechas estavam rosadas, como sempre ficavam quando a temperatura estava negativa.

Mas seus olhos azuis brilhavam.

— Em, o que você está fazendo? — perguntou. — Por que está indo com eles?

— Eu tenho que ir — falei, olhando para todos os lugares, menos para aqueles olhos ardentes.

— Por quê? — perguntou Christopher. — Elas ficarão bem. Steven está com elas.

— Porque — falei. Eu olhei para algumas nuvens rosadas no céu, para qualquer lugar que não fosse para Christopher. — Brandon me pediu.

— *Brandon* te pediu? — A voz de Christopher soou incrédula. — Quem liga para o que Brandon Stark quer?

— Hum, acredito que ela ligue — disse Brandon, por cima do teto do carro. — Diga a ele, Em.

— Dizer o quê? — perguntou Christopher.

— Diga a ele — repetiu Brandon. Ele bateu no teto da limusine no ritmo das suas palavras. — Sobre a gente.

— "A gente?" — repetiu Christopher. Eu vi seu rosto se virar na minha direção. Já que eu não conseguia sustentar aquele olhar, apenas ouvi o som de descrença na sua voz, não vi sua expressão. — Existe alguma coisa entre você e Brandon? Quando isso aconteceu?

Eu sabia o que tinha que fazer. Brandon deixara aquilo tão claro no hall do Dr. Fong que até uma criança entenderia. Eu não tinha escolha. Tinha que aceitar tudo, porque os Howard eram minha família agora e eu tinha que protegê-los, do mesmo modo que precisava proteger meus pais de verdade. Uma família não era simplesmente formada pelas pessoas que criaram você. Uma família não era simplesmente formada pelas pessoas que tinham o mesmo sangue que o seu correndo nas veias.

Uma família era feita por pessoas que precisavam de você. Pessoas que não tinham nada quando você tinha tudo.

Você tem que fazer o que é certo, por eles. Você tem que fazer, mesmo que isso destrua seu coração.

Além do mais, eu podia fazer aquilo. Podia descobrir o que Nikki sabia antes de Brandon, e usar essa informação contra ele, para escapar dessa situação, reverter tudo isso e conseguir Christopher de volta... de algum jeito. Certo?

Mas até lá... Eu tinha que entrar no jogo.

— Nós estamos juntos há algum tempo — falei para Christopher. Cada palavra doía como uma punhalada. — Eu tentei dizer antes. — Levantei a cabeça e o olhei nos olhos. —

316

Quero dizer, se você tivesse feito alguma coisa enquanto eu estava viva, talvez as coisas fossem diferentes. Mas esperou muito tempo. Você esperou até eu me tornar outra pessoa. Até eu estar com outra pessoa.

Eu não sabia direito de onde tudo isso estava vindo, mas não era só fingimento para enganar Brandon. Era emoção de verdade, e estava brotando de dentro de mim. E era acompanhada por lágrimas de verdade, que derramavam, quentes e sem parar.

— Do que você está falando? — perguntou Christopher com a voz embargada.

— Talvez, se você tivesse gostado de mim como eu era antes — continuei, rispidamente. — Mas você não gostava. E agora é tarde demais.

Eu podia ver que cada palavra que eu dizia, palavras que me doíam como facadas, o atingiam como um soco. Suas bochechas não estavam mais vermelhas. Ele estava pálido como a neve no jardim ao nosso redor.

— Então — falei. Não sei por que continuei falando. Talvez por causa daquela foto. A foto minha que ele mantinha no quarto. Eu não conseguia tirá-la da cabeça. Eu não conseguia acreditar que Christopher mantinha aquilo lá. Eu não conseguia acreditar que ele me amava, todo esse tempo, do mesmo jeito que eu o amava. E agora, eu precisava fazer com que ele deixasse de me amar, porque eu não queria que ele fizesse nada estúpido que pudesse colocá-lo em perigo. — Estou com Brandon agora. Eu... eu amo Brandon. E vou com ele. Então... adeus. Adeus, Christopher.

Entrei na limusine antes que Christopher pudesse dizer outra palavra — e antes que eu olhasse para ele de novo —, sentando entre a Nikki e a mãe. A Sra. Howard me olhou com preocupação, enquanto Cosabella pulava no meu colo, e perguntou:

— Querida, você está bem?

— Eu estou bem — falei, limpando as lágrimas com a parte de trás da mão. — Me desculpa por isso.

— Deus — disse Nikki. Ela ainda estava passando rímel nos cílios. — E todo mundo dizia que eu *era* a má.

Isso não me ajudou a chorar menos. No assento do motorista, vi Steven ajustar o retrovisor para que pudesse me ver. Ele me olhou... mas não disse nada. Nenhuma palavra. Apenas me olhou. Como se, naquele momento, dividíssemos um segredo.

Só que eu não tinha ideia de que segredo era esse.

Mas eu sabia que, na batalha que se aproximava, Steven Howard era meu aliado.

Acho que sempre soube disso, sério. Eu só tinha que descobrir um jeito de ele saber o que estava acontecendo... antes que fosse tarde demais.

— Tudo bem — disse Brandon, alegre, entrando na limusine depois de mim. — Estão todos sentados? — E, sem esperar por qualquer resposta, ele fechou a porta do carro... Quando ouvi aquele som, me senti como se estivesse ouvindo o fim do mundo. Ou, pelo menos, o fim da minha esperança e dos meus sonhos. Não que eu tivesse muitos, pelo menos não nos últimos tempos.

— Deus — disse Nikki, satisfeita. — Como eu *senti falta* das limusines.

— Viajar pela Stark é sempre melhor — disse Brandon. Ele abriu o refrigerador ao seu lado e pegou uma garrafa. —

318

Alguém quer champanhe? Opa, desculpa, não você, Steven. Mas nós vamos corrigir isso quando chegarmos lá. Você sabe como chegar ao aeroporto Teterboro? Não, claro que não. Aqui, deixa eu lhe dizer. Melhor não programar no GPS, afinal queremos manter essa viagem em sigilo...

Então ele foi para o banco da frente para explicar a Steven como chegar aonde estávamos indo.

Enquanto a limusine começava a se mover lentamente para fora da entrada, eu me virei no banco para olhar para trás através das janelas escurecidas. Eu vi o Dr. Fong se virar e fechar a porta. Sua longa jornada finalmente tinha acabado.

Vi Lulu esperando pelo táxi, o vento empurrando com força a sua saia preta e rodada, fazendo com que ela inflasse como um sino ou como se vestisse uma grande capa preta.

E vi Christopher, no mesmo lugar onde eu o havia deixado, nos seguindo com o olhar — me seguindo. Ele ficava menor e menor, à medida que nos distanciávamos.

Fiquei olhando para ele até que finalmente não consegui mais enxergá-lo, pois as lágrimas que escorriam dos meus olhos não me deixavam ver mais nada.

Este livro foi composto na tipologia Sabon LT Std,
em corpo 11/16, e impresso em papel off-white 80g/m²
no Sistema Cameron da Divisão Gráfica
da Distribuidora Record.